우리 애기들을
살려야 해요

416 단원고 약전 **짧은, 그리고 영원한 11권**

우리 애기들을 살려야 해요

선생님

경기도교육청 약전작가단 지음
경기도교육청 엮음

발간사

《단원고 약전》으로 영원히 기리다

'기록하지 않은 기억은 망각되고, 기록은 역사가 된다.' 우리가 오늘 그날의 이야기를 기록하는 이유입니다. 단원고 학생과 교사 261명을 포함해 모두 304명의 목숨을 앗아간 4.16 세월호 참사. 그들의 못다 한 꿈을 영원히 기억하고 우리의 책임을 통감하며 후대에 교훈으로 남기기 위해 이 참사를 기록하게 되었습니다.

'세월호'의 기록은 우리 시대의 임무입니다. '세월호'를 하나의 사건으로만 기억하지 않고 역사의 기록으로 남겨야 하는 이유는 가장 소중한 가족을 잃은 사람들의 비통함 때문만은 아닙니다. 안전 불감증이라는 사회적 성찰과 국가의 부끄러운 안전 정책은 물론 역사의 진실을 제대로 알리고자 하는 마음이 모여 한 장 한 장 피맺힌 절규를 담게 되었습니다.

희생자 한 명 한 명의 삶과 꿈, 그 가족과 친구들의 기억을 기록하는 데 그치지 않고, 어떻게 기록해야 진실을 올곧게 담아내고 가장 많은 사람들과 이 기억을 공유할 수 있을까를 생각했습니다. 그래서 이번 참사의 아픔을 함께하고, 우리 시대의 사랑과 분노, 희망과 좌절을 문학 작품으로 기록해 온 작가들을 약전 필자로 모셨습니다. 아무리 훌륭한 작가가 있다 해도 아들딸, 형제자매를 떠나보낸 가족들이 이들을 만나서 이야기해 주지 않았다면 단 한 줄도 기록할 수 없었을 것입니다. 약전 발간에 대한 가족들의 관심과 참여가 1만 매가 넘는 원고를 만들어 낸 가장 소중한 밑거름이 되었습니다.

약전 작가와 발간위원들은 가족들이 있는 합동분향소, 광화문광장, 팽목항으로 찾아가 묵묵히 그 곁을 지키며 함께했습니다. 눈을 마주치고 짧은 인사를 나누고, 그렇게 시작해 몇 시간씩 마주 앉아 함께 울고 웃으며 '지금은 천 개의 바람이 되어 버린 그들'에 대한 이야기를 나눴습니다.

이렇게 12권의 책이 만들어졌습니다. 경기도는 물론 전국 방방곡곡에서 단원고 학생과 교사들의 삶을 약전을 통해 다시 만나고 그들과 함께할 것입니다. 그들의 꿈과 미래가 영원히 우리 곁에서 피어나길 기원하며, 이 시대를 살아가는 모든 분께 《단원고 약전》을 바칩니다.

2016년 1월

경기도교육청

기록의 소중함

《삼국유사》가 전승되지 않았더라면 천년 이후에 우리는 신라의 향가를 비롯해 우리 고대의 역사, 문화, 풍속, 인물들을 어떻게 추론할 수 있었을까? 모두 알다시피 정사인 《삼국사기》와 달리 《삼국유사》는 최초로 단군신화를 수록하고 학승, 율사와 같은 위인의 전기뿐만 아니라 선남선녀들의 효행을 기록했다. 우리가 진정 문화 민족의 후예임을 밝혀 주는 보물 같은 기록이다.

사마천의 《사기》 역시 마찬가지로 문명사회의 시원과 중국 고대사를 비추는 찬란한 등불이다. 그리고 나아가 이제는 인류의 공동 자산이 되었다. 흥미로운 것은 방대한 《사기》에서 가장 많이 사랑받는 부분은 '제왕본기'가 아니라 당대의 문제적 인간들의 이야기를 엮은 '열전'이다. 지배 계층 인물보다 골계 열전에 엮은, 당시 민중의 살아 숨쉬는 모습이 압권이다. 실로 이천여 년 전의 인간이라 믿기 어려울 정도로 사실적이다.

《삼국유사》와 《사기》 안에 부조된 인간사는 현대에도 부단히 여러 예술 장르로 부활, 변용되고 있다. 기록은 그토록 소중한 작업이다.

세월호 참사에 대한 보도, 영상물을 비롯한 기타 자료 등은 넘치고 또 넘친다. 해난 사고가 참사로 이어지는 과정에 대한 탐구, 분석, 평가 또한 앞으로 이어질 것이다.

'바다를 덮친 민영화의 위험성', '무분별한 규제 완화', '정부의 재난 대응 역량' 등의 문제는 정치의 영역일 터이다.

우리 139명 작가들과 6명의 발간위원들은 4.16 참사라는 역사적 대사건의 심층을 들여다보고 이를 기록하고자 했다. "잘 다녀올게요" 하고 환하게 웃으며 수학여행을 떠난 그들이 어떤 꿈과 희망을 부여안고 어떤 난관과 절망에 부딪치며 살았는지 있는 그대로 되살려 내고자 했다. 여기에는 결코 어떤 집단의 유불리나, 하물며 정치적 의도 같은 것이 있을 리 없다.

파릇한 나이에 서둘러 하늘로 떠나 버린 십대들의 삶과, 또한 이들과 동고동락한 선생님들의 생애를 고스란히 사실적으로 담았다.

로마의 폼페이 유적지에서 이천여 년의 시간을 뚫고 솟아난 한 장의 프레스코화는 실로 눈부시다. 머리 빗는 여성의 풍만한 몸매와 신라 여인을 연상시키는 의상, 그리고 이를 바라보는 어린 아들의 익살스런 포즈는 그 시대를 단번에 현대인에게 일러 준다.

프레스코화 기법의 핵심은 젖은 회반죽이 채 마르기 전에 그리는 것이라고 한다. 우리 역시 비극의 잔해가 상기 남아 있는 시기에 약전을 쓰려고 했다. 무척 고통스럽고 슬픈 작업이었다. 작가들은 떠나간 아이들과, 그리고 남아 있는 부모와 가족, 친지들과 함께 다시 비극의 한가운데 오래 머물러야 했다.

'왕조실록', '용비어천가', 《삼국사기》가 역사 기록이듯 '녹두장군', '갑오동학혁명', 무명의 여인들이 쓴 형식 파괴의 '사설시조' 등도 전통의 지평을 넓히는 우리 문화유산이다. 평가와 선택은 후세가 할 것이다. 우리는 다만 동시대인으로서 비극에 얽힌 인물들의 이야기를 기록한다.

함께 별이 된 아이들과 교사들이 하늘에서 편하시기를 기도하며, 고통스런 작업에 참여해 주신 가족, 친지분과 작가 여러분께 깊이 감사드린다.

2016년 1월

유시춘 (작가, 약전발간위원장)

발간사

2학년 1반

1권 | 너와 나의 슈가젤리

김민지 Be Alright
고해인 해바라기의 창
김민희 그러니까 민희는
김수경 나는야 친구들 고민 해결사
김수진 사랑하는 방법을 아세요?
김영경 영롱한 날의 풍경
김예은 예은이의 웃음소리
김주아 유려한 강물의 기운을 타고난 아이
김현정 어느 멋진 날
박성빈 깊고 넓은 우주, 버릴 게 하나도 없는 우리 딸
우소영 단원고의 이나영이라 불렸던 아이
유미지 구름은 왜 구름일까?
이수연 춤과 노래를 좋아하는 수재
이연화 너와 나의 슈가젤리
한고운 오래된 골목 속으로 사라지다

2학년 2반

2권 | 작은 새, 너른 날갯짓

강수정 웨딩드레스 디자이너를 꿈꾸며
강우영 내 곁에 있어야 할 넌 지금 어디에
길채원 우리들의 메텔
김민지 아프로디테 민지
김소정 아름다운 것이 없다면 세상은 끔찍한 곳이겠지
김수정 세상에서 만난 모든 것을 사랑했네
김주희 망고 한 조각
김지윤 추억의 창고, 노란 앨범
남수빈 마음은 이미 사학자
남지현 지현이의 기도
박정은 괜찮아요? 괜찮아요!
박혜선 엄마, 가끔 하늘을 봐 주세요
송지나 쪽지 편지
양온유 갑판에서 다시 선실로 뛰어든 반장
오유정 오! 유정 빵집에 오신 걸 환영합니다
윤민지 빛과 소금처럼
윤 솔 내 눈 속에 이쁨
이혜경 초록, 오렌지, 분홍, 빨강
전하영 작은 새, 너른 날갯짓
정지아 정지아 족장님의 아름다운 생애
조서우 춤추는 손
한세영 태풍이 지나간 자리에
허유림 시간 여행, 유림이의 역사 속으로

2학년 3반

3권 | 우습게 보지 마, 후회할 거니까

김담비	담비, 가족을 이어 준 복덩이
김도언	사랑으로 자라 사랑을 베풀며
김빛나라	내면이 툭 터져 영글어 가던 그때
김소연	아빠는 내 친구
김수경	따뜻한 눈사람, 수경이
김시연	깨박 시연, 그리고 재광
김영은	타고난 복
김주은	내 웃음소리를 기억해 주세요
김지인	나 행복해
박영란	영원한 작은 새, 엘리사벳
박예슬	또각또각 구두 소리
박지우	선물 같은 아이
박지윤	그림이 된 소녀
박채연	언제나 세상 모든 것이었던 채연아
백지숙	가만히 빛나는
신승희	멈춰 버린 시간을 붙잡고 싶어
유예은	우습게 보지 마, 후회할 거니까
유혜원	팔색조 같은 우리의 친구
이지민	궁극의 에이스를 위하여
장주이	주이라는 아름다운 세계
전영수	나의 신(神), 나의 교주, 나의 딸
정예진	눈이 오는 날마다, 너는
최수희	88100488
최윤민	머리부터 발끝까지 이쁜 아이
한은지	코스모스를 닮은 은지야
황지현	꿈이 없으면 뭐 어때!

2학년 4반

4권 | 제 별에서 여러분들을 보고 있을게요

강승묵	소울이 가장 중요한 '단세포밴드'
강신욱	푸근하고 듬직한 신욱이
강 혁	순애 씨의 하얀 돼지
권오천	세상을 다 가진 소년
김건우	작은 거인 건우 이야기
김대희	지켜 주고 싶어서
김동혁	엄마가 가져온 변화, 그리고 가족의 행복
김범수	이 똥깔놈!
김용진	마술이 마법처럼 제 삶을 바꿨어요
김웅기	잘 다녀오겠습니다
김윤수	하늘나라 작가가 된 윤수
김정현	형! 나 정현이야
김호연	진중하고 단정한 아이, 호연이
박수현	"사랑"을 입버릇처럼 말하던 소년
박정훈	정든 포도나무, 박정훈
빈하용	제 별에서 여러분들을 보고 있을게요
슬라바	주문을 외우면
안준혁	착한 돼지가 아니면 안 '돼지'
안형준	천둥 치는 날, 꼭 와야 해
임경빈	멋진 발차기 태권 소년 경빈이
임요한	파랑새의 집
장진용	쾌남, 주니어
정차웅	열여덟, 연둣빛처럼
정휘범	886번째 수요일부터 그다음 수요일까지
진우혁	그림, 라면, 게임, 우혁이를 표현하는 세 단어
최성호	벚꽃엔딩
한정무	충분히 좋은 기억
홍순영	여기, 한 아이가 있다

2학년 5반

5권 | 엄마, 큰 소리로 노래를 불러요

김건우1 속정 깊은 큰 가이
김건우2 책임감과 배려심이 강했던 진정한 축구돌
김도현 자유로운 영혼의 작은 천재 피아니스트
김민성 속 깊고 철들었던 아들
김성현 형의 자리에 앉아
김완준 그 새벽의 주인공
김인호 사랑했고, 사랑하고, 영원히 사랑할 사람에게
김진광 나는 듣는 사람, 내가 네게 갈게!
김한별 한별아 나의 아가
문중식 체체, 엄마를 지켜 줘!
박성호 평화와 정의 실현을 꿈꾼 어린 사제
박준민 행복한 마마보이
박홍래 한 마리 자유로운 새가 되어 날아왔어요
서동진 끼가 넘치는 명랑 소년, 서동진
오준영 엄마의 편지 : 안산은 아침이 아프다
이석준 영원한 아가, 이석준 이야기
이진환 곁에만 있어도 절로 웃음이 나는 아이
이창현 바람처럼 빠르고 햇살처럼 따스한
이홍승 나는 이홍승
인태범 와스타디움 '편지 중계' 다시 좀 안 되겠니?
정이삭 엄마, 큰 소리로 노래를 불러요
조성원 오! 해피 데이
천인호 너는 사랑만 주었다
최남혁 보석처럼 빛나는 아들
최민석 민석이는 떠나지 않았다

2학년 6반

6권 | 그만 울고 웃어 줘

구태민 아름다운 힘, 태민
권순범 너무 일찍 철이 든 아이
김동영 젖지 않는 바람처럼
김동협 여러분, 김동협의 모노드라마 보러 오실래요
김민규 이제 그만 울고 모두를 위해 웃어 줘, 엄마
김승태 아빠, 부탁해요!
김승혁 특별하지 않아 가장 특별했던 아이
김승환 선명한 밝은 빛, 저를 기억해 주세요
박새도 아직은 친구보다 가족이 더 좋았던 아이
서재능 큰 소리로 꿈을 말하다
선우진 네가 있는 세상보다 더 좋은 건 없을 거야
신호성 18세의 아리랑고개
이건계 내가 알고 있는 건계
이다운 이 노래 그대에게 들릴 수 있기를
이세현 나타날 수 없지만 분명히 존재한다
이영만 따뜻한 웃음, 순수한 영혼
이장환 장환이가 우리 친구라서
이태민 요리의 제왕, 이태민
전현탁 너처럼 착한 아이
정원석 빛을 가진 아이
최덕하 결정적 순간
홍종영 평등한 세상을 꿈꾼 쌍둥이 형
황민우 민우의 바다

2학년 7반

7권 | 착한 놈, 씩씩한 놈, 행복을 주는 놈

곽수인 다정한 아들이 될게요, 언제까지나
국승현 보라색 꿈이 된 승현이
김민수 렛잇고, 아무런 문제도 없어……
김상호 희망이 있어서 더 아름다웠던 시절
김성빈 '가족'과 함께했던 행복 발자취
김수빈 착한 놈, 씩씩한 놈, 행복을 주는 놈
김정민 너를 통해 보는 네 모습
나강민 기억 속의 소년
박성복 박성복 보고서
박인배 나는 두렵지 않다
박현섭 매일 너의 이름을 부른다, 현섭아
서현섭 나의 일기
성민재 땡큐, 크리스토프
손찬우 요리가 좋아지기 시작한 봄
송강현 게임의 왕, 강현이의 꿈
안중근 소중한 것들을 대하는 그의 태도
양철민 불꽃놀이 하자, 철민아!
오영석 웃고 웃기며 사는 즐거운 인생
이강명 안 되면 되게 하라
이근형 영원한 동생바보
이민우 어느 날 갑자기
이수빈 수학자를 꿈꾼 수빈이
이정인 사랑하는 사람들과 함께했던 소년의 시간
이준우 2차원과 3차원을 연결하기 위해
이진형 기억 속에 피는 꽃
전찬호 내 생애 가장 긴 편지
정동수 예비 로봇 공학자
최현주 힘껏 사랑받는 사람
허재강 엄마가 강이를 키웠고 강이는 엄마를 키웠다

2학년 8반

8권 | 우리 형은 열아홉 살

고우재 다시, 길 위에서
김대현 말 없는 바른 생활 사나이
김동현 달려라, 김동현!
김선우 먼 훗날의 옛날이야기
김영창 가슴 시린 이야기
김재영 엄마, 사랑해요
김제훈 형은 나의 우주입니다
김창헌 애인 같은, 철든 아들
박선균 로봇을 사랑한 소년
박수찬 수찬의 나날
박시찬 시와 찬양을 간직한 사람, 박시찬
백승현 혼자 떠나는 여행은 어떤 것일까?
안주현 기타 치는 자동차공학자
이승민 승민이와 엄마의 오랜 습관
이재욱 생명, 환경을 사랑한 재능꾸러기
이호진 너와 우리의 시작을 생각한다
임건우 우리 형은 열아홉 살
임현진 그 허연 얼굴과 까만 안경도 무척 이쁘지만
장준형 엄마는 이름이 많아
전현우 속 깊은 아이
조봉석 태권 보이 조봉석
조찬민 소울 푸드 요리사 조찬민
지상준 이 소년이 사랑한 것들
최정수 미래를 연출하다

2학년 9반

9권 | 네 잎 클로버를 키운 소녀

고하영	닦닦하고 당당하게!
권민경	네 잎 클로버를 키운 소녀
김민정	엄마의 꽃 민정이
김아라	김아라, 수호천사 우리 딸!
김초예	누구랑 여행해도, 어디를 여행해도
김해화	엄마, 얼굴 예쁘게 작게 낳아 줘서 고마워
김혜선	그리움의 조각을 이어 붙이다
박예지	행복한 사람, 자기를 사랑할 줄 아는 사람
배향매	다시 올게요
오경미	그날, 무대의 막이 오를 때
이보미	보미의 편지
이수진	아기 고래의 꿈
이한솔	놀기도 잘하고 공부도 잘하던 당찬 공주
임세희	노란 나비가 되어 다시 찾아오렴
정다빈	빵을 만드는 작가
정다혜	항상 멋진 정다혜!
조은정	'효녀 은정'이라고 불러 줘
진윤희	포에버 영원한 친구, 윤희
최진아	나의 샴고양이 똑순이(쑤니)에게
편다인	별이 언니의 Star's Story

2학년 10반

10권 | 팥빙수와 햇살

구보현	이렇게 행복해도 되나 가끔 두려워
권지혜	미소 천사 지혜
김다영	간직해 줘요, 깨알 편지에 새긴 내 무늬
김민정	태어나 줘서 고마운 아이, 민정이
김송희	엄마랑 같이 행복하게 산다더니
김슬기	빨리 와, 나 화장실 가야 해
김유민	다시 태어나도 엄마와 함께
김주희	짧은 생애 그러나 큰 기쁨을 주었던 김주희를 기억하며
박정슬	마음을 담아, 사랑하는 사람들에게
이가영	더 가까이, 더 따듯하게!
이경민	갱이 이모
이경주	혼자 우는 친구가 있다면 늘 그 옆에 있고 싶다
이다혜	다 덤비라고 해, 나 이다혜야!
이단비	참 행복한 아이, 단비
이소진	그래도 나는 동생이 좋아
이해주	춤 잘 추는 영원한 반장
장수정	내 카페에 오는 사람들에게 천국을 보여 주고 싶다
장혜원	팥빙수와 햇살

별이 된 선생님 이야기

하루키, 여행, '콩가루 패미'를 사랑한 청춘

2학년 1반 **유니나 선생님**(일어)

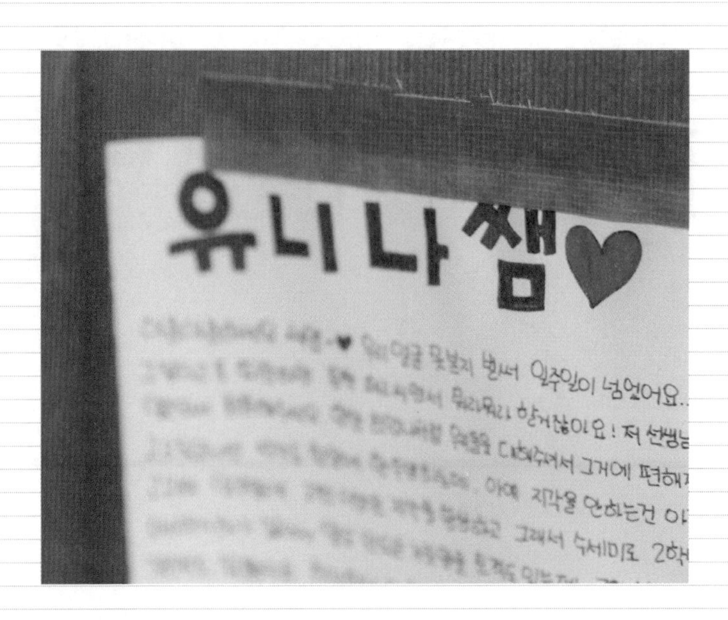

1. 오빠 건우와 다정했던 어린 시절.

2. 단원고의 즐거운 수업 시간.

3. 2013년 '공가루 패미' 벗들과 경주박물관에서 즐거운 한때.

하루키, 여행, '콩가루 패미'를 사랑한 청춘

엄마 찾아 십 리 길 걸어간 다섯 살 니나

니나. 이름이 무척 예쁘다.

같은 이름이 서양 여자들에게 많이 있다. 니나 도브레브, 니나 시몬, 니나 부슈만 등은 유명한 이들이다. 그녀들의 재능은 빼어났으며, 그 외모는 숨이 멎을 듯 아름다웠다.

니나 도브레브는 요즘 생의 절정에 서 있는 듯이 보인다. 한창 잘나가는 미국 드라마 〈뱀파이어 다이어리〉의 주인공인 그녀를 미국의 한 연예 잡지는 세계 제1위 미인으로 뽑았다. 보고 있노라면 이슬 머금은 꽃떨기 같다. 에메랄드 빛깔의 지중해 물빛처럼 온몸이 반짝거리듯 눈부시다.

니나 시몬은 세상에서 가장 슬픈 음악, 재즈의 살아 있는 신화이다. 그녀는 유럽을 순례하며 굵직한 저음의 개성 충만한 노래로 인종 차별에 저항하는 강렬한 메시지를 세계에 알렸다.

니나 부슈만은 독일 작가 루이제 린저의 소설 《생의 한가운데》 여주인공이다. 린저가 창조한 가상의 인물이지만, 니나는 작가의 분신이라 할 수 있다. 린저는 히틀러와 파시즘에 저항한 용기 있고 정의로운 지성인이었다. 소설 속 니나 역시 생의 모든 순간을 마음을 다해 사랑하며 자유에의 강렬한 의지로 충만해 있다. 삶을 향한 긍정과 예리한 집중은 불의와의 타협을 거부한다. 70년대의 여고생들에게 니나는 깊이 각인된 매혹적인 삶이었다.

스페인어로 '니나'는 소녀라는 뜻이다.

스물여덟 짧은 생을 살다 간 한국의 유니나. 그녀의 삶은 어떨까?

니나는 1986년 8월 1일 대구시의 서쪽에 있는 평리동에서 태어났다.

엄마는 왠지 '니나'라고 딸을 부르고 싶었다. 여고 시절에 가끔씩 혼자 부르던 〈사랑스러운 니나〉 가곡의 한 구절이 가슴에 남아 있었던 때문이 아닐지?

평소 말이 없이 무뚝뚝하던 남편은 딸이 태어나자 그이답지 않게 무척 기뻐했다. 아내가 지은 '니나'라는 이국적인 이름에 얼른 동의했다. 뿐만 아니라 사방에 전화를 걸어 기쁨을 감추지 않았다. 전혀 예상하지 못한 일이었다. 첫아들 '건우'를 낳았을 때, 그는 그저 무덤덤했기 때문이다. 그는 온통 땀에 젖은 채 들뜬 목소리로 모든 친척과 지인에게 딸의 출생을 알렸다. 당시는 '딸바보'가 그리 흔하지 않던 때였다. 더욱이 경상도는 아들 선호가 일반화된 매우 보수적인 지역이었다.

2년 먼저 세상에 온 건우는 딸바보 아빠의 영향을 받아서인지 동생 니나를 잘 돌보았다. 니나가 걷기 시작하고부터 늘 세발자전거 뒷자리에 동생을 태우고 다니기를 즐겨 했다.

보통의 경우에, 오빠는 손아래 누이가 태어나면 엄마의 사랑을 빼앗겨 이를 질투하고 시샘해서 괴롭히기 쉬운데 건우는 전혀 그렇지 않았다. 오히려 니나로 인해 건우가 혼나는 일이 잦았다.

니나가 다섯 살 나던 해 아빠는 진주로 이주했다.

건우는 니나를 자전거에 태우고 그날도 진주 남강변으로 나갔다. 건우의 실수로 자전거가 넘어지고 자갈밭에 엎어진 니나는 앞이빨 두 개를 크게 다쳤다. 이 일로 건우는 처음으로 아버지에게 크게 야단을 맞았다.

아빠는 기분이 울적할 때는 니나를 운전대 옆 좌석에 앉히고 다녔다. 이른 아침에 어린 딸을 태우고 나가면 기분이 환하게 밝아졌다.

이러는 사이에 오빠 건우는 꼭 관철해야 하는 일이 있으면 니나를 통해 목표를 달성하는 꾀를 내기에 이르렀다. 그러나 그리 거창한 일은 아니었다. 가령, 외식을 하고 싶을 때 건우는 아빠에게 직접 말하지 않고 니나의 옆구리를 찌르곤 했다. 아빠는 외식을 싫어했지만 니나가 말하면 못 이기는 척하면서 나섰다.

니나는 고집이 센 꼬마였다. 어린이집 재롱잔치를 앞두고 빨간 치마를 입어야 했는데 마땅한 것을 고르지 못한 엄마는 진주 오일장을 이리저리 헤매었다. 그런 엄마를 끌고 니나가 물방울 무늬가 박힌 옷을 가리켰다. 멜빵이 달린 고급스러운 옷이었다. 그런데 너무 비쌌다. 엄마는 망설이다가 돌아섰다.

그날 밤, 니나는 잠을 자지 않았다. 귀여운 빨간 치마가 눈앞에 아른거렸기 때문이다. 다음 날, 엄마는 딸에게 지고 말았다. 이렇게 한번 마음먹은 일은 끝까지 해내고야 마는 일이 빈번했다.

더운 여름날, 유치원이 끝난 하오였다. 니나는 시오리 길을 걸어서 엄마와 이모가 함께 일하는 봉곡동까지 갔다. 혼자도 아니고 또래 친구 셋과 함께 시오리 길을 걸어온 니나의 얼굴은 앵두빛으로 빨갛게 익어 있었다. 엄마는 화들짝 놀랐다.

"이게 무슨 일이고?"

"엄마가 보고 싶어서……"

어린아이 넷이 그 먼 길을 걸어왔다는 게 믿기지 않았다.

햇볕에 달구어진 아이들의 몸에서 잘 익은 홍시 냄새가 풍겼다. 엄마는 꼬마 아가씨들을 한데 뭉쳐서 품었다. 아이고, 내 새끼들!

니나는 엄마가 없는 빈집이 싫다고 했다. 딸이 가슴을 파고들 때는 일을 그만둘까 하는 생각이 들기도 했다. 그러나 일을 놓을 수는 없었다. 건우와 니나는 무슨 일이 있더라도 원도 한도 없이 많이 배우게 해 주고 싶었다.

엄마 없는 빈집이 싫다던 니나는 초등학교 입학 후에는 혼자서 책을 열심히 읽었다.

위인전이나 동화책을 엄마는 꾸준히 사다 주었다. 엄마는 아무 사고나 말썽 없이 커가는 남매가 무척 고마웠다.

지금까지도 기억에 또렷한 일은 건우, 니나가 각각 4학년, 2학년 즈음에 있었던 일이다. 특별한 일이 생겨 엄마가 아침 일찍 출근해야 하는 날이었다. 긴장한 탓으로 너무 일찍 일어난 엄마는 둘을 흔들어 깨워 이른 아침을 먹였다. 서둘러 학교 앞으로 가서 둘을 교문 안으로 밀어 넣고는 바삐 돌아섰다.

운동장은 텅 비어 있었고 학교에는 아무도 보이지 않았다. 건우는 복도의 시계를 쳐다 보았다. 7시 10분 전이었다. 엄마는 시계를 잘못 본 거였다.

건우는 빈 교실에 혼자 있을 니나가 걱정되었다. 니나의 교실로 한달음에 내달려 가보니 혼자 오도카니 앉아서 책을 보고 있었다.

그날 누구도 엄마에게 불평 한마디 하지 않았다.

초등학교 고학년이 되면서 니나는 친구가 많아졌다. 엄마는 일하러 가면서 늘 식탁위에 과자 등을 수북이 차려 놓았다. 니나는 어느덧 엄마를 찾는 대신 친구들과 어울리기 좋아하는 소녀가 되었다.

딸바보 아버지는 남매가 장성할 때까지 조금도 변하지 않았다. 아들 건우가 대학 2학년 때 입대해서 강원도 화천에서 군 복무를 마치는 동안에 그는 한 번도 면회를 가지 않았다. 잘 있으니 일부러 먼 길 힘들여 오지 말라는 효성스런 아들의 말을 그대로 믿은 거였다.

그런데 딸 니나가 대학 3학년 때 교환 학생으로 뽑혀서 일본 규슈대학교에서 일 년 유학을 끝내고 돌아오던 날, 그는 완전히 다른 아빠였다. 아빠는 아내와 아들을 앞세워 규슈발 부산행 페리호가 항구에 도착하기 세 시간 전에 이미 대합실에 나가 딸을 초조하게 기다렸다.

평소 희로애락 감정 표현이 거의 없는 남자였던 그가 크게 만세를 부르며 가족을 얼싸안은 건 니나가 교사 임용시험에 합격했던 순간이었다.

그날, 그는 진주에서 가장 값비싼 식당으로 가서 한턱 크게 쏘았다. 딸바보는 딸과 마주 보며 큰 소리로 잔을 부딪쳤다.

일 년 후에 니나가 단원고등학교로 발령이 나기까지 부부는 많은 영화를 함께 관람했다. 니나가 영화관에서 알바를 하면서 신작 개봉에 부모를 자주 초대했기 때문이다.

"아빠, 오늘은 〈변호인〉인데 노무현이 대통령 되기 전에 30대 시절 얘기래요."

"아빠, 이번에는 〈하녀〉인데 쫌 야한 영화래요."

딸바보 남편 덕분에 엄마는 처음으로 함께 영화 감상 후기를 주고받기도 했다. 그녀의 삶에 니나는 하늘이 떨구어 준 보물이었다.

'콩가루 패미'와 함께한 해피 데이

진주 삼현여중고는 '참되고 깨끗하고 슬기로운' 여성을 기르는 전당이었다. 상평동 주택가에 자리한 교정에는 늘푸른나무에 속하는 입갈나무가 사철 푸르게 열병식하듯 교문에서 본관까지 서 있었다. 해마다 봄이 되면 바늘 같은 푸른 잎들이 무성함을 더했다.

'현명한 아내, 현명한 어머니, 현명한 국민'을 지향하는 '삼현' 교정에서 니나는 '현명한' 친구라기보다는 무척 '재미난' 평생의 벗들을 만났다.

들깨, 우지, 수정, 아린, 봄이, 봉봉. 소녀들은 자주 뭉쳤다. 여고 시절의 야자(야간 자율 학습) 시간은 지루했다. 온몸이 녹작지근해지면 이들은 가끔씩 담임의 눈을 피해 복도에 모였다.

교문 근처 할매김밥에서 땡초 넣은 김밥을 먹으면 정신이 번쩍 들었다. 입안에서 불이 나는 것 같았다. 니나는 특히 떡볶이를 좋아했다. 모든 종류의 떡볶이는 제각각 맛있는 거였다. 비 오는 날이면 라면땅 과자를 한 봉지씩 와삭와삭 깨물어 먹었다.

수정이는 집이 진주에서 좀 멀리 떨어져 있어서 혼자 학교 근처에서 자취를 했다. 수정의 집은 소녀들의 아지트가 되었다.

소녀들은 어느 날, 모임 이름을 '콩가루 패밀리'로 부르기로 했다. 몸매도, 취미도,

집안 사정도, 좋아하는 이상형 남자도 다 달랐다. 그래서 들깨가 소리쳤다.

"우리는 콩가루 집안이닷! 좋잖아. 다 같은 것보다 다 다른 거! 콩가루 패밀리, 줄여서 콩가루 패미! 그렇지만 콩가루는 찰떡에는 찰싹 잘 달라붙어."

모두 이름에 동의했다.

수정의 방에 모여 자주 김치볶음밥과 라면을 나누어 먹었다. 주말이면 콩가루 패미는 이름과 달리 오히려 찰떡처럼 쫄깃하게 뭉쳤다.

진주 근교의 수목원과 진양호로 같이 몰려갔다. 거기서 갖가지 포즈로 사진을 찍었다. 셋은 통통하고 키가 작은 편이었고 셋은 키가 크고 늘씬했다. 아린과 봄이가 쭉 뻗은 몸매로 모델 같은 포즈를 흉내 내서 사진을 찍으면 작고 통통한 들깨와 우지가 다가가서 봄이와 아린의 가슴께를 손가락으로 은근슬쩍 꾸욱 장난스레 찔렀다.

"어데 갔노?"

"뭐가?"

"늬 젖가슴 말이다. 어디 숨어뿌따 아이가. 너무 작아서."

은근히 들깨와 우지는 키가 작은 대신 자기들의 예쁘게 봉긋한 젖가슴에 긍지를 가졌다.

아린과 니나는 일본 애니메이션과 캐릭터들을 좋아했다. 더러 번역된 일본 소설도 읽었다. 니나는 그즈음에 무라카미 하루키의 소설 《노르웨이의 숲》을 읽었다. 하루키는 일본 국적을 시원스럽게 스스로 던져 버린 듯한 소설로 세계적인 사랑을 받고 있는 중이었다.

"노르웨이의 숲? 내용이 뭐꼬?"

"으응? 노르웨이 숲은 고양이 품종 이름인데?"

"아냐. 비틀즈의 노래야. 내가 그 가사 첫 구절 알아."

"그래? 함 해 봐."

I once had a girl, or should I say she once had me.
She showed me her room, isn't it good? Norwegian Wood.

"어쭈. 제법인데?"

아린은 쫑알쫑알 말 잘 듣는 범생이 포즈로 비틀즈의 노래 가사를 외우고, 콩가루 패미는 그녀를 칭찬했다. 소녀들은 니나에게 소설의 줄거리를 독촉했다.

"으음. 그니까 주인공 와타나베와 기즈키, 나오코 이렇게 친구인데, 기즈키가 어느 날 자살해. 유서 한 줄도 없이. 근데 와타나베는 이후에 나오코와 연인이 되거든. 이후에도 몇 개의 삼각관계가 더 얽혀 있어."

"그러니까 엄청 야한 연애 이야기네."

"그렇다고 봐야지."

"야야. 그거 19금 아이가?"

"맞다. 당연 19금이지. 늬 인자 생활지도부에 불려 갈끼다."

콩가루 패미의 웃음소리가 콩가루처럼 사방으로 산산이 흩어졌다.

니나는 생각했다.

'아냐. 난 사랑이 어디까지나 감미로울 거라 예상해. 근데 작가는 왜 사랑보다는 죽음과 이별을 더 큰 비중으로 썼을까? 사랑의 환희보다는 고독을 더 길게 묘사하고. 아, 사랑은 도대체 어떤 빛이란 말일까?'

하루키와 애니메이션, 일본 만화와 캐릭터를 좋아했던 니나와 아린은 같이 경상대 일어교육과로 진학했다.

규슈대의 청춘들

2009년 3학년 봄에 니나는 규슈대 교환 학생으로 선발되었다. 성적이 우수한 학생이 누리는 특별한 행운이었다. 스무살 니나는 생애 처음으로 여권을 발급받아 규슈 후쿠오카현 후쿠오카시로 날아갔다. 학교는 히가시구 하코자키에 있었다.

니나에게 후쿠오카라는 도시는 중학교 국어 시간에 처음 알게 된 윤동주 시인과 함께 기억하는 곳이었다. 십대 소녀들이라면 누구나 좋아하는 〈서시〉와 〈별 헤는 밤〉의 시인 윤동주는 바로 후쿠오카 감옥에서 1945년에 옥사한 시인이다. 그의 죄목은 조선의 독립을 꿈꾸었던 위험한 '불령선인'이었다. 그의 나이 27세 2월에 일어난 일이었다.

내 인생에 가을이 오면
나는 나에게 사람들을 사랑했는지에 대해 물을 것입니다.
그때 가벼운 마음으로 대답하기 위해
나는 많은 이들을 사랑해야겠습니다.

시인은 생의 그 가을을 맞이하기 훨씬 이전에, 어쩌면 파릇한 초봄의 나이에 조국을 침탈한 일본 제국의 감옥에서 세상을 떠나고 말았다. 그런데 65년 지난 지금 식민지였던 나라와 군국주의 범죄를 저질렀던 나라가 이웃이 되다니!

니나는 윤동주 시인을 상기하며 그런 생각에 젖어 학교로 향했다.

유학생 기숙사는 대학 본부와 많이 떨어져 있었다. 교환 학생들은 세계 각국에서 다양하게 모였다. 한국인은 다섯. 니나는 기숙사 바로 옆방, 경북대에서 온 서지영과 절친으로 지냈다. 서울에서 온 이나라, 김현우, 박대희도 모두 다정한 친구들이었다. 그들은 휴일이면 지하철을 타고 하카다역과 상업지구 텐진으로 가서 맥주와 사케, 게임 등을 즐겼다.

장학금이 나오는 날이나 지영이 알바 급여를 받는 날은 기숙사 니나 방에서 조촐한 파티를 했다. 자정 지나서 술이 바닥나면 그들은 자전거를 빌려 타고 멀리 24시간 편의점까지 밤바람을 가르며 달려갔다. 주로 니나가 마지막까지 독야청청하게 남아서 친구들을 추슬렀다. 그래서 지영과 나라는 자기들보다 나이 어린 니나를 오히려 '형님'으로 부르기도 했다. 둘은 진심으로 그런 니나의 단단한 몸이 부러웠다.

휴일이면 그녀들은 기숙사 근처 작은 호수를 끼고 달리기를 했다. 니나가 가장 잘 달렸다. 지영과 나라는 니나를 '치타'라고 부르기도 했다. 니나에게 세상은 아름답고 재미있고 풍요로운 곳이었다. 니나의 얼굴은 항상 밝았고 웃음이 떠나지 않았다.

동급생 히로키는 친절한 일본인이었다. 네덜란드에서 온 시몬과 데브랑, 대만에서 온 야치, 중국에서 온 칸쿄 카이리. 이들과 함께 값이 저렴한 야간 버스를 타고 가끔 오사카로 진출하기도 했다. 순전히 먹방 투어였는데 일행은 나중에 돈 벌게 되면 비행기를 타고 다시 오자고 약속했다. 이들 모두 한국인 니나를 좋아했다. 특히 지도 교수인 오카자키 선생은 언제나 밝고 영민한 니나를 아꼈다.

니나는 또한 사랑을 찾는 데 적극적이었다.

단원고 부임 이후부터 수업과 담임 역할을 열심히 한 것만큼 그녀는 소개팅에 열중했다. 주로 동료 교사들이 주선해 준 미팅을 니나는 거절하지 않았다.

콩가루 패미 단체 카톡방에다 소개팅 가기 전에는 반드시 사진을 올렸다. 입고 갈 옷을 결정하기 위해서였다. 니나는 여러 벌의 옷을 입고 사진을 찍어 올렸다.

「야야. 그래 꽉 쪼여서 늬 숨은 쉴 수 있나?」

「ㅋㅋㅋ 쪼매 숨 쉰다. 깔딱깔딱.」

「그게 뭐꼬? 그 쫄바지 안 돼.」

「맞아. 그거 입고 나가면 만나기도 전에 까인다.」

니나가 올린 패션 사진을 두고 그들은 찧고 까불고 놀았다. 콩가루 패미는 일하는 것만큼 또한 열심히 놀았다. 소개팅 가기 전날에는 약간 설렘이 일었지만 번번이 마음에 드는 남자를 찾지 못했다.

'나으 반쪽은 어디 숨어 있는 고야? 대체.'

찬란한 스물여덟, 규슈와 스페인

2014년 새해.

니나는 들깨와 함께 규슈로 갔다. 교환 학생으로 공부한 그곳이 문득 그리웠다. 둘은 다정하게 학교 근처 '가시히야마 히가시' 공원을 산책했다. 그사이 한국인 관광객이 증가해서인지 친절하게도 한국어 안내판이 보였다. 니나는 학생 때 돈 아끼느라 조금밖에 먹지 못했던 스시를 들깨와 함께 포식했다.

쿠라스시는 여전히 값싸고 맛있었다. 특히 다진 연어는 입안에서 아이스크림처럼 녹아 버렸다.

구마모토성 아래에서는 잠시 호기를 부려 보았다.

"이게 가토 기요마사가 임진왜란 때 조선에서 배운 기술로 쌓은 거래."

그래도 스이젠지 공원의 비단잉어와 연못은 너무 정교하게 아름다워서 질투가 났다. 사이카이 국립공원 내 사세보항에서 배를 타고 나가서 200여 개 점점 흩어진 섬들을 보면서 니나는 그저 행복하기만 했다.

다자이후 역사의 마을은 공부의 신을 모신 곳이었는데 한국의 영험 있는 사찰처럼 자녀의 행운을 비는 인파로 붐볐다. 그곳 리락쿠마 스토어에서 니나는 제자들에게 줄 선물로 작은 쿠마 인형을 한 보따리 샀다.

특히 경찰이 되고픈 꿈을 가진 제자 지숙에게 주려고 특별히 추리 만화도 몇 권 샀다. 지숙은 명탐정 코난의 일본판을 모조리 읽어 치운 일본 만화 마니아이다.

그러나 뭐니 뭐니 해도 니나에게 제일 중요한 건 먹을거리였다. 둘은 니시진역 출구에 있는 대형 마켓인 '돈키호테'로 가서 캐리어가 터지도록 가족, 친구들과 함께 먹을 온갖 먹거리들로 가방을 가득 채웠다.

니나는 흡족한 미소를 띠며 느긋하게 들깨에게 말했다.

"돈키호테? 나 곧 그 우스꽝스런 남자의 나라에 갈 건데?"

1월 25일 새벽.

니나는 알람 소리에 오뚝이처럼 발딱 일어났다. 오, 오늘은 처음으로 유럽으로 가는 날! 앞으로 열흘간 먹지 못할 얼큰라면을 끓여 국물까지 깨끗이 비웠다. 인천공항으로 가는 차창 밖에 겨울은 아직 완강히 어둡고 축축한 안개처럼 스멀거렸지만 니나의 가슴에는 햇볕이 찰랑였다.

'그럼! 정말 잘한 결정이야. 미술 지선, 영어 민지, 윤리 태희와 4인 1조. 이건 진정 환상적 콤비네이션!'

넷은 지난 일 년간 같이 2학년 담임을 나란히 맡으면서 교무실에서 자리도 두 명씩 마주 보고 앉은 사이였다. 그것도 행운이었지만 이렇게 함께 스페인 여행을 하게 되다니!

동갑내기에 마음 맞는 친구들이 방학 중에 함께 여행을 떠나는 기분이 정말 날아갈 듯했다. 비행기는 헬싱키를 경유해 마드리드로 날아갔다. 니나는 헬싱키 상공에서 북구, 백야의 겨울이 어떨지 상상해 보았다. 내년 방학에는 꼭 지구상에서 가장 부유하다는 북유럽 3국을 여행해 보고 싶었다.

마드리드 공항에 도착해 호텔로 가는 차 안에서 니나는 몇 번이고 '오 마이 갓' 하고 되뇌었다. 엄청난 굉음을 내며 달리는 차로변, 공원, 빌딩의 계단 등에서 연인들이 거침없이 깊은 키스를 나누고 있지 않은가?

그런가 하면 벼룩시장, 지하철역, 공원, 광장 할 것 없이 사람들은 악기를 연주했다. 바이올린, 기타, 하프, 아코디언, 일렉 기타, 트럼펫 등 갖가지 악기를 연주하는 이들을 사람들은 무심히 지나치거나 가끔은 유심히 연주를 듣기도 했다. 아무도 불편하게 느끼는 기색은 없어 보였다. 무척 자유로워 보였다. 니나는 슈베르트 연가곡 중 좋아하는 〈거리의 노악사〉를 생각했다. 그 노래는 고독하고 가난한 늙은 악사를 연상시켰는데 막상 보니, 거리에는 모두 젊은 악사였다.

돈 주고 일부러 먼 길 가서도 듣는데 이렇게 BGM을 공짜로 듣다니! 그라시아스(Gracias, 감사합니다)!

'듣던 대로 무명 예술가들의 천국이로군. 음 좋아.'

니나는 소피아 아트센터 미로의 '귀여운 닭' 그림 앞에 멈추어 원더풀을 외쳤다.

그리고 그녀의 원더풀은 계속되었다. 발렌시아 파에야 위에 얹힌 등 구부린 큰 새우, 산 미구엘 재래시장 좌판에서 얇게 썬 하몽을 곁들여 반드시 서서 마셔야 하는 맥주. 프라도 미술관의 디에고 벨라스케스 작품, '불카누스의 대장간' 사내들의 금방이라도 캔버스 밖으로 튀어나올 듯한 생생한 근육, 솔 광장의 피에로의 행위 예술. 그리고 무엇보다도 가우디 투어에서 본, 200년 동안 짓고 있다는 성가족 성당의 그 유려하고 웅장한 곡선!

그러나 원더풀의 하이라이트는 관광 도중, 스타벅스 커피점에서 잠깐 동안 와이파이가 터지는 틈을 타서 잽싸게 카톡을 날릴 때였다. 떠나기 전에 지영의 소개로 본 준호가 잊히지 않았기 때문이다. 처음 있는 설렘이었다.

「준호 오빠. 나 지금 바르셀로나. 방금 파에야에 맥주 한잔.」

오홋. 공짜로 만리 밖의 오빠에게 톡을 날렸당!

호텔의 밤은 더 달콤 쌉쌀했다. 니나, 지선, 민지, 태희. 네 교사는 2인실 두 개로 나뉘어 있었지만 매일 방 하나에 모여서 남친과 제자들 얘기로 꽃을 피웠다.

니나는 그때마다 준호와 오고 간 톡을 보여 주었다.

"니나, 너무 빨리 속 보여 주는 거 아님? 속도 조절 필요해."

"콩깍지 씌었네. 아주. 얘, 저기 네 정신 달아난다. 얼른 붙들어 매렴."

"뭐 어때서? 좋은데 왜 굳이 숨겨야 하지?"

니나 등은 바르셀로나를 떠나며 약속했다. 우리 넷이 저 사그라다 파밀리아가 완성된다는 2026년에 다시 오자. 그때 우리는 몇 살? 마흔하나? 아마도 아이 딸린 아줌마겠지? 에구 징그러. 네 여자의 웃음소리는 바르셀로나 아름다운 야경 속으로 파문처럼 번져 나갔다.

마침내 사랑을 만나다

준호는 친구의 아내, 지영이 소개해 준 니나가 무척 좋았다.

니나를 처음 본 순간, 오렌지 빛 환한 전등을 보는 듯한 느낌이었다. 환하고 따뜻하고 밝았다. 무엇보다도 토끼같이 동그란 눈이 귀엽고 선해 보였다. 가만히 있는데도 웃고 있는 것 같은. 준호는 학교 행정실에 근무했다.

"저는 졸업 후, 10년 만에 학생들을 보는데요. 그새 많이 달라 진 거 같아요. 어때요 요즘 고딩들?"

"요새요? 이렇답니다."

니나는 준호에게 스마트폰의 앨범에서 아이들의 사진을 보여 주었다.

책상에 엎드려 팔베개한 아이. 바닥에 널브러진 아이, 혀를 쑤욱 빼물고 광대 흉내를 내고 있는 아이 등.

"제멋대로지요. 그렇지만 모두 너무 이뻐요."

니나는 준호의 눈빛이 좋았다. 쌍꺼풀이 없는 큰 눈이 맑았다. 귀는 작았지만 가장자리가 앞으로 오목하게 모아져 있어서 남의 말을 새겨들을 것만 같았다. 웃을 때면 눈 가장자리의 근육이 와르르 꼬리 쪽으로 몰려가며 주름이 지는 것도 왠지 정직해 보였다.

준호는 그날 이후 주말은 물론이고 평일에도 이틀이 멀다 하고 니나를 만났다. 준호의 집은 서울의 북쪽 노원구였고 니나는 안산이었으므로 지하철로도 90여 분 걸리는 먼 거리였다. 둘은 중간 지점인 사당역 근처에서 주로 만났다. 얘기를 나누다 보면 늘 자정을 훌쩍 넘기기 일쑤였다. 니나가 마지막 지하철을 타고 인덕원역까지 가면 건우 오빠가 기다리고 있었다. 그리고 준호는 가까스로 심야 좌석버스를 타고 귀가하는 일이 많았다.

그날도 이미 자정 가까운 시각이 되었다. 니나가 외국어대 대학원에 합격 통보를 받은 날이었다. 준호는 공부 욕심을 부리는 니나의 모습이 또한 좋았다. 서로 축하를 주고받았다.

니나는 준호에게 일본 젊은이들 사이에 선풍적 인기를 모으고 있는 리락쿠마 캐릭터를 한참 동안 얘기했다. 아이들에게 주려고 리락쿠마 인형과 스티커를 많이 샀다며 하나씩 설명도 곁들였다.

"얘 이름이 리락쿠마인데 영어와 일어의 합성어야. 얘는 어느 날 갑자기 미스 카오

루의 집에 숨어들어. 그러고는 그대로 눌러앉아 식객이 되는거야. 롱다리가 아니라 롱허리인데 등에 긴 지퍼가 달려 있어. 근데 얼마 안 있어 얘를 만나 보러 또 한 명 친구가 나타나는데 코리락쿠마야. 리락쿠마보다 조금 작아."

준호는 귀여운 아기곰 리락쿠마가 여러 형태로 귀엽게 변주된 캐릭터를 열심히 설명하고 있는 니나를 뚫어지게 관찰했다. 어찌나 몰두하는지 그대로 니나가 리락쿠마로 변신할 것만 같았다. 리락쿠마는 주로 개나리꽃처럼 샛노란 빛깔이었고, 코리락쿠마는 하얀 몸이었다.

귀차니즘에 빠져 사회생활보다는 개인의 취미에 경도된 일본 십대들 사이에 큰 인기를 끌 만한 캐릭터라고 준호는 생각했다.

카페를 나서면서 준호는 니나의 손을 살며시 잡았다. 작은 손이 부드럽고 따뜻했다. 그리고 니나에게 속삭였다.

"니나쿠마. 앞으로 널 이렇게 부를 거야. 발음이 비슷하잖아."

"그럼 내가 아기곰?"

"응. 아기곰 리락쿠마보다 더 귀여워. 늠흐늠흐 이뻐요."

"오홍? 좋아요."

"니나쿠마. 다음 주 수요일이 내 생일이야. 부모님이 널 초대하셨어. 보고 싶으신가 봐."

"진짜?"

"응. 와 줄 거지? 동생이랑 매제 될 사람도 함께 올 거야."

니나는 가슴이 쿵쾅거렸다. 둘이 너무 빨리 달리고 있는 것 같아서 약간 두렵기도 했다. 그러나 몸은 반대로 움직였다. 어느새 고개를 두어 번 까딱거리고 있었다.

"고마워."

바로 그런 다음에 준호의 입술이 니나의 입술에 가볍게 닿았다.

"니나쿠마. 사랑해."

순간, 바늘로 찌르는 듯한 예리한 느낌이 니나의 몸을 훑고 지나갔다. 그리고 길게 달콤한 행복감이 따뜻한 물처럼 몸을 적셔 들었다. 니나는 눈을 감았다. 왁자지껄한 사당역 인근의 소음이 먼 별에서 들려오는 소리처럼 아련했다.

'고마워요, 준호 오빠.'

니나는 마음속의 말을 건네지는 못했다. 그렇지만 준호는 니나의 그 말을 들은 듯이 행동했다. 집으로 가는 길에 니나와 준호는 가슴에 일어나는 따스한 기운을 느꼈다. 아마도 봄이 그들의 가슴에 맨 먼저 노크하는가 보았다.

다음 날은 불금(불타는 금요일)이었다. 준호는 콧노래를 부르며 차를 운전해 안산으로 내달렸다. 니나의 시간을 최대한 아껴 줘야 했다. 니나가 담임인 반 학생들의 생활기록부 정리를 마쳐야 했기 때문이다. 새벽까지 영업하는 커피집을 찾아갔다. 토요일 출근하지 않아도 되었으므로 새벽까지 안산에서 시간을 보내도 좋았다. 준호는 몸이 새털처럼 가벼워진 기분이었다.

니나가 노트북으로 일을 하면 준호는 오타 등을 잡아 주었다. 도시의 밤이 어떻게 새벽 풍경으로 흐르는지 둘은 함께 앉아 같은 방향을 보며 오랫동안 행복했다. 건물들이 만들어 내는 스카이라인 너머에서 새벽빛이 몸을 일으켜 소리 없이 다가오는 것을 처음으로 보았다.

잠에서 깨어나 같이 아침을 맞고, 그리고 함께 따스한 모닝 커피를 마시는 기분은 어떨까? 니나와 준호는 비슷한 상상을 동시에 했다.

"오빠, 나 아무래도 3학년 담임 안 맡을까 봐요."

"그러는 게 좋겠지? 야자에다 0교시 수업에다 대학원까지 다니려면 너무 힘들지 않을까?"

"사실은 지금 담임 맡은 애들이 3학년 올라가니까 같이 올라가고 싶어요. 애들이 너무 이쁘고 착해요. 모두. 그애들과 함께 있고 싶어요. 그리고 3학년 맡으면 평점도 고가이고 일 년 후에는 경기도 중에서도 좀 더 서울 근교로 갈 수도 있는데."

"그러면 우리가 만날 시간이 없잖아. 얼른 학교에 말하는 게 좋겠다. 2학년 맡겠다고."

“학교는 내 입장 존중해 주는 편이어요.”

“그래, 그럼 2학년으로 해 봐. 그리고 내년에 과천이나 일산이나 안양이나 이런 데로 가면 좋겠다”

“왜?”

“내 직장이 가양동이니까 거기쯤이 가깝고 좋잖아.”

준호는 말해 놓고 흠칫 놀랐다.

‘내가 지금 청혼한 거야? 이렇게 빨리? 뭐 빠르면 어때?’

니나가 눈을 동그랗게 치뜨며 준호를 올려다보았다. 정말 예쁘고 깜찍했다. 준호는 니나의 어깨를 안으며 속삭였다.

“우리 결혼할까?”

“그럴까?”

둘은 마주 보고 활짝 웃었다.

“바보야. 뭘 믿고 그래? 이럴 땐 생각해 볼게, 그러는 거야. 영화에서 보면 말이지.”

니나는 정말 행복했다. 처음 갖는 느낌이었다.

니나는 들깨에게 이런 마음을 털어놓았다.

며칠 후 들깨는 니나의 데이트 장소에 미리 숨어들었다. 무엇보다 준호가 어떻게 생겼는지 무척 궁금했다. 들깨는 봄이와 함께 약속 시간보다 일찍 카페의 구석에 자리잡았다.

이윽고 니나와 준호가 나타났다. 둘은 누가 봐도 다정한 연인이었다. 니나는 화들짝 자주 웃었다. 들깨와 봄이는 준호를 더 자세히 보기 위해 밤고양이처럼 웅크려 가까운 곳으로 빠르게 이동했다.

“쟈들. 불탄다. 불탄다. 저러다가 다 타뿌리겠다.”

준호는 무슨 이야기를 들려주는지 니나를 마주 보며 연신 팬터마임처럼 손짓을 계속했다.

“머스마가 모 저래 수다 맞노?”

봄이가 투덜거렸다.

"가시나맹키로 참하게 생깄네."

"우리 이쯤에서 고마 자수해뿌자."

"마, 치아뿌라. 들켰다. 준호 씨가 우릴 봤어."

준호는 입을 벌려 크게 웃으며 들깨에게 다가왔다.

"환영합니다. 같이 앉으시죠."

넷은 늦게까지 함께 있었다. 치맥에 취기가 약간 오른 봄이가 상기된 얼굴로 준호에게 따지듯이 물었다.

"둘이 어디까지 갔어? 솔직히 말해 봐 봐."

준호가 대답 대신 니나에게 물었다.

"그럼 우리 지금 해 버릴까?"

"우쉬이. 무얼?"

들깨와 봄이는 니나를 데리고 오랜만에 자신들의 집으로 향했다. 준호가 장난기 가득한 얼굴로 함박꽃같이 하얗게 웃었다. 니나는 준호와 의논 끝에 결국 2학년 담임을 맡았다. 준호는 니나의 형편을 고려해 언제나 니나가 편한 장소로 자주 왔다.

4월 15일 밤. 니나는 준호와 짧게 통화했다.

"안개가 장난 아냐. 배가 좀 늦게 출항하려나 봐. 지금 아이들과 불꽃놀이 준비해야 해."

그리고 다음 날 아침 8시 반.

「지금 아침 먹는 중. 아이들한테 가 봐야 해. 4층에. 배에 무슨 이상이 생겼나 봐.」

준호의 폰에 니나의 마지막 문자는 오래도록 남아 있었다.

준호는 몇 달 뒤, 니나가 여행했던 스페인의 그 여정을 그대로 따라서 밟았다.

바르셀로나 밤하늘에 별이 되어 있을 그녀를 향해 말했다.

'니나쿠마. 사랑해. 영원히.'

우리 애기들을 살려야 해요

2학년 2반 **전수영 선생님**(국어)

1. 패셔니스타 수영.

2. 스승의 날, 단원고.

3. 벚꽃 아래서 제자들과 함께.

우리 애기들을 살려야 해요

"항상 학생을 생각하는 선생님이 되겠습니다."

"구명 없어. 미안해 사랑해."

"애들은 입혔어요. 구조대가 온대. 얼른 끊어."

보고 싶은 우리 딸, 수영

네가 세상에 남긴 말은 영원하단다.

선생님이 되던 날, 자신에게 한 약속. 그리고 기울어 가는 선상에서 죽음을 각오하고 사랑하는 친구와 엄마에게 남긴 우리 날개 없는 천사의 마지막 말. 보조개가 예쁜 스물다섯 살의 푸르른 전수영은 그 마지막 순간에 무엇을 생각했을까?

엄마는 팽목항에서 네 영혼의 소리를 전해 들었다. "엄마, 엄마, 저 부모님들께 대신 미안하다고 말해 줘"라고. 사랑하는 제자들의 시신이 올라올 때마다, 너는 나에게 부탁을 했다. 나는 입속에서 머뭇거리는 그 소리를 차마 입 밖으로 내보내지 못했다. 너는 푸르디 푸른 젊은 목숨이 다하는 순간까지 책임과 의무를 다했고, 제자들을 자신보다 더 사랑한 새내기의 깨끗하고 고운 너의 마음을 내가 알고 있었기 때문이었다. 너무 착해서 다른 사람을 탓하기보다는 자신을 책망하고 있을 너의 영혼이 너무 가여워서였다.

1989년 7월 4일. 너는 경기도 과천에서 태어났다. 아빠는 너의 이름을 잘 익은 이삭과 같은 사람이 되라는 뜻에서 '수영(秀穎)'이라고 지어서 너에게 첫 선물을 했다. 나는 육아 일기를 썼다. 1989년 7월 10일. 나는 이렇게 써 놓았구나.

아가야! 너는 마음이 착하고, 어려운 세상에 선한 빛이 되어야 한다. 주변의 어려움을 도와줄 수 있는 마음으로 생활하거라.

이것은 진정한 나의 바람이었단다.

공무원인 아빠와 교사인 엄마는 직장 일로 늘 분주해서 네가 초등학교 입학하기 전까지는 항상 곁에서 돌보지 못했다. 맞벌이 가정으로 어린 아기를 돌보아 줄 사람이 필요했는데 다른 사람보다도 할머니가 제일 잘 돌보아 주실 것 같아서, 비록 매일 어린 너와 만날 수는 없어도 보고 싶은 마음을 참고 멀리 떨어진 청주에 계시는 친할머니에게 보내기로 했다. 유아기의 천사 같은 너의 모습을 지켜보지 못해서 늘 마음에 걸렸단다. 나는 너를 데리고 지낼 수 있었던 방학이 학생들만큼이나 무척 좋았어. 25년의 너무 짧은 너의 삶에 엄마가 직장 때문에 같이 있어 주지 못한 것이 사무치게 마음이 아프구나.

청주에 계시는 할머니 품에서 너는 어린 시절을 보냈다. 그러다 보니 할머니가 손수 너에게 한글을 깨우쳐 주셨다. 한글을 깨친 네가 어느 날 동화책을 통째로 줄줄 외우는 걸 보고 할머니는 무척 기뻐하셨어. 그 작은 손가락으로 학원에서 배운 피아노 솜씨로 건반을 두드리는 것을 보고 할아버지는 무척 신기해하셨어.

네 어린 날, 가슴 아픈 기억이 있단다. 주말에 너를 보러 갔다가 돌아올 때면 너는 같이 가겠다고 차를 따라서 뛰어왔어. 혹여 불면 꺼질세라 금이야 옥이야 하면서 노심초사하며 너를 키우는 할머니께 우리는 무척 죄송한 마음이었어. 우리가 탄 버스가 시야에서 사라질 때까지 너는 할머니 품에서 부모를 지켜보았단다. 그래서인지 너는 다 자란 후에도 정이 많이 든 할머니께 틈만 나면 달려갔지.

교사 임용시험 합격자 발표 다음 날, 새벽 일찍 할머니한테 그 사실을 맨 먼저 알리려고 고속버스를 타고 내려갔었지. 할머니는 손녀가 선생님이 된 것을 정말 좋아하셨다. 그래서 사고 후 네가 발견되기까지 34일 동안 배 안 어디서 네가 살아 있을 거라고 굳게 믿고 계셨어.

과천 청계초등학교에 입학하면서 비로소 너는 늘 부모 곁에서 성장할 수 있게 되었어. 나는 직장 생활에 지쳐 너에게 그리 살갑고 다정한 엄마는 되지 못했던 것 같아. 너는 어린 나이에도 뭐든지 잘했어. 그런 너를 칭찬도 많이 해 주고 사랑의 표현도 많이 해 주었어야 하는데 수영이는 당연히 잘하는데 하고 그냥저냥 넘어갔던 적이 많아. 어린 너는 동생을 잘 챙겨 가면서 엄마를 위해 집 청소를 스스로 해 놓았어. 하루도 아니고 매일. 그리고 어버이날이나 생일날 등에는 선물과 다양한 이벤트를 준비해서 아빠 엄마를 행복하고 기쁘게 해 주었어.

초등학교 때에는 깜찍하게 '수영이를 사용하세요'라는 엄마 돕기 쿠폰을 발행했지. 노래를 불러 주었고 가족 게임이나 연극을 해서 즐겁게 해 주었지.

중학교 때에는 엄마가 학교에서 수업할 때 사용하라고 직접 열 가지 색분필을 만들어 주었지. 대학 때에도 곰 인형을 직접 만들어 선물로 주었어. 나는 그 곰 인형을 지금 너 대신 매일 끌어안고 잠을 자고 있단다.

그리고 너는 어렸을 때부터 작은 손으로 나의 다리를 힘껏 잘 주물러 주었어. 수학여행 떠나기 전날에도 그랬지. 내가 좋아하는 드라마를 같이 보며 종달새처럼 지저귀었지. 너는 태어날 때부터 '천사표'였던 거 같아. 엄마는 너로 인해 마음을 다쳐 본 적이 없었어.

네가 초등학교에서 받은 통지표에는 이렇게 적혀 있었다.

온순하고 착하고 열심히 공부하는 다정한 어린이입니다.

네가 3학년 되던 해에 아빠가 일본으로 발령이 났어. 아빠와 나는 오랜 고민 끝에 공부에 부담이 적은 초등학교 때에 네가 외국 경험을 하는 게 좋겠다고 결정했어. 우리 식구 넷은 일본으로 갔다. 그때가 우리 가족이 가장 행복했던 시기였던 것 같아. 다니던 학교를 휴직한 덕분에 오랜만에 너의 학교 행사에 참석할 수 있었고 학교에서 돌아온 너를 위해 간식도 준비해 놓고 기다렸지. 너는 다행스럽게도 일본어를 빠르게 익히고 일본 생활에도 무난히 잘 적응했어.

너는 천부적으로 언어 감각이 빼어난 편이었어. 집에 와서는 일본어로 대화하는가 하면 학교에서는 친구들에게 한글을 가르치기도 했지. 3년 후에 귀국했는데 일본 친구들로부터 온 편지에 네가 가르쳐 준 자신들의 이름을 한글로 썼더구나. 야무진 우리 딸 수영이!

너에게 공부하라는 말을 해 본 기억이 없구나. 그저 엄마가 네게 해 준 말은 그날 학습한 것을 그날에 모두 복습하면 좋다는 정도였어. 일본에서도 매일 우리나라 책을 보고 계획을 세워 그날그날 목표한 공부를 꼭 했어. 누가 시킨 것도 아닌데 말이다.

일본 친구들에게 웃는 얼굴로 먼저 인사를 하고 수학 문제를 가르쳐 주기도 했어. 그때 친구들이 쓴 편지에 '수영이는 수학을 잘 가르쳐 주는 상냥한 친구다, 나도 수학을 잘해서 수영이처럼 친구들에게 가르쳐 주는 사람이 되고 싶다'는 내용이 있었어. 혼자서 우리나라 교과서를 꾸준히 공부한 덕분에 3년 후에 귀국해서도 학업에는 아무런 어려움이 없었단다.

문원중학교에 입학하고서 사춘기에 접어들 만한 나이인데도 너는 자그마한 '일탈' 조차도 보이지 않았다. 그 무섭다는 중2병에도 너는 감염되지 않았어. 항상 웃는 얼굴에 책임감이 강하고 다정한 학생이었어.

한 중학교 동창은 사고 후에 이런 글을 올렸더구나.

> 저는 소심한 성격이고 시비 거는 애들도 있는데 그런 저에게 수영이는 말동무 해 주고 이것저것 학교생활도 많이 도와주는 배려심 깊은 친구였습니다. 그리고 당시에 얘기 나눴을 때 어머니 따라서 선생님이 되고 싶다는 얘기를 했던 기억이 납니다. 정말 훌륭한 친

구였습니다. 인성으로 보나 능력으로 보나 능히 어린 학생들을 이끌고 지도할 만한 친구였어요. 마지막까지 학생들에게 구명조끼를 입혀 주다가 연락이 끊겼다는데…… 저는 그 친구 성격에 만약 선장이 퇴선 명령을 내렸다고 해도 학생들을 돌보지 않고서는 선실을 나오지 않았을 거라고 확신합니다. 언젠가 세월호 사건이 잊히고, 희생자들도 우리 뇌리에서 점점 사라져 가겠지요. 근데, 전 이 친구는 정말 못 잊을 거 같습니다. 그렇게 신세를 많이 졌는데, 이렇게 훌륭한 사람인데……

너는 우리가 살고 있는 지역의 과천외고에 진학하고 고등학교 생활을 무척 즐겁게 했어. 성실하고 착한 너를 선생님들이 많이 예뻐해 주셨어. 친구들도 많이 사귀고. 친구들이 어려운 문제를 물어보면 너는 항상 특유의 미소를 지으며 쉽게 설명해서 귀에 쏙쏙 집어넣어 주는 능력이 뛰어나서 인기가 높았다고 들었다. 외고 친구들의 편지에 그런 네가 남아 있구나.

네가 정말 부러운 건 항상 웃어서야. 공부할 때도, 질문할 때도 항상 웃으면서 받아 줘서 고마워. 진짜 편안해. 개인 과외 자주 해 줬는데 도움 많이 됐어. 커서 선생님하면 정말 잘 어울릴 것 같아.

너는 외할아버지와 엄마가 교직에 있어서 어려서부터 학교 이야기를 많이 듣고 자랐지. 선생님은 학생들 성장하는 모습을 보면서 보람을 느끼는 직업이야. 수많은 제자들이 각각 개성이 있어서 그 커 가는 모습을 보며 동고동락하다가 졸업하고 나서 의젓한 모습으로 나타나면 어렸을 때의 모습이 겹쳐 보여서 웃기기도 하고 대견스럽단다.

나는 네가 선생님이 되는 것도 좋겠지만 또 다른 직업도 잘 어울리겠다는 마음을 가졌어. 특히 외국어 실력이 뛰어나고, 169센티미터의 큰 키에 귀요미 얼굴에다 천성적으로 지닌 친화력도 있어서 좀 더 넓은 세계로 나아가 폭넓은 경험을 하는 직업도 좋겠다 싶었지. 그런데 너는 어려서부터 선생님이 되고 싶어 했어. 아빠와 나는 너의 뜻을 지지해서 훌륭한 선생님이 되길 바랐다.

네가 고3이 되던 해에 아빠는 다시 일본으로 발령을 받아 떠나게 되었어. 고3 수험생을 혼자 두고 떠나는 일이 쉽지 않더구나. 오래 고민했어. 그런 상식을 벗어나는 과감한 결행은 너를 믿었기 때문에 가능한 일이었다. 동생은 아직 부모의 살뜰한 보호가 필요한 나이이지만 너는 얼마든지 '홀로서기'를 감당할 수 있으리라고 우리는 의심 없이 확실히 믿었거든. 그때 너는 잘 지낼 수 있으니까 다녀오라고 말했어.

다행히 네가 오랫동안 '옆집 엄마'라고 부르며 무척 따르던 우리 옆집의 부인께서 너를 친딸처럼 보살펴 주셨어. 착한 너는 나와 주고받은 이메일에는 힘든 고3 생활을 내색하지 않고 잘 지내고 있다고만 했지. 가끔 가면 반가워서 귀엽게 웃고 반겼던 너의 모습이 눈에 어른거려. 내 사진을 보며 매일 뽀뽀를 했다는 이메일의 내용이 지금 너무 마음을 아프게 한다.

천사 딸, 전수영.

25년 동안 내 곁에 있어 줘서 너무나 고마워.

나는 50이 넘은 지금에서야, 이제는 볼 수 없게 된 천사가 전해 준 사랑을 넘치도록 느끼고 있어. 미안하고 사랑한다. 혼자서 공부를 하면서도 열심히 해서 과천 애향 장학금도 받고, 고3 때에는 중3 때처럼 전체 수석을 하기도 했어.

고3 때에는 공부에만 몰두한 나머지 몸이 약해졌어. 코피를 많이 흘렸고 학교에서 쓰러지기도 했지. 자율 학습 감독을 하던 여선생님이 얼굴이 샛노래진 채 이를 악물고 있는 너를 발견해서 소화제를 먹이고 손을 주물러 주고 침을 놓아 주었어. 가까스로 안색이 돌아온 너는 연신 선생님을 향해 감사하다는 말만 했다고. 선생님이 붉어진 눈으로 전해 준 말씀이란다. 그래도 너는 공부를 계속했어. 하고자 하는 것은 끝까지 하는 강한 면이 있었지.

고3 때 담임 선생님은 혼자 수험 생활을 하는 네가 대견하고 안쓰러워 주말에는 가끔 댁에 불러 선생님 가족과 함께 밥을 먹기도 했다. 방긋방긋 웃으며 사모님께 감사하다고 연신 인사하는 너의 모습이 하얀 분꽃처럼 소박하게 예뻤다고 하셨지. 고등학교 선생님들은 너의 사고 소식을 듣고 계속 안부를 물으셨다. 너의 장례식장에 매일 오시고 발인하는 날 새벽에 또 오셔서 많이 울고 가셨다.

모두 너를 아끼고 사랑해 주신 제 2의 부모님이라고 생각해. 착한 너는 어느 곳에서나 사람들에게 사랑을 받았어. 네가 고1 때 써 놓은 글이 있더구나.

나는 인간관계에서 사소한 일로 꼬투리 잡지 않는다. 다양한 친구들과 같이 잘 지내고 싶은데 사소한 일을 쌓아 두면 서로 멀어지기 때문이다. 그러다 보면 간혹 친구들에게 무시를 당할 때가 있어도 친구와 잘 사귈 수가 있으니까 괜찮다.

나는 그냥 착하고 성실하고 책임감이 강한 것이 너의 천성이라고 쉽게 생각했는데, 이 글을 보고 자신의 정체성을 확립하기 위해 많이 노력했다는 것을 느낄 수 있었어.

고3을 가족과 떨어져서 힘든 대학 입시를 치르고, 너는 희망대로 선생님이 되기 위해 고려대학교 사범대학 국어교육과에 입학을 했어. 평소에 책읽기를 좋아해서 집 근처의 도서관을 자주 이용했어. 어렸을 때 일본에서 생활할 때도 한국문화원의 도서관에서 우리나라 책을 많이 읽었지. 고등학생 때, 용돈을 모아 준비한 책을 재일 교포 학생들에게 조금이나마 도움이 되길 바라며 도쿄 한국문화원에 기증하기도 했다. 책과 문학을 좋아한 네가 국어교육과를 선택한 건 무척 자연스러운 일이었다고 봐.

수능 시험을 보던 날, 아빠가 잠시 귀국해서 시험장에 함께 갔는데 교실 밖에 놓아둔 가방의 김밥이 너무 차서 먹지 못하고 속이 빈 채로 오후 시험을 치렀다지. 엄마가 함께 가서 챙겨 주지 못해서 두고두고 미안해. 그래도 우리 딸, 수능 시험은 거뜬히 좋은 성적을 얻었지. 장하다. 수영!

그런데 말이다. 힘든 고3 시절이 지나고 대학생이 되고부터는 재미있는 일이 많았지? 무엇보다 너 혼자 지내는 집은 친구들이 모여서 엠티하는 장소가 되었고. 어른이 안 계시니 마음 놓고 웃고 떠들고 너희들 청춘의 풋풋한 우정을 다지는 곳이 되었으니 무척 다행스런 일이라고 생각해. 더욱이 너는 과 대표를 맡고 있었으니 얼마나 안성맞춤한 일이더냐. 너희들 주머니 사정을 고려하면 더욱 좋은 일이었지. 우리 집이 청춘들의 친교와 우정을 다지는 장소였으니 또한 행복한 일이지.

너는 과대표를 맡아 일하는 사이사이로 평소에 즐겨 연주하던 재즈 피아노 특기를 살려서 재즈 동아리(JASS)에서 활동한다는 등 즐거운 소식만 골라 가족들에게 전했지. 어느 날 나에게 거리에서 재즈 공연을 한다고 말했던 날. 그곳에 한번 가 보지 못한 것이 두고두고 아쉬움으로 남는다. 우리 딸은 어떤 재즈 곡을 좋아했을까? 또 좋아한 뮤지션은 누구였을지 궁금하구나.

네가 우리 곁을 떠난 후에서야 알게 된 사실. 네 서랍 속에서 찾은, 4학년 때에 받은 최우등생 표창장은 대학에서도 학업에 열중한 범생이 수영을 말해 주더구나.

딸과의 소중한 추억을 더 만들지 못해서 너무나 아쉬워서 너의 대학 졸업식에 가서 찍은 가족사진을 지금 거실에 걸어 두었다.

네가 임용시험 볼 때는 아빠가 직접 데려가셨지. 무척 흐뭇해하면서. 3차 면접시험을 보기 위해서 내가 우리 딸 화장도 해 주었지. 너의 귀여운 얼굴을 만져 가며 눈썹을 다듬고 볼 터치를 하고 긴 머리카락도 망에 넣어 단정하게 하니, 우리 딸 인물이 환하게 벌어진 꽃송이 같았다.

2013년에 너는 안산의 단원고등학교로 첫 발령을 받았어. 학교가 과천 집에서 전철로 한 시간 거리로 그리 멀지 않았기에 우리는 모두 좋아했어.

2013년 2월 5일. 너는 페이스북에 "항상 학생을 생각하는 선생님이 되겠습니다"라는 맹세를 적어 놓았더구나. 그 맹세는 너의 수첩에도 적혀 있었다. 교사 자격을 얻은 날의 그 맹세를 지키기 위한 실천의 흔적이 네 노트에는 빼곡히 아롱져 있다.

매 시간 빼놓지 않고 수업한 내용과 칭찬한 학생, 학생들의 반응, 수업에 대한 평가 등. 수학여행을 떠나던 4월 15일 마지막 수업까지. 여행 다녀와서 초콜릿을 줄 남학생의 이름과 절대로 잊지 않고 주려는 듯이 선명하게 밑줄도 그어 있었어.

항상 웃는 얼굴로 친절하게 잘 가르쳐 준 선생님을 기억하는 제자는 별로 없어, 첫 제자가 마지막 제자가 되었으니까. 대부분 함께 하늘로 여행을 떠났으니까. 그 첫 제자들을 너는 애기 같은 목소리로 항상 '우리 애기들!'이라고 불렀대.

교무실 책상과 교실에 남아 있는 너의 흔적들. 제자들에게 주려고 준비해 둔 간식. 상담을 위한 학급 가정 통신문. 좋은 선생님이 되기 위한 숱한 맹세와 다짐들, 학생들의 자발적 참여를 유도하기 위한 여러 가지 방안들……

너는 교무실에서도 초임에 막내인지라 총무를 맡게 되었지. 다음 날 선생님들이 드실 간식거리를 매일 싸들고 출근했다. 붐비는 전철 안에서 간식 보따리를 보존하기 위해 안간힘을 쓰곤 했다. 그래도 그 일을 너무 즐겁게 하더구나. 동료들이 먹을 것이라면서 빵은 꼭 그날 아침에 나온 따끈한 것으로 준비했지.

너는 그렇게 매사에 성심과 성의를 다했다. 늦게 학교가 끝나고서도 아르바이트를 하는 반 학생의 편의점에 들러서 같이 시간을 보내 주고 격려도 해 주는 다정한 선생님이었다는구나.

한 학생의 어머니는 자기 딸이 메이크업 아티스트가 꿈이었는데 화장을 하고 학교에 가면 선도부에게 지적을 받았대. 그런데 너는 먼저 그 학생의 이야기를 들어 주고 화장을 잘한다고 칭찬도 해 주면서 훌륭한 아티스트가 될 수 있을 거라고 격려를 해 주었다고. 그리고 선도부를 직접 찾아가서 그 학생의 희망을 이야기해 주면서 고려해 달라고 부탁을 해 주는 친절한 선생님이었다는구나.

수학여행 직전에 전학 온 학생은 너와 오랫동안 상담했고, 선생님이 잘 적응할 거라고 긍정적인 응원을 해 주셔서 친구도 잘 사귀게 되어 고맙다는 편지를 보냈더구나.

너와의 약속을 지키기 위해 열심히 공부해서 목표를 달성한 학생에게는 반드시 밥을 사 주고, 거리에서 만나면 반가워하며 같이 가서 간식도 먹으면서 소소한 이야기를 많이 나누었다는구나. 그 학생들이 어느 날 수업 시간에 어떤 남자선생님이 너의 귀엽고 특이한 콧소리를 흉내 냈다고 쉬는 시간에 곧바로 교무실에 달려가서 너에게 일러바친 적도 있었다고.

2013년 종업식 날, 학생들에게는 고등학교의 첫 담임 선생님이자, 너에게는 첫 제자인 반 애기들과 헤어질 시간이 되었을 때, 교실에 들어오는 너를 보자 학생들은 울기 시작했다고 한다. 그러면서 학생들은 너의 모습을 보았는데, 너는 울지 않았다는구나. 그날 아침 너는 나에게 오늘 종업식에 학생들은 울어도 자신은 울지 않겠다고 미리 다짐을 하고 출근했었지. 그리 단단하게 결심한 채, 위엄 있고 강한 선생님의 모습을 보여 주고 싶었나 본데, 나는 그 모습이 귀여워서 웃음이 나왔어.

생존한 한 학생은 세월호가 연착되어 기다리는 동안 너와 한 이야기를 기억하고 있단다. 너는 그 학생에게 튤립처럼 예쁘다고 말해 주었다지. 그래서 그 학생은 이제 꽃들 중에서 튤립이 제일 좋다는구나.

4월 16일. 기울어지고 있는 배 위에서도 너는 '우리 애기들'을 가장 먼저 생각하는 선생님이었다. 학생들에게 학급 단체 카카오톡으로 먼저 사고 소식을 전하며 몸조심하고 침착하게 구명조끼를 입고 있으라고 했어. 또 반장에게는 주변에 있는 친구들을 잘 챙기라고 했지. 그 착한 반장은 마지막까지 책임을 다했더구나.

생존 학생들은 너의 말을 믿고 힘을 내어 침착하게 탈출할 수 있었다고 말해 주었어. 그날 나는 그 위기 상황에서 전화를 잡은 손이 떨리면서도 너를 살릴 방법을 애써 생각해 낸 것이 "구명조끼 입었어?"였어.

너는 내 물음에 에둘러 답했다.

"아이들은 입혔어요"라고. 그리고 구조 활동 때문에 배터리 아껴야 한다고 전화 끊으라고 했어. 내가 들은 너의 마지막 목소리, "얼른 끊어".

나는 네가 구명조끼를 입지 못한 것을 눈치채고 네가 전화를 끊기 전에 "얼른 입어!"라고 마지막으로 말했어. 그리고 너의 구조 활동에 방해될까 봐 바보같이 전화도 못하고 기다리기만 했어.

너는 내가 구명조끼 입으라고 비명처럼 애원했는데도 끝내 입지 못하고 제자들을 챙기기 위해 아래층 계단으로 내려갔다. 차라리 사랑한다고 말해 줄걸. "사랑해." 그

세 음절의 말을 해 주지 못한 것이 두고두고 사무치는 한으로 남는다. 그날 그 시각에 네가 발견된 근처에서 탈출한 선사 직원은 학생들을 밀어 올리다 탈진해서 모든 것을 포기한 것처럼 주저앉아 있는 여선생님의 모습을 잊을 수가 없다고 말했어.

잘했다. 천사 수영 샘!

네가 공부한 고려대학교 교육관 건물 4층에 '전수영 라운지'가 생겼단다.

먼 훗날, 너의 까마득한 후배들이 그 라운지를 스치며 너의 마지막 행동을 기억하면서 경쾌하게 재잘거리겠지. 그 애들 가슴에 네 환한 웃음이 퍼지기를 바란다. 수많은 전수영으로 되살아나서 아름다운 선생님이 되기를 바란다.

자랑스러운 내 딸, 수영.

네가 남긴 글이 엄마에게 힘을 주고 있는 거 알아? 대학 때 쓴 너의 글을 읽었어.

"괜찮아…… 라고 스스로를 위안하곤 한다. 모든 충격은 확실히 괜찮다. 이렇게 복잡한 사회에서 하루를 쫓기고 스트레스를 받아도…… 결국은 웃는다.

모두 '괜찮아'라는 자기 암시 효과가 아닐까. 가장 최악은 더 이상 '괜찮아'라고 말할 수 없는 상황이다. 하지만 그럴 일은 없다고 본다. 사람은 아무리 절망적이더라도 한 가닥 희망은 포기하지 않으므로."

엄마의 희망은 너였단다. 사람은 희망이 있어야 사는 의미가 있고 행복한데……

네가 남긴 강한 긍정 에너지를 받으며 힘을 내서 생활하고 있어.

'우리 애기들'이 네게 전한 짧은 고백들을 몇 편 적는다.

그곳에서도 친절하고 배려심 많은 웃음쟁이 선생님이 되렴.

안녕. 전수영! 많이 많이 사랑한다.

2015년 가을에 엄마가

애기들의 고백

맨날 저희보고 애기들아~하시는데 뭔가 모르게 애가 된 느낌이었어요.
하하 다 큰 늙은 고등학생인데. ㅎ -정아

처음 선생님 만났을 때 선생님이 항상 웃고 계셔서
신기하기도 하고 저도 모르게 저도 기분이 좋아졌어요!
수업도 항상 선생님 특유의 상냥한 미소로
수업하셔서 국어 시간이 싫었던 적이 한 번도 없었어요. ^U^
2학년 때 선생님께서 담임 샘도 하셨으면 좋겠고
문학 파트 선생님께서 하셨으면 좋겠어요.♡
샘 사랑해요.♡ -민지 올림

To. 단원고 김태희 전수영 샘
메리크리스마스♥에용~♡
언제나 잘 가르쳐 주시고 열정과 희망을 주셔서 감사합니다!ㅎㅎ
선생님이 정말 좋아용!!
2학년 때 선생님이 저희 담임 선생님이었으면 좋겠어요..ㅜㅜ
선생님 덕분에 한 해 동안 즐겁게 국어 공부할 수 있었어요!!
선생님 진짜 사랑해요. ♥♥♥ Thank you. -혜린

선생님은 꽃이에요. Merry Christmas. ^^ -이쁜 인서

샘, 요즘 부쩍 이뻐지셨어요! 남친 생기셨나여?ㅎㅎ
모르는 문제 물어보러 자주 갈게여.
그럼 이만 뿅! -귀요미 주희

제 고등학교 첫 선생님~♡

항상 든든한 지원군 되어 주시고 응원해 주시고 격려해 주셔서 좋았어요. ㅎㅎ
사랑합니다. -미지 올림

천사 전수영 샘. 항상 웃고 계셔서 짱!
질문에 설명 친절히 해 주셔서 쏙쏙 잘 들어와요 짱짱!!
2학년에 올라가서 샘이랑 수업하면 도장왕이 되어 선생님 사랑을 독차지할 겁니다.
긴장하세요. ㅎㅎ 사랑해요. 알라븅. -9반 미녀 은정

항상 학생을 사랑해 주시고 매번 웃는 얼굴로
반갑게 인사해 주셔서 너무 좋았어요! -김담비

저에게 리딩걸이라는 새로운 별명과 소리 내어 책을 읽을 수 있는 용기를 주셔서 감사합니다. 흰둥이 같으신 선생님 잊을 수 없을 거예요. -리딩걸

선생님. 선생님은 제가 만난 선생님 중에 가장 천사였어요 -유림

나중에 간호사 돼서 아플 때 주사 놔 드릴게요. -사랑스런 제자 한솔

선생님처럼 천사는 또 없을 거예요
맨날 코맹맹이 목소리로 다인아~ 하고 불러 주시던 목소리 아직도 생생해요.
나중에 저도 하늘나라에 가면 까먹지 말고 애기들~하고 불러 주세요.
우리 다음에도 꼭 스승과 제자로 만나요. ㅎㅎ♥ 그때도 첫 제자는 제가 할꺼에용. 찜!!♡
-다인

저번 꿈에서 선생님 나오셨는데 너무나 즐거운 꿈이었어요.
저보고 원하는 대학교 가면 업어서라도 갈 수 있다고. 저 업어 주신다고 하셨잖아요.
이제 저는 더 열심히 공부해서 꼭 좋은 대학교 갈 거예요.
꿈에서 저 업어 주세요♡ -튤립 같은 예쁜 예림 제자 올림

제가 꼬부랑 할머니가 되어 선생님 뵈러 가면 너무 늙었다고 못 알아보지 마세요.ㅎ 위에서 저 지켜봐 주세요. 위에서 더 더 행복하세요. 사랑해요. 선생님 존경합니다. ♡♡♡ -정아

나의 친구 '전쑤', 수영
어느 '젊은 별'에 가 있는 거니?

국어교육과 오티에서 처음 만났던 날, 너는 입고 있는 빨간 코트만큼 밝고 해사했다. 낯을 많이 가렸던 나와 달리 너는 친구들에게 늘 먼저 다가서고 다정하고 그리고 무엇보다 환하게 잘 웃었다. 내 이름의 마지막 글자인 '별'을 내 별칭으로 부르면서 너는 항상 같이 밥 먹자고, 산책하자고, 끝나고 집에 갈 때 같이 가자고 했지. 마치 노래하는 것 같은 특유의 콧소리 섞인 목소리로. 네가 나를 별이라고 부를 때면 난 마치 별이 된 기분이었어. 너는 행복 바이러스를 전파하는 듯했지. 그래서 나도 너를 줄여서 전쑤라고 불렀어.

게으른 나와 다르게 너는 무척이나 활동적이고 부지런했다. 그래서 입학 첫 학기부터 과 대표도 맡았고. 과 동기들은 가족의 일본 거주로 인해 너 혼자 있는 집으로 엠티를 자주 갔었다. 말이 엠티이지 우리끼리 격의 없이 마음껏 떠들고, 웃고, 먹고 놀았지 뭐.

그리고 끝나고 나면 한 뼘 정도 서로 더 가까워지곤 했지. 맨날 웃기만 해서 뭔가 허술할 것 같은 인상과는 다르게 너는 엄청 성실했다. 우리 과 특성상 특히 많았던 과제나 그 발표를 할 때마다 무척 열심이었지. 시험이 겹친 날은 아예 학교에서 밤을 새면서 같이 공부한 날도 많았다.

그런 만큼 졸업 후에도 학교 다닐 때처럼 열심히 공부한 끝에 곧 임용시험에 합격해서 네가 선생님이 된 건 매우 자연스러운 일이었지. 공부를 하다가 고전 문학과 관련해 궁금한 것들이 있으면 종종 대학원에서 고전 문학을 전공하는 나에게 문자로 물어

보곤 했다. 내가 별로 도움이 되는 대답들을 해 주진 못한 거 같아. 나는 네가 금방 합격할 거라고 믿었단다. 너의 합격 소식을 듣고 나는 네게 선생님이 참 잘 어울린다고 생각했다. 교사의 첫째 덕목은 무엇보다도 타인에 대한 배려와 존중 아니겠니? 그런 점에서 너는 출발부터 행운이었다고 봐.

수영. 미안!

난 사실 네가 처음 발령받은 단원고등학교가 안산에 있다는 것 외에는 잘 모를 정도로 무심했다. 너와 당시 주고받았던 메시지가 아직 내 폰에 그대로 저장되어 있단다.

오늘 단원고등학교에 처음 갔다 왔다. 이 학교는 급식이 맛있다고 소문났어.

역시 신나는 일! 너무 솔직담백한 표현이야. 그렇지 뭐. 밥이 맛있는 건 제일 좋은 일이지.

졸업 후, 우리는 더 이상 학교에서 볼 수 없게 되어 너의 집과 우리 집의 중간 지점인 사당에서 종종 만났다. 그전에도 사당은 우리에게 무척 의미 있는 곳이었다. 각자의 집에서 학교까지 가는 전철 노선이 만나는 부분이 사당역이었기 때문이다. 너는 언제나 약간의 비음이 섞인 특유의 목소리로 별을 부르며 내게로 다가왔지. 같이 밥을 먹을 때면 혹여 내가 먼저 계산할까 봐 쪼르르 계산대로 달려갔지. 대학원생이 돈이 어디 있냐고, 정 그러면 커피 사라고. 내 마음의 작은 부담조차 덜어 주려는 너의 섬세한 배려였다.

학위 논문을 준비한다는 핑계로 약속을 미루는 내게, '공부하느라 많이 힘들지?'라며 커피 기프티콘을 자주 날려 보내 주기도 했다. 단순히 뭘 보내 줘서 고마운 게 아니라 그리 비싼 것들은 아니었을지언정 거기에 오롯이 담긴 네 마음이 있어서 이래저래 힘들었던 대학원 생활 중에 얼마나 고마웠는지 모른다. 언젠가는 네 제자 중에 '은별'이 있다면서 무척 반가워했지. 이 이름의 사람들은 다 밝고 성격이 좋다고. 무엇보다도 그 학생이 너무 예쁘다고 여러 번 메시지를 보내기도 했어. 그렇게 너는 벗들에게 힘을 실어 주는 법을 아는 지혜로운 친구였지.

2014년 4월 그날이 있기 전, 3월 마지막 주 일요일에 내가 너를 마지막으로 본 곳도 사당이었다. 항상 그랬던 것처럼 나 별은 네게 온갖 '별별' 이야기를 오랜 시간 떠들었지. 너 또한 학교에서 일어난 소소한 일들을 오랫동안 얘기했어. 선생님으로서의 생활도 대학 다닐 때처럼 정말 야무지게 잘하고 있구나, 이렇게 밝은 수영이한테 배우는 아이들은 얼마나 좋을까 싶었다. 이런 내 느낌을 말해 주면 너는 "정말?" 하고 되물으면서 눈이 파묻혀 보이지 않을 정도로 웃었다.

그날, 너는 4월 15일 제주도로 수학여행을 간다고, 돌아와서 보자고 했지.

졸업 논문을 한창 준비하고 있던 나 역시 논문 끝난 후에 만나자고 했고, 너에겐 꼭 논문을 하드커버로 주겠노라고 약속했다. 너는 나중에 박사 논문까지도 잊지 말고 꼭 줘야 한다고 신신당부를 했다. 우리는 실컷 수다를 떨고 나서 오후 늦게야 헤어졌다. 먼저 버스를 탄 네가 유리문 밖의 별에게 손을 흔들었다. 부족함이 없는 둥그런 보름달처럼 그렇게 웃으며.

난 지금도 자주 폰을 열어 본단다. 내가 보낸 메시지에 네 답장이 와 있을 것 같아서. 가끔 사당역에 갈 때면 출구에 한참 서 있곤 해. 어디선가 별! 하고 큰 소리로 부르며 네가 활기차게 걸어올 것만 같아 사방을 두리번거리면서.

지난 6월. 학교는 네 이름을 딴 라운지를 사범대학 운초우선교육관 4층에 조성했단다. 그 교육관이 완공된 2010년 3월을 기억하니?

우린 막 3학년 1학기를 맞이한 스물한 살이었다. 우리는 처음 들어간 교육관의 로비에서 사진 찍고 수다도 떨면서 반절을 막 넘어선 대학 시절이 주는 설렘을 만끽했다. 졸업할 때까지 거기서 조별 과제를 함께하며 시험도 자주 보았다.

앞으로 많은 후배들이 우리가 그저 교육관 4층 라운지라고 불렀던 그곳을 '전수영 라운지'라고 부르겠지. 자신은 돌보지도 않은 채 끝까지 학생들과 함께했던 참스승 수영에 대해서도 오래오래 기억해 줄 것이다. 자기가 책임지기로 약속한 어린 학생들을 구하기 위해 탈출이 쉬운 위층에서 학생들이 있는 아래층으로 주저하지 않고 뛰어 내려간 의인 전수영을.

하지만 그 이전에, 너는 나 별에게 정말 좋은 친구 전쑤였단다. 지방에서 상경해 모든 면에서 항상 어리버리했던 나에게 먼저 다가와 줬던 친절한 내 친구 전쑤, 나와 친구해 줘서 정말 고맙고 또 고마워.

사랑하는 나의 벗, 전쑤.

너 이렇게 여러 번 말했잖아. 이런저런 자기소개 시간에.

'전 수영을 잘하는 전수영이에요'라고. 네가 활짝 웃으면서 그리 말하면, 순간 약간 긴장과 어색함이 감돌던 분위기가 확 풀어지곤 했어.

그러니까 너는 필시 지도에도 표기되지 않은 어느 작은 섬으로 헤엄쳐 갔을 거야. 수영 선수인 데다 이제 겨우 스물다섯 살 푸르른 나이이니까. 아니면, 너보다 더 파릇한 열일곱 살 제자들과 함께 지구인들이 모르는, 탄생한 지 얼마 안 되는 어느 미지의 젊은 별에 가 있는 거니?

곧 겨울이 오면 네가 좋아한 백석의 시 〈나와 나타샤와 흰 당나귀〉처럼 푹푹 눈이 쌓이겠지. 그러면 너와 캠퍼스에서 함께한 우리 친구들은 아마도 흰 당나귀처럼 항상 '응앙응앙' 좋아라고 웃던 너를 생각할 거야. 백석 시인이 나타샤를 기다리며 소주를 마시듯이 우리도 어느 먼 별에 가 있을 전쑤를 그리며, 비어 있는 네 잔에 술을 채우며 '고조곤히' 속삭일게.

"사랑해. 전쑤. 무척 보고 싶다."

전쑤의 벗, 은별

몸짱, 얼짱, '범생이' 초원이

2학년 3반 **김초원 선생님**(화학)

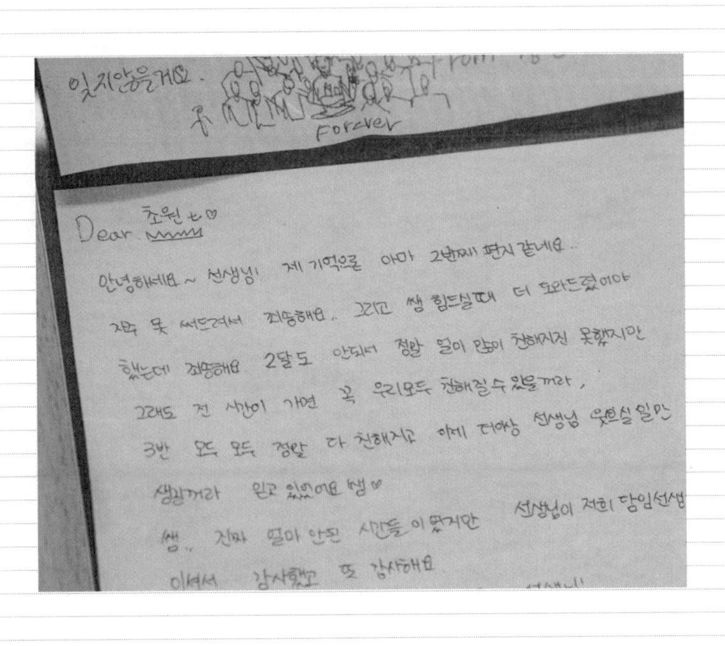

잊지않을게요.

Forever

Dear 초원t♡

안녕하세요~ 선생님! 제 기억으론 아마 2번째 편지 같네요..

자주 못 써드려서 죄송해요. 그리고 쌤 힘드실때 더 도와드렸어야

했는데 죄송해요 2달도 안되서 정말 얼마 많이 친해지진 못했지만

그래도 전 시간이 가면 꼭 우리모두 친해질수 있을꺼라,

3반 모두 모두 정말 다 친해지고 이제 더이상 선생님 웃으실 일만

생길꺼라 믿고 있었어요 쌤♡

쌤.. 진짜 얼마 안된 시간들 이었지만 선생님이 저희 담임선생

이셔서 감사했고 또 감사해요

1. 초등 4학년 피아노 콩쿠르에서 1등.
2. 대학 졸업식에서.
3. 엄마, 동생과 함께.

몸짱, 얼짱, '범생이' 초원이

동화 구연을 잘하는 똘망한 아동

초원이 태어나기 보름 전부터 엄마 이경애는 무척 애를 태웠다.

'아가, 왜 세상으로 안 나오니? 어서 나오렴.'

27세. 막 터지려는 꽃봉오리인 양 싱그러운 젊은 새댁 이경애는 부풀어 오른 배를 쓰다듬으면서도 눈은 창밖의 풍경으로 빨려 들었다. 너무 아름다운 사월이었다.

집 밖 안양천변에는 벚꽃이 흐드러지게 만발해 있었다. 밤이 되면 수만 마리 하얀 나비 떼가 앉아 있는 듯했다. 멀리서 보기만 해도 숨막히게 아름다웠다.

아가는 출산 예정일을 보름이나 넘기고 있었다. 조바심하며 기다리던 새댁은 마침내 집을 나서서 병원으로 갔다. 안양천을 건너는데 온갖 풀내음과 봄꽃의 향기가 바람에 실려 왔다.

그녀는 시어머니가 꾸셨다고 알려 준 태몽을 떠올렸다. 남편과 그녀는 둘 다 경남 거창이 고향이었다. 시댁의 부엌은 큰 가마솥을 걸어 놓고 나뭇가지 등을 태워 불을 지피는 재래식이었다. 부엌에는 연기가 잘 빠지라고 세워 둔 큰 굴뚝이 있었다.

'얘야, 아가. 아주 머리 좋고 씩씩한 손주가 오려나 보다. 큰 용 한 마리가 우리 집 서까래와 굴뚝을 휘감고 내려오더라.'

입원한 지 이틀이 지나서야 초원은 세상으로 왔다.

한때 제왕절개수술까지 검토해야 할 정도로 산모의 고통은 끔찍했다. 그러나 격렬한 산고의 끝은 평화로웠다. 초원은 3.9킬로그램 건강한 신생아의 모습으로 엄마 품에 안겼다. 임신 기간 내내 그녀를 괴롭히던 기나긴 입덧도, 차마 형언할 수 없는 출산의 고통도 아가를 안는 순간 흔적 없이 말끔히 지워졌다.

'초원'이라는 이름은 이경애의 여동생이 지었다. 초원의 아버지는 예쁜 이름이라고 생각하고 처제의 제안을 받고 얼른 아가를 그렇게 불렀다.

1988년 4월 16일 저녁 6시.

초원은 그렇게 아빠 김성욱과 엄마 이경애의 첫딸로 태어났다.

아빠는 반월공단에 있는 전자회사에 근무했다.

엄마가 된 이경애는 아가와 함께 봄꽃 향기를 흠뻑 마셨다. 아카시아 향기가 가장 짙었다. 밤이면 근처의 논에서 개구리가 밤새 울어 댔다. 엄마는 초원과 함께 너무 행복했다.

초원은 유난히 말을 빨리 배웠다. 갓 첫돌이 지나자마자 말문이 터지더니 한 번 들은 말을 재빨리 따라 하곤 했다. 엄마는 모든 게 신기했다. 숫자의 크기가 큼지막한 달력을 초원의 눈높이에 맞추어 벽에 붙여 놓고 재미삼아 "일, 이, 삼, 사, 오, 육" 하고 큰 소리로 읽어 주었다. 그러면 초원은 엄마를 따라 또렷하게 발음했다. 재미가 난 엄마는 다음으로 영어 자모판을 벽에 붙였다. "에이, 비이, 씨이, 디이……" 초원은 엄마 발음 그대로 따라했다.

이렇게 초원은 한글을 익히고 동화책을 읽게 되었다.

초원은 또한 무척 인사를 잘하는 아이였다. 아파트 경비 아저씨, 어르신들, 이웃을 만나면 무조건 크게 인사부터 했다. 큰 소리로 씩씩하게 인사하는 꼬마 초원은 다섯 살부터 어린이집과 유치원을 다녔다. 그리고 여덟 살에 안산초등학교에 입학했다.

학교에서는 해마다 동화 구연 대회를 열었다.

1학년이던 어느 날 초원은 《염소와 외나무다리》를 외워서 전교생과 학부모들이 지켜보는 앞에서 구연했다.

…… 마침내 덩치 큰 흰 염소와 맞은편에서 다리에 먼저 올라 온 검은 염소는 통나무로 된 외나무다리 한가운데서 딱 마주쳤어요. 그러자 서로 힘껏 밀기만 했어요. 한참 동안 그러더니 그만 둘 다 다리 밑으로 풍덩 떨어지고 말았답니다.

초원의 발음은 정확했고, 음성 역시 또랑또랑 맑았다. 대회에서 초원은 일등 상을 탔다.

어깨가 으쓱해진 엄마는 집으로 가는 길에 딸에게 말했다.

"만약에 흰 염소가 뒷걸음으로 다리 끝까지 가서, 저보다 먼저 다리에 오른 검은 염소가 다 건널 때까지 기다렸더라면 어찌 되었을까?"

초원은 빤히 엄마를 올려다보았다.

"자기보다 몸이 작은 검은 염소가 건너올 때까지 기다렸다가 흰 염소가 다리를 건넜으면 둘 다 무사했겠지?"

"응."

"그러니까 힘센 사람이 약한 사람에게 양보해야 하는 거란다. 그래야 둘 다 행복해지는 거야."

엄마는 처음으로 양보라는 말을 딸에게 일러 주었다.

그건 세 살 아래 태어난 남동생 회인과 자주 과자를 두고 다투는 초원에게 누나답게 잘 양보하라는 뜻이었다.

동화를 읽고 외워서 친구들에게 들려주는 것 외에도 초원이 아주 좋아하는 일은 피아노 연습이었다. 엄마는 초원이 여섯 살 때부터 피아노를 배우도록 했다. 바이엘과 체르니 30번을 끝낼 즈음이었다. 대한청소년문화협회에서 개최한 피아노 콩쿠르에서 초원은 금상을 탔다. 5학년 초원이 연주한 곡은 〈엘리제를 위하여〉였다.

엄마는 재주가 많은 딸에게 좀 더 큰 힘이 되어 주고 싶었다. 그래서 큰 마트 안에 세를 얻어 옷 가게를 열었다. 전업주부에서 경제 활동을 하는 직장인이 되고픈 생각도 있었지만 무엇보다 초원에게 누구보다 듬직한 제일의 후원자가 되고 싶었다.

서태지와 과학을 좋아한 소녀

초원은 안산중 1학년 때 집 가까운 별망중학교로 전학했다.

새 교실의 새 자리에 앉았을 때, 앞자리 친구가 돌아앉으며 물었다.

"얘, 아까 그 사람 네 언니지? 글케 큰 언니 있음 좋겠다. 난 한 살 아래 남동생 있는데 나한테 바락바락 대들어서 미워. 난 언니 있는 애가 부러워"

"아냐. 언니 아냐. 울 엄마야."

"그래? 그럼 새엄마니?"

초원은 엄마가 그렇게 젊어 보이는 게 싫지 않았다. 옷 가게를 운영하고부터 더 젊고 활기차 보이는 엄마가 좋았다.

초원은 1학년에서 2학년이 되는 사이에 키가 10센티미터 이상 자랐다. 밤새 쑤욱 올라오는 콩나물처럼 빠르게 커 버렸다. 너무 빨리 크느라고 허벅지, 종아리, 무릎 뒤편에 튼살처럼 흉한 자국이 많이 생겼다. 엄마는 성장통이라면서 매일 연고를 발라 주었다. 그중에서도 다리가 정말 길고 곧게 늘어났다.

그때 마침 인기 있었던 영화 〈말아톤〉(자폐장애 청소년이 마라톤에 도전하는 휴먼 드라마)의 주인공 이름이 초원이었다.

엄마가 초원의 매끈한 다리를 쓸어내리면서 영화의 대사 그대로 "초원이 다리는?" 하고 물으면, 초원은 의기양양하게 "백만 불!"이라고 맞장구쳤다.

엄마가 연고를 발라 주며 문지르는 사이에 초원은 빠르게 노래 가사를 종알거렸다.

> 난 알아요 이 밤이 흐르고 흐르면 / 누군가가 나를 떠나버려야 한다는 / 그 사실을 그 이유를 / 이제는 나도 알 수가 / 알 수가 있어요 / 사랑을 한다는 말을 못 했어 / 어쨌거나 지금은 너무 늦어 버렸어 / 그때 나는 무얼 하고 있었나 / 그 미소는 너무 아름다웠어 / 난

정말 그대만을 좋아했어

"초원아. 서태지가 왜 그렇게 좋으니?"

"서태지 너무너무 좋아. 근데 엄마, 서태지가 대학 안 나왔대. 고등학교도 도중에 그만두었대. 순전히 혼자 힘으로 그렇게 성공한 거래. 그니까 더 대단하잖아? 나 서태지 한번 보고 싶어. 한 달 후에 상암동에서 공연이 있어. 꼭 가 볼래. 엄마, 표 사 줄 수 있어?"

"그렇게도 꼭 보고 싶니?"

"〈교실 이데아〉란 노래도 넘 신나. 불러 볼까."

됐어 됐어 됐어 됐어 / 이제 그런 가르침은 됐어 / 그걸로 족해 족해 족해 족해 / …… /
이 시꺼먼 교실에서만 / 내 젊음을 보내기는 너무 아까워

초원은 발뒤꿈치로 박자를 맞추며 고개를 시계추처럼 흔들었다.

"무슨 노래가 그러니? 그게 노래니?"

엄마는 시큰둥하게 대꾸했다. 서태지는 10여 년 전에 십대들이 열광했던 가수였다. 엄마는 서태지를 잘 이해하지 못했지만 딸이 깊이 매료되어 있는 서태지의 공연 티켓을 마련해 주었다. 엄청나게 비쌌지만 가장 좋은 자리로 구입했다.

그날은 김초원 최고의 날이었다.

상암동 드넓은 무대는 환상적이었다. 서태지는 오로지 초원만을 바라보며 노래하고 춤을 추었다. 초원은 기뻤다. 어떻게 서태지가 나만 보고 노래할까? 초원의 얼굴은 반짝였다. 공연 중간중간 서태지는 쓰고 있는 모자를 객석을 향해 던졌다. 아니, 초원에게 던졌다.

초원은 환희에 들떠 두 팔을 뻗어 모자를 받아 들었다. 그런데 초원을 향해 던진 모자는 번번이 다른 사람에게로 떨어졌다.

'으응? 분명히 내게 던졌는데?'

알 수 없는 신열에 들떠 집으로 오는 전철을 타고 고잔역에 내린 건 자정 가까운 시간이었다. 뜻밖에도 회사 일로 바빠 그런지 중학생 되고부터 대화가 뜸해진 아빠가 마중 나와 있었다.

"우리 딸 무척 재미있었던 모양이구나."

얼굴이 상기된 초원을 태우며 아빠가 물었다.

그러자 초원의 대답 대신 친구가 엉뚱하게 혼잣말을 했다.

"으응? 초원이가 아빠 차 외제차라고 자랑했는데요? 아니네요."

친구에게 초원이 깔깔거리며 되돌려 주었다.

"맞잖아? 외제 이름. 액센트! 미국 이름이잖아."

초원의 순간적 기지에 아빠는 딸이 부쩍 커버린 걸 느꼈다.

초원은 서태지만큼 과학 과목이 특히 좋았다.

그런데 3학년 어느 날, 과학 시험을 보고 난 후에 짝끼리 서로 바꾸어 채점을 하는 시간이 있었다.

초원이 쓴 정답을 오답으로 잘못 채점한 짝꿍의 실수가 드러나면서 반 전체가 잠시 단체로 벌을 서게 되었다. 무척 부당한 일이었다. 초원은 급우들에게 매우 미안했다. 원래 과학이 으뜸으로 재미있었지만 더더욱 잘해야겠다고 다짐했다.

초원은 그 이후로 과학만은 늘 만점을 받기 위해 노력을 집중했다. 그런 노력은 또한 대체로 성공적이었다. 그리고 어느 순간 과학 선생님이 되고 싶다는 희망이 불끈 솟아났다.

집 근처 고잔고등학교에 진학하고부터 초원은 엄마와 더욱 가까워졌다. 엄마인 듯, 때로는 친구인 듯 그렇게 지냈다.

엄마는 초원이 멋부리고 모양을 내는 일에는 아무 관심을 두지 않는 게 이상했다. 키가 크고 하얀 얼굴이 멋내기에는 안성맞춤인 조건인데도 초원은 그런 일에는 아무 관심이 없었다.

여고생이면 누구나 한 번쯤은 교복 상의의 허리 부분을 잘록하게 보이도록 다트를 넣기도 하고 치마 길이를 무릎 위까지 짧게 고쳐 입기도 하련만.

엄마는 그런 '범생이' 초원이를 살피다가 2학년 때 큰 결심을 하기에 이르렀다.

초원의 얼굴에서 다소 부자연스런 건 치아였다. 가지런하게 교정해 주면 훨씬 더 예뻐보일 것 같았다. 천만 원이 넘는 거액이 들고 교정 기간도 4년 정도 걸리는 일이었다. 예쁜 외모가 더욱 자신감을 가지게 할 것이라 생각하니 큰돈이 결코 아깝지 않았다.

오래된 어린니 두 개가 빠지지 않고 있어서 단단한 영구치는 잇몸 위편에 숨어 있었으므로 더 미룰 수도 없는 일이었다. 교정 틀은 거추장스럽고 힘들었다. 금속으로 된 교정 틀이 혹여 남들 보기에 흉할까 봐 초원은 웃을 때면 늘 손으로 입을 가렸다. 그리고 소리죽여 조용히 웃었다. 이후, 그건 버릇이 되었다.

초원은 대부분의 친구들이 다니는 학원에도 가지 않으려 했다. 티브이도 드라마도 즐겨 하지 않았다. 엄마가 주는 많지 않은 용돈은 그 쓰임새를 꼬박꼬박 가계부처럼 기록하곤 했다. 천 원짜리 머리핀 하나도 아껴서 쓰곤 했다. 야간 자율 학습까지 마치고 열 시에 귀가해서는 다시 집 앞에 있는 독서실로 가서 자정 훌쩍 넘는 시각까지 혼자서 공부에 몰두했다.

물리, 화학, 생물 등이 공부할수록 정말 재미있고 오묘했다.

"그래. 난 과학과 관련한 일을 하고 그리고 그런 직업을 가질 거야."

자정 지난 밤공기를 헤치고 집으로 가는 길에 초원은 그렇게 마음을 다졌다.

그리고 자연스럽게 공주사대 화학교육과에 지원했다.

공주사대 화학교육과 범생이

2007년 봄. 초원은 공주사대 화학교육과 07학번으로 기숙사에 들어갔다. 1, 2학년

2년간 4인실을 쓸 때는 다소 답답하고 어수선했다. 강의 끝난 후에는 교내 수영장에서 수영 실력을 쌓았다. 물살을 가르는 초원의 뽀얗고 늘씬한 몸매는 물고기처럼 싱싱했다.

주말마다 안산 집으로 가는 날은 행복했다. 시외버스 터미널에 내리면 엄마가 늘 마중 나왔다.

「지금 어디?」

「중도(중앙도서관).」

「몇 시 버스?」

「차 타고 톡할게.」

「알(알았어).」

엄마는 초원의 다정한 친구였다. 문자의 줄임말도 친구들처럼 똑같이 오고 갔다.

집에는 초원이 좋아하는 자몽, 푸딩, 하얀 치즈가 늘 기다리고 있었다. 엄마는 가게에서 퇴근하기 전에 마트에서 그것들을 듬뿍 샀다.

가끔 여대생이 좋아할 만한 옷들을 사다 주었지만 초원은 한사코 입지 않았다. 청바지에 티셔츠만 즐겨 입었다. 신발도 운동화를 주로 신고 다녔다. 발이 너무 커서 맞는 구두를 찾기도 쉽지 않았지만 무엇보다 운동화가 편해서 좋았다.

옷 가게를 하는 엄마는 초원에게 예쁜 색깔의 프릴이 나풀거리는 원피스 등을 입혀 보고 싶었으나 소용없었다. 그러나 검소한 짠순이, 초원이가 엄마는 싫지 않았다.

1학년 2학기에 올 A학점으로 수업료가 면제되는 장학금을 받았을 땐 어쩌다 이런 딸이 내게 왔을까 하고 행복에 젖었다. 이후 초원은 4년 내내 올 A학점으로 장학금을 받았다.

졸업하는 날, 멋진 사진을 위해 초원은 미장원에 갔다. 졸업 예복과 사각모에 어울리는 헤어스타일을 하고 싶었다. 그날도 어김없이 같은 말을 들었다.

"혹 스튜어디스이신가요?"

가끔 미용실에 갈 때마다 빠짐없이 듣는 그 말.

아냐. 난 꼭 교사가 될 거야!

과학 선생님이 되다

2013년 3월. 초원은 시흥중학교 과학 교사로 부임했다.

'아이들은 모름지기 자신만이 가진 톡톡 튀는 개성이 있어야겠지. 틀에서 찍어 낸 것 같은 범생이는 좀 싱겁지 않을까? 나처럼 말이지.
나는 어떤 교사가 되어야 할까? 내가 가르치는 과학을 통해 아이들이 신비한 자연 현상을 이해했으면 좋겠어, 그러니까 멋진 하늘빛을 감상할 줄 알고 풀, 나무, 꽃과 같은 생명을 소중히 여겼으면! 그리고 아름다운 음악을 들으면서 소리의 원리도 깨달으면 좋겠고. 일상생활에서는 무엇보다 생활을 풍요롭게하는 좋은 물건들을 보는 안목을 가질 수 있다면. 뭐 이런 여러 가지 능력을 가질 수 있도록 가르쳐야겠지?
이런 걸 한마디로 표현하면? 마음이 열려 있는, 아니, 그것보다는 마음이 따뜻한 교사? 그러니까 결론적으로 한마디로 줄이자면 맵시 있는 선생님?'

출근 전날, 이렇게 일기를 썼다.

초원은 떨리는 마음으로 첫 출근을 했다. 중 2학년 과학을 맡게 되었다.

"김초원 샘. 축하 축하! 국방 의무를 수행하게 됐네요."

"국방 의무요? 무슨 말씀이신지?"

"호호, 북한이 남한을 함부로 침공 못 하는 이유 모르세요? 남한의 중2가 너무 무서워서래요. 요새 중2 정말 대단하답니다."

작년에 부임했다는 중3 영어 담당 선생님이 초원을 격려했다.

"처음 한 달간은 애들이 김 선생 간 보느라 사고 좀 칠걸요."

4월이 되자, 교정 담장을 따라 철쭉이 몽글몽글 분홍 봉오리를 움찔거리며 봄기운이 운동장에 그득했다. 점심시간이 끝난 5교시 수업은 늘 힘들었다. 춘곤증이 덮쳐 와

졸음을 이기지 못하는 아이들이 책상에 얼굴을 묻기 일쑤였다. 그런 아이들이 늘어나면 걷잡을 수가 없었다. 그런 시간이면 초원은 소년들이 좋아할 만한 짧은 이야기를 들려주었다.

일전에는 알퐁스 도데의 단편 《별》을 들려주었더니 조는 아이들의 눈이 반짝거렸다. 그런 소식은 빠르게 옆반으로 퍼졌다.

책상 위로 엎드리는 아이들이 늘어나자 곧 합창처럼 아이들이 외쳤다.

"이-야-기!"

"이-야-기!"

교과서를 덮어 버리고 아이들이 일제히 이야기를 재촉했다.

《별》은 프랑스 남부 지방, 한 양치기 목동의 첫사랑 이야기였다.

초원은 초등학교 시절의 구연동화 솜씨를 발휘해 아이들을 매료시켰다. 짧은 이야기를 다 듣고 난 아이들은 "에에이이이, 시시해" 하며 다시 입을 모았다. 목동의 사랑은 그저 아련하게 변죽을 울릴 뿐, 아이들이 듣고 싶어하는 결정적 한 방이 없었던 것이다. 19세기 유럽 시골 마을의 천진한 목동을 21세기 도시 아이들이 어찌 알겠는가 싶었다.

한 학생이 "선생님 첫사랑은요?" 하고 묻는 걸 신호로 아이들은 일제히 다시 책상을 두드려 장단을 맞추며 합창을 시작했다.

"김-초-원-첫-사-랑!"

"김-초-원-첫-사-랑!"

초원은 얼굴이 붉어졌다. 당황하는 사이에 종료벨이 울렸다.

그날, 초원은 가만히 생각해 보았다.

'내 첫사랑은 누구였지? 왕에게도, 거지에게도, 부자에게도, 빈자에게도 누구에게나 평등하게 일생에 한 번은 꼭 찾아온다는 그 첫사랑이 내겐 누구였지?

그래, 고등학교 2학년 때 나하고 이름이 같았던 이초원이 있었지. 그 애? 그래, 약간 설레기는 했었지. 아님, 대학 입학하고 첫 엠티 갔을 때 여러 사람 앞에서 나를 지목하면서 자기가 찜했다고 떠들던 그 허풍쟁이 선배일까?

그럼, 난 첫사랑을 대학 가서 경험한 지진아? 나와 이름이 같았던 이초원. 그는 지금 어디 있을까? 처음 보는 나를 '찜하던' 그 선배는? 둘 다 약간 마음이 흔들리기는 했지만 사랑은 아니었어. 그럼 난 첫사랑이 없는 여자인가?'

초원은 잠시 고개를 갸우뚱한 채 골똘히 생각했다.

만약 사랑이 찾아 온다면 그건 언제 어떤 빛으로 올지 궁금했다.

대한민국을 지킨다는 중 2학년은 풍문대로 정말 대단했다.

6교시 이후 초원은 자주 아이들에게 둘러싸였다. 예닐곱 명씩 떼 지어 문제집을 들고 큰누나 같은 과학 선생을 둥그렇게 둘러쌌다. 풀기 어려운 문제에 대한 질문은 뒷전이었다.

"방과 후에 선생님 집으로 놀러 가도 돼요?"

"저는 교무실로 놀러 갈게요."

가까스로 아이들에게서 풀려나 교무실로 향하는 복도에서는 또 다른 녀석이 일부러 팔을 툭 치며 지나갔다. 지나간 자리에 작은 종이비행기가 떨어졌다.

선생님 피자 사 드릴게요. 오늘 7시. ○○ 피자에서.

초원은 녀석이 접은 종이비행기를 책갈피에 넣으며 살짝이 웃었다.

"초원 샘, 데이트 신청 받으셨구나. 흐흐. 근데요, 그렇게 얌전하시면 안 됩니다. 좀 엄격해야 해요. 버릇없는 녀석들 두어 명은 혼내야 해요. 나중에 무척 힘들어져요."

멀리서 지켜보고 있던 과학 부장 선생님이 초원에게 충고했다.

초원은 다소 지쳐 있었다. 그러나 아이들을 야단칠 생각은 없었다.

아이들이 모두 예쁘게 보였기 때문이다.

아이들에게 많이 시달리던 어느 오후. 초원은 교무실 책상에 엎드렸다. 눈물이 흘렀다. 과학 부장 선생님이 지쳐 있는 초원에게 말했다.

"초원 샘, 스튜어디스처럼 보여요. 이런 말 자주 듣죠?"

"예, 그러면 이참에 한번 확 직업을 바꿔 볼까요?"

"애들 속 썩이는 거 안 보고, 괜찮을 거 같은디요."

"레알?"

"저녁 내가 살게요."

초원은 스튜어디스처럼 뒤로 쪽진 긴 머리채를 묶고 있는 끈을 잡아당겼다. 윤기가 반짝이는 긴 생머리가 화르르 목덜미로 흘러내렸다.

그날 저녁에 회식 자리는 꽤 길어졌다. 약간 취기가 오른 선배 여교사 둘이 앞서거니 뒤서거니 초원을 부추겼다.

"초원. 니는 선생보다 스튜어디스가 더 어울려."

"늘씬한 몸이 머리 좋은 거보다 더 경쟁력이 높은 거 알아?"

"김 선생. 내가 초원처럼 늘씬 몸짱에 얼짱이면 난 당장 떠난다. 여기 좁아터진 땅보다 멀리 지구의 하늘을 훨훨 날아다니겠다."

초원은 언니처럼 자신을 살펴 주는 현예, 진희 두 선배 교사가 든든하고 좋았다.

'정말 교사보다 스튜어디스가 나한테 더 맞는 걸까? 아니야, 장난꾸러기 몇 명 때문에 흔들리면 안 되지. 난 과학 가르치는 게 좋아.'

자문자답하면서 초원은 처음으로 진지하게 고민했다.

임용시험 준비를 위해 초원은 1학기를 마치고 시흥중을 떠났다. 현예, 진희 두 언니가 만년 도장을 선물로 주었다.

초원은 집에서 엄마와 함께 있는 시간이 행복했다. 가게에서 일하는 엄마와 엄마 친구들을 위해 자주 오븐에서 머핀을 구웠다. 초원의 빵 굽는 솜씨는 날로 늘었다. 가게로 출근하는 엄마에게 오븐에서 갓 구워 낸 머핀을 싸 주었다. 뿐만 아니라 양파, 오이, 고추 등으로 피클을 잘 담구었다. 엄마가 맛있게 먹는 모습이 무척 좋았다.

그해 11월에 한도병원 뒤편의 작은 아파트로 이사 갈 때에도 아주 낡은 오븐을 버리지 않고 가져갔다. 엄마가 좋아하는 머핀을 직접 구워 주고 싶었다.

단원고에 부임하다

2014년 2월.

초원은 고잔동 단원고로 향했다.

완만하게 경사진 언덕에 서 있는 학교는 왼편으로 중앙공원의 나무들을 거느리고 있어서 한결 포근해 보였다. 아직 겨울 분위기가 남아 있었지만 겨우내 굳어 있던 맨몸의 가지들이 봄빛 아래 한결 부드러운 느낌을 주었다.

초원은 2학년 3반 담임을 맡게 되었다. 난감한 일이었다. 담임은 2학년을 맡았는데 수업은 3학년 화학을 가르치게 된 것이었다. 담임 반에 수업을 해야만 학생들의 이름을 비롯해 신상과 개성 등을 쉬이 파악하고 아이들과 빨리 친할 수 있는데 그럴 수가 없게 되었다. 화학은 3학년 교과목이었기 때문이다. 그러나 어쩔 수 없는 일이었다.

초원은 어렴풋이 예상했던 난관에 곧바로 부닥쳤다. 3학년 화학은 난이도가 꽤 높은 내용이 많았다. 이해시키려고 안간힘을 썼지만 드러내 놓고 책상에 엎드리는 학생이 생기기 시작했다. 그러던 어느 오후 수업 시간이었다. 뒷줄에 앉은 키 큰 녀석이 아무 말도 없이 교실 뒷문을 열고 밖으로 나가려 했다.

"왜 그러니? 어딜 가려고?"

녀석은 그저 멀뚱멀뚱 초원을 바라볼 뿐이었다.

"무슨 일인지 말을 해야지?"

"남자가 화장실에 볼일 있어 가는데 어떻게 여자한테 얘기를?"

다그치는 초원에게 녀석은 익살맞은 표정으로 고개를 갸웃하더니 밖으로 나가 버리는게 아닌가. 그러자 몇 학생이 키득거렸다. 녀석의 뒷모습은 큰 키와 덩치로 미루어 어른으로 보아도 부족함이 없었다. 녀석은 급우들 보는 앞에서 짐짓 오버액션을 보인 듯했다. 초원은 잠시 당황했다. 그리고 예의를 갖추는 자세를 짧게 주문하고 수업을 계속했다.

다음 날에도 비슷한 일이 일어났다. 수업 중에 한 녀석이 일어나더니 느릿한 걸음으로 교실 뒤편을 어슬렁거렸다. 어깨를 세우고 고개를 수그린 채 두 손은 바지 주머니에 찔러 넣은 자세였다.

"지금 뭐 하는 거지?"

급우들이 일제히 뒤편을 돌아다 보았다.

녀석은 깊은 상념에 잠긴 철학자인 양 포즈를 취했다.

"제가 뭔가 좀 깊이 생각할 게 있어서리……"

아이들이 일제히 와르르 웃었다.

"임마. 얼른 들어와. 샘, 쟤는 주로 수업 시간에 고독을 씹어요. 쟤는 철학과 간대요."

친구들이 몇 마디 거드는 사이에 반장이 나섰다. 반장은 녀석을 몸으로 제압해 자리에 앉혔다.

초원은 교무실로 돌아와 멍하니 넋 나간 듯이 오래 앉아 있었다. 모욕감이 스멀스멀 벌레처럼 몸을 불쾌하게 했다. 학생들은 자신을 교사로 보기 전에 여자로 보는 거였다. 2학년 교무실의 박육근 부장 선생님이 그런 초원을 눈여겨보았다. 그는 초원에게 철학자 흉내를 내는 학생을 이미 알고 있었다. 녀석에게 신임 여교사들은 늘 표적이 되었다.

유독 미혼인 초임 여교사만 골라 과잉 행동을 일부러 과시하는 학생들에게 대처하는 방법을 초원에게 조언했다. 퇴근길에 9반 담임 최혜정이 한도병원 근처 호프집에서 초원이 좋아하는 레몬 소주를 사 주면서 말했다.

"호호, 따지고 보면 걔들 완전 어른이잖아요. 나이도 불과 대여섯 아래이고. 선배님 여자로 보는 거 하나도 이상한 일 아니지요. 게다가 초원 언니, 얼마나 늘씬 몸짱에 얼짱이에요? 아무래도 언니는 교사보다는 모델이나 스튜어디스같은 직업이 더 어울려."

혜정은 고잔고 2년 후배에다 같이 2학년 담임을 맡고 있는 각별한 인연이어서 그런지 늘 격의 없고 다정했다.

'정말 이참에 모델 한번 되어 볼까?'

초원은 쇼윈도에 비치는 자신의 모습을 한참이나 바라보았다.

스튜어디스만큼이나 자주 듣던 말이었다.

초원은 봄밤이 깊어 가면서 배어 나오는 나무들의 푸른 기운을 느끼며 일부러 걸어서 집으로 돌아갔다. 173센티의 큰 키에 군살 한 점 없는 몸매에다 깨끗한 하얀 얼굴이 누가 봐도 선생님이라기엔 너무 어여쁜 아가씨였다.

다음 날 초원은 어제의 속상함을 말끔히 잊었다. 콧노래를 부르며 출근했다. 학교 앞에 늘어선 벚나무에 꽃이 피려고 가지들이 옴찔거리는 느낌이 확연했다.

학기 초라서 마음이 바빴다. 담임으로서 급선무는 학생들을 빨리 파악하는 일이었다. 초원은 하루에 두 사람씩 개별 상담을 했다.

그날은 두 학생 모두에게 에너지를 한 보따리씩 가득히 안겨 주고 싶었다.

이지민의 차례가 왔을 때 초원의 그런 마음은 최고조에 다달았다.

"지민아. 나는 앞으로 반장 다음으로 너에게 의지할 거야. 너는 선생님에게 귀한 존재란다. 내가 어려움에 부닥치면 네가 도와 줘야 해."

초원은 지민의 어깨를 토닥였다.

지민은 뛸 듯이 기뻤다. 어깨에 날개가 돋아난 듯 몸이 가벼워졌다. 한달음에 집으로 내달았다. 현관을 박차고 들어서면서 목청껏 엄마를 불렀다. 놀란 엄마가 의아한 눈으로 딸을 바라보았다. 지민은 자신감 넘치는 어조로 말했다.

"엄마, 담임 선생님이 반장 다음으로 의지하고 믿는 사람이 바로 지민이래."

엄마는 그렇게 기뻐하는 딸의 모습을 처음 보았다. 그리고 그것이 이 세상에서 마지막으로 남은 딸의 모습이 되었다.

수학여행 준비로 2학년은 모두 들떠서 사월 초순을 보냈다. 아이들 얼굴처럼 보송송한 벚꽃 봉오리들이 다투어 터졌다. 밤새 벚나무는 팝콘처럼 화다닥 꽃을 터트렸다.

초원은 벚꽃 아래서 아이들과 사진을 많이 찍었다. 아이들은 기상천외한 갖가지 포즈를 연출했다. 초원도, 아이들도, 벚꽃도 모두 함께 어우러진 잔치 같은 봄날이었다.

4월 14일 저녁에 초원은 수학여행 짐을 쌌다.

늘 하던 대로 고단한 엄마의 어깨를 주물렀다. 엄마는 요즘 몸이 많이 불편했다. 어쩌면 아픈 곳이 몸보다는 마음일 거라고 초원은 짐작했다. 나흘 동안 엄마를 떠나 있을 것이기에 초원은 평소보다 더 정성 들여 엄마의 딱딱한 어깨가 부드러워질 때까지 오랫동안 주물렀다.

15일에는 오후까지 학교에서 수업을 했다. 그리고 4시 25분. 초원은 배에 올랐다. 연안부두는 짙은 안개에 잠겨 있었다. 엄마에게서 카톡이 왔다.

「출발했니? 멀미약은?」

배가 출항하자 아이들이 모두 노래를 시작했다. 그때, 엄마에게서 전화가 왔다.

"애들이 노래하는가 보네. 떠들썩하네."

"응, 우리 이쁜 아가들이 노래해요."

"아가는 무슨? 짓궂은 녀석들이 노래하는구먼."

"엄마. 제주 도착해서 전화할게요."

초원은 짧게 통화한 후 2학년 3반 전원이 승선을 마친 걸 확인했다.

초원의 방은 5층이었다. 이지혜, 전수영, 유니나, 최혜정 등 동료와 함께. 침대가 놓인 방이었다. 여교사에 대한 예우, 배려인 듯 해서 그 역시 기분이 나쁘지 않았다.

아이들은 불꽃놀이를 끝내고도 잠들지 않았다.

초원은 창문을 통해 밖을 내다보았다. 칠흑 어둠뿐이었다. 배의 앞머리와 끄트머리 근처로 불빛을 따라 바다새 한 떼가 우윳빛 날개를 천천히 움직이며 배를 따라 날고 있었다.

4월 16일 0시. 초원은 생일을 맞았다. 잠을 청해 보았다.

그때, 누군가 다급하게 노크를 했다.

"선생님. 선생님. 빨리 내려오세요."

문을 열었다. 지민이가 서 있었다.

"선생님, 수진이 아파요. 열 많이 나요."

초원은 급히 지민의 손을 잡고 4층으로 내려갔다.

3반이 쉬고 있는 선실의 문을 급히 잡아당겼다. 순간, 눈을 찌르는 강한 불빛이 초원의 얼굴을 비추었다. 와아 하는 함성과 함께 박수 소리가 어두운 선실 안에 출렁였다.

해피 버스데이 투 유 해피 버스데이 투 유
사랑하는 김초원 생일 축하합니다

아이들은 초원의 얼굴로 비추던 손전등을 일제히 끄고 가운데 테이블을 둘러싸고 원을 그리듯이 앉았다. 케이크 위에서 촛불이 가늘게 흔들렸다.

"너희들 정마아아알……"

"에에에, 그럼 다음에는 선물 증정식이 있겠습다" 하는 익살맞은 말이 끝나기도 전에 두 명이 각각 귀걸이와 반지를 끼여 주었다.

초원의 눈이 젖었다. 그녀는 말을 잇지 못했다.

그러자 아이들이 구호 외치듯이 주먹을 치켜들며 소리치는 게 아닌가.

"울어라! 울어라! 울어랏!"

지휘자는 반장이었다.

초원은 손가락을 내려다보았다. 은빛깔의 금속이 불빛 아래서 반짝였다. 아이들의 얼굴도 불빛 아래 붉었다. 모두 천사처럼 어여뻤다.

초원은 생일 선물로 받은 귀걸이와 반지를 그대로 낀 채 잠이 들었다.

그리고 아침이 밝았다.

바다 위에 흩어진 섬들이 안개와 다투며 희미하게 모습을 조금씩 드러내었다.

아침 식사를 마치고 조금 지났을 때였다. 갑자기 몸이 휘청거렸다. 배가 기우뚱하는 듯했다.

파도가 없는데 이상한 일이었다. 그리고 곧이어 방송이 나왔다. 스피커는 칙칙거렸다.

배는 기울어지는 중이었다.

그녀의 앞으로 구명조끼를 입지 않은 채 누군가 뛰어가고 있었다.

초원은 구명조끼를 벗어서 아이에게 입혔다. 그리고 아이에게 곧 해경이 구조하러 올 테니 방송하는 대로 선실의 자기 자리로 가라고 일렀다.

그녀는 우선 주머니에서 머리끈을 꺼내 출렁거리는 머리칼을 뒤로 질끈 동여맸다. 그리고 3반 아이들이 있는 4층으로 서둘러 내려갔다.

제자들이 생일 선물로 달아 준 귀걸이가 초원이 계단을 내려가는 걸음마다 앙증맞게 흔들렸다.

선실 창문으로 바다 안개를 헤치고 점점이 멀리서 어선들이 다가오고 있는 게 보였다.

꿈속인 듯 모든 게 혼몽했다.

그리고 초원은 제주에 도착해서 엄마에게 전화하기로 한 약속을 지키지 못했다.

사랑하는 제자들이 있는 4층 선실에서 초원의 예쁜 몸은 영원히 멈추었다.

참 좋은 사람, 이해봉

2학년 5반 **이해봉 선생님**(역사)

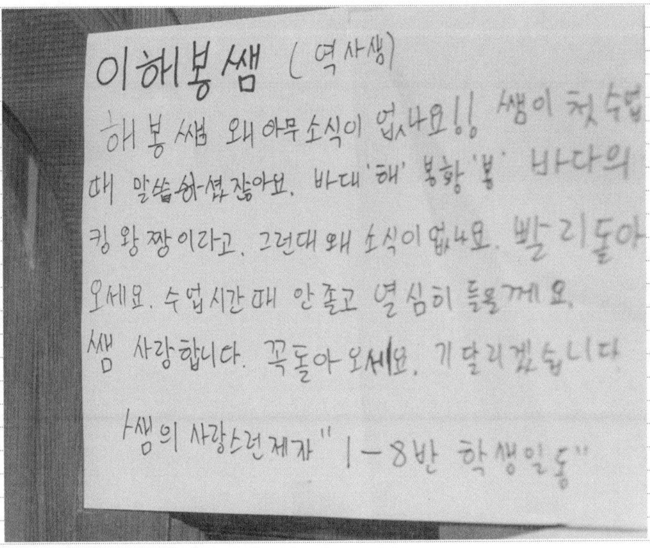

1. 형 대학 졸업식(이해봉, 아버지, 어머니, 형).
2. 2010년 프러포즈 하던 날.
3. 2011년 2학년 8반 담임 반 아이들과.

참 좋은 사람, 이해봉

바다의 킹왕짱

“안녕하세요? 반갑습니다. 올해 여러분과 함께 일 년 동안 역사를 가르치고 배우게 됐습니다. 우선 내 이름부터 알려 주어야겠죠?”

그런 다음 해봉은 칠판에 자신의 이름을 크게 썼다.

“이해봉, 바다 해(海)에 봉새 봉(鳳)입니다. 봉새는 황(凰)과 더불어 상상 속의 새로, 아주 상서로운 기운을 가지고 있어서 옛날에 왕들이 입는 옷이나 앉는 의자에 봉황 문양을 새기기도 했습니다. 그래서 해봉이라는 이름을 나는 ‘바다의 왕자’라고 풀이하기도 하는데, 요즘 여러분이 잘 쓰는 말로 하면 ‘바다의 킹왕짱’이라고 할 수도 있겠네요.”

고잔고등학교에서 5년의 임기를 마친 해봉은 단원고등학교로 옮겨서 2학년 5반 담임을 맡았다. 수업은 1학년과 2학년을 들어갔는데, 첫 시간에 ‘바다의 킹왕짱’이라며 아이들에게 자신을 소개했다. 그러면서 마음속으로 새로운 학교이니 만큼 아이들과 빨리 친해지고, 지난 학교에서 가르친 경험을 바탕으로 좀 더 나은 교사가 되어야겠다는 다짐을 하기도 했다.

“단원고등학교는 어때? 마음에 들어?”

이전 학교에서 함께 근무하던 교사나 같은 모임을 하는 선배 교사들을 만나면 으레 이렇게 묻곤 했다. 그럴 때마다 해봉은 웃음 띤 얼굴로 만족감을 나타냈다.

"예. 애들이 참 살갑고 순수해요. 품에 잘 안겨 오는 게 느껴져요."

단원고등학교는 고잔고등학교보다 규모는 작았지만 그런 만큼 아담하고 깔끔한 모습으로 해봉의 마음에 안겨 왔다. 학교 앞에는 오래된 나무들로 둘러싸인 원고잔공원이 있었고, 동네 분위기도 한적하면서 정겨운 느낌을 주었다. 그런 동네에서 자라서인지 아이들 또한 정이 많다는 걸 금방 알 수 있었다. 아내에게도 새로 옮긴 학교의 분위기와 관리자를 비롯한 선생님들과 학생들 모두 마음에 든다며 흡족한 마음을 드러냈다.

새로 만난 아이들과 친해지기 위해 해봉은 이전 학교에서처럼 운동장에서 아이들과 농구를 하기도 하면서 즐겁게 지냈다. 학교를 옮긴 뒤 가끔 고잔고등학교 제자들이 보고 싶다며 연락을 해 오곤 했다. 한번은 자신도 역사 교사가 꿈이라는, 해봉의 담임 반이었던 제자가 전화를 해서 학교로 찾아뵈러 가고 싶다는 마음을 전했다. 그러자 해봉은 학교로 찾아오는 게 힘들 테니 자신이 직접 갈 때까지 기다리라고 했다. 그런 다음 며칠 후에 직접 고잔고등학교로 가서 만나고 올 만큼 자신이 가르친 아이들을 아꼈다.

해태봉봉, 역사 교사를 꿈꾸다

해봉은 1982년 7월 13일(음력 5월 23일)에 전남 여수 공화동에서 태어났다. 여수역과 오동도의 중간쯤 되는 동네였다. 건축업을 하던 부친 이정선 님과 모친 서옥자 님 사이에는 이미 3녀 1남이 있었다. 그 뒤를 이어 해봉이 막내로 태어난 것이다. 해봉이란 이름은 어머니가 다니던 절에 계신 스님이 집에 들렀다가 그 자리에서 지어 주었다.

해봉은 어릴 적부터 부모님 말 잘 듣고 누나와 형을 잘 따르는 순둥이였다. 말썽이란 것을 모르고, 몸도 튼튼해서 병원 한 번 가지 않았다. 그리고 집안 심부름은 언제나 해봉의 몫이었다. 밤중이건 새벽이건, 부모님이 시키건 누나나 형이 시키건 군말 없이 심부름을 다녀오곤 했다. 그래서 지금도 누나들은 자녀에게 심부름을 시킬 때 자신도 모르게 동생의 이름을 부르며 "해봉아, 가게 좀 다녀와라"라고 할 정도였다.

해봉의 어릴 적 별명은 거북이였다. 행동이 특별히 느린 것도 아닌데, 친구들이 거북이라고 부르곤 했다. 아마도 생김새가 통통해서 그런 모양이었다. 거북이 말고 해봉이 무척 싫어하던 별명이 하나 더 있었다. 하루는 해봉이 울면서 집에 오더니 이름을 바꿔 달라고 했다. 그 무렵 유행하던 음료 중에 '해태 봉봉'이란 것이 있었는데, 하필이면 해봉이라는 이름과 딱 맞아떨어져서 해봉이만 나타나면 "야, 해태봉봉 왔다. 해태봉봉, 해태봉봉!" 하면서 애들이 놀린다는 거였다.

해봉은 어릴 때부터 노래하고 춤추는 걸 좋아했다. 초등학교 때 오동도로 소풍을 갔는데, 거기서 당시 유행하던 박남정의 노래와 춤을 그대로 흉내 내서 친구들과 선생님들을 즐겁게 해 주었다. 이런 기질은 친구들 앞에서만 발휘되는 게 아니었다. 딸이 많은 집안이다 보니 어머니는 누나들의 귀가 시간을 간섭했고, 심지어 누나들이 주말에 친구를 만나러 가거나 직장에서 야유회를 갈 때면 해봉을 딸려 보내곤 했다. 그러면 아무래도 딸들이 행동을 조심할 거라는 판단을 했던 건데, 그렇게 누나들의 모임에 따라간 해봉은 한구석에 얌전히 있는 게 아니었다. 역시 그곳에서도 앞에 나와 춤과 노래를 불러 인기를 끌곤 했다. 그런 모습이 귀여워서 용돈을 쥐여 주면 그 재미에 더 열심히 노래를 불렀다. 기쁨조 역할을 톡톡히 한 셈이다. 특히 셋째 누나는 연애를 할 때 일부러 해봉을 데리고 다녔다. 일종의 알리바이를 만들기 위한 묘책을 썼던 건데, 해봉은 언제나 즐겁게 따라나섰다.

해봉은 활동성이 뛰어난 편이었다. 초등학교 3학년 때 청소년연맹에 가입해서 행사가 열리는 전국 방방곡곡을 돌아다니기도 했다. 아버지가 늘 형제간의 우애를 강조했기에 누나들뿐만 아니라 여섯 살 위인 형도 잘 따랐다. 형과 함께 오락실도 자주 다니고 유행하던 DDR 춤을 같이 추곤 했다. 또한 글도 잘 써서 어머니의 가계부를 소재로 근검절약에 대한 글을 써서 백일장에서 대상을 받은 적도 있다. 글을 잘 쓰다 보니 형의 독후감 숙제를 대신 해 줄 정도였고, 여학생들과 펜팔을 주고받기도 했다.

여수동초등학교를 거쳐 충덕중학교에 입학한 해봉은 장래의 꿈을 역사 교사로 정하게 된다. 중학교 때 만난 역사 선생님의 영향을 받아서 역사에 관심을 갖게 되었고, 이후 훌륭한 역사 교사가 되겠다는 꿈은 한 번도 변하지 않는다. 나중에 교생 실습을 모교인 충덕중학교로 나왔을 만큼 충덕중학교는 해봉이 교사가 되는 데 큰 역할을 했다. 해봉은 공부도 잘했지만 무엇보다 암기력이 무척 뛰어났다. 그래서 고등학교 때 KBS 광주방송에서 진행하는 퀴즈 프로그램에 학교 대표로 나가 1등을 한 적이 있을 정도였다. 1등이 확정되고 나서 사회자가 소감을 물었을 때도 해봉은 역사 교사가 꿈이라는 말을 했다.

여천고로 진학한 해봉은 기숙사 생활을 했기 때문에 주말에만 집으로 돌아왔다. 집에 돌아와서는 아버지가 하는 건축 일을 돕기 위해 현장에서 창고를 정리하거나 모래나 벽돌을 나르곤 했다. 일이 몰릴 때는 해봉뿐만 아니라 누나들도 일을 도와야 할 정도로 바빴다. 아버지 일을 돕고, 용돈도 벌고 일석이조인 셈이었다. 3학년 때는 학급 반장을 맡을 정도로 친구들 사이에 신망이 높았다. 한 번도 어긋난 길을 가 본 적이 없는 해봉이었지만 대학 진학과 관련해서는 부모님, 그리고 담임 선생님과 갈등을 겪어야 했다. 대부분의 부모들이 그렇듯 해봉의 부모님도 취직이 잘 되는 좋은 학과에 진학하기를 원했고, 담임 선생님도 사범대학교 대신 서울에 있는 다른 학교에 원서를 넣자고 했다. 하지만 교사 이외의 길을 생각해 본 적이 없는 해봉은 모든 제안을 뿌리치고 자기 혼자 원광대학교 국사교육과에 입학 원서를 제출했다.

그리운 대학 시절

전북 익산에 있는 원광대학교 국사교육과에 입학한 해봉은 김대훈, 이석원, 김경태 등과 늘 어울려 다녔다. 김대훈, 이석원은 해봉보다 나이가 많았음에도 기숙사 생활을 하면서 쉽게 친해질 수 있었다.

해봉은 천성적으로 남에게 싫은 소리를 못하는 성격이었다. 그래서 남들이 놀리거나 장난을 쳐도 그냥 헤헤 웃고 마는 편이었다. 교사가 되면 때로는 아이들을 다그치기도 해야 할 텐데, 저래서 어떻게 교사 생활을 할 수 있을까 하고 친구들이 걱정할 정도였다. 그런 해봉에게 엉뚱한 면도 있었는데, 한번은 이런 일이 있었다. 같이 어울리던 석원이 강의실에 나타나지 않았다. 교수가 출석을 부르는데, 해봉이 석원을 생각해 준답시고 대리 출석을 자청하면서 문제가 불거졌다.

"이석원!"

교수의 부름에 곧바로 해봉이 이석원인 척 "네!" 하고 대답을 했다. 그런데 다음 번호가 이해봉인 걸 깜박한 게 실수였다. 바로 이어서 자신의 이름이 불리자 당황한 해봉이 어물거릴 수밖에 없었고, 눈치를 챈 교수는 화가 난 목소리로 두 명 모두 다음 시간부터 강의에 나오지 말라고 했다. 대리 출석을 부탁한 적도 없는 석원은 졸지에 교수로부터 못된 놈 취급을 받았지만, 자신을 위해서 한 일이니만큼 해봉을 나무랄 수도 없어 그저 한숨만 쉴 뿐이었다.

워낙 친한 친구들이다 보니 급할 때는 서로 돈을 빌려주고 받는 경우도 있었다. 그로 인해 생긴 일화 한 토막.

"해봉아, 너 지난주에 빌려 간 돈 갚아야지. 하필이면 나도 돈이 똑 떨어졌다."

"미안해, 형. 곧 갚을게."

대훈에게 빌린 돈을 갚지 못해 고민하던 해봉에게 곧 좋은 생각이 떠올랐다. 얼마 후 대훈에게 다시 나타난 해봉은 영화표를 한 장 내밀었다.

"형, 이걸로 대신하면 안 될까?"

멋쩍은 듯 웃는 해봉에게 사연을 들어 보니, 헌혈을 하면 영화표를 주는 곳이 있었는데, 그길로 헌혈을 하고 온 것이었다. 매사가 그런 식이었지만 워낙 사람 좋고 순박하다 보니 미워하려야 미워할 수가 없었다. 오히려 같이 있으면 늘 즐거움을 주는 친구가 해봉이었다.

그런데 이 대목은 짧은 우스개 이야기로 스치듯 넘어가기에는 아쉬움이 있다. 해봉에게 헌혈은 어쩌다 하는 일회성 행사가 아니었기 때문이다. 해봉은 헌혈증이 수북이 쌓일 만큼 주기적으로 헌혈을 했다. 해봉은 이웃의 어려움에 무척 민감했으며, 노숙

인이나 구걸하는 사람이 눈에 띄면 어떻게든 작은 도움이라도 주고 싶어 했다. 헌혈도 그런 차원에서 자신이 이웃에게 해 줄 수 있는 봉사의 기회로 여겼다. 교사가 되어 고잔고등학교에 근무할 때 동료 교사의 아이가 크게 아파 입원을 했는데, 급히 수혈을 받아야 하는 상황이었다. 그 소식을 듣고 마침 혈액형이 같았던 해봉이 흔쾌히 나서서 며칠간 병원을 오가며 수혈을 해 주었다. 다행히 수술이 잘되어 아이는 건강한 모습으로 돌아올 수 있었고, 나중에 해봉에게 고마운 마음을 전하는 편지를 보내왔다.

대학 시절 해봉은 몇 차례 연애를 시도하기는 했지만, 그쪽 방면에는 좀 무딘 편이라 늘 어설픈 시도에 그치고 말았다. 대신 친구들과는 점점 친해지면서 같이 당구를 치거나, 게임을 좋아하는 선배에게 스타크래프트를 배워서 같이 즐기기도 했다. 무엇보다도 즐거웠던 추억은 해봉이 '여수 프로젝트'라고 이름 붙인 행사였다.

"여수 하면 오동도잖아. 오동도에 가 봤어? 오동도가 얼마나 멋진 줄 모르지? 이번 방학 때 다들 여수로 와. 내가 오동도의 참 모습을 보여 줄 테니."

해봉은 자신의 고향인 여수를 무척 사랑했다. 그래서 방학이 되면 친구들을 여수로 불러들이곤 했다. 역시나 해봉답게 준비된 프로그램이 있을 리 없었다. 달랑 허름한 숙소 하나 잡아 놓으면 그걸로 준비는 끝이었다. 그래도 여수 앞바다 여기저기를 돌아다니며 해수욕을 즐기고 회 한 접시에 막걸리와 소주를 마시고, 해봉이 좋아하는 오동도 구경도 하며 깊은 우정을 쌓아 갔다. 해봉은 친구들과의 이런 모임에 거창한 의미를 담아 '여수 프로젝트'라고 이름 붙였다. 여수 자랑은 친구들에게만 해당하는 게 아니었다. 훗날 결혼을 하게 될 여자 친구에게도 여수 자랑은 빼놓지 않는 레퍼토리였다.

2학년 1학기를 마치고 해봉은 입대를 했다. 강원도 쪽에서 무사히 군 생활을 마치고 복학한 해봉은 과 안에서 서서히 자기 역할을 찾아가기 시작했다. 대학 시절 내내 해봉은 친구들 사이에 구멍으로 불렸다. 운동이든 과 행사든 열심히는 하는데 하는 일마다 허술하다고 해서 붙은 별명이다.

이해봉은 앞뒤를 재거나 계산을 하는 성격이 아니었다. 그래서 일단 일부터 벌여 놓기는 하는데 나중에 제대로 수습을 하지 못하는 상황이 생기곤 했다. 하지만 워낙 사심이 없고 순박해서 그런다는 걸 알기에 누구도 그런 해봉에게 타박을 할 수가 없었다. 오히려 그런 점이 매력으로 작용을 해서 선배와 후배들이 해봉의 주변에 잘 모여들었다.

그런 해봉이 큰일을 해낸 적이 있다. 해봉이 3학년 때 학회장을 할 때의 일이다. 역사교육과이니만큼 학기별로 답사를 진행하는데 학회장이 실무를 총괄하게 되어 있다. 이해봉이 학회장이 되어 답사를 진행하다 보니 자연스레 문제점들이 보이기 시작했다. 그냥 넘길 수 있는 상황이 아니라는 판단을 한 해봉은 문제 제기를 하기 위해 직접 자료를 조사하기 시작했다. 해봉이 계산에 밝은 사람이었다면 처음부터 시작을 하지 못했을 일이다. 중간에 힘들고 괴로운 과정이 많았지만 그래도 결국 해봉은 해냈다. 다음 해부터 답사 진행 업체를 공개 입찰 방식으로 바꾼 것이다. 덕분에 답사비가 내려간 것은 당연한 일이었다. 이 일로 해봉은 마음의 상처도 받았지만 한편으론 옳은 일을 했다는 뿌듯함을 느꼈다. 그러면서 사회 구조란 게 만만치 않음을 깨닫는 계기가 되기도 했다.

해봉은 사람들 앞에 나서서 이끄는 걸 좋아했다. 학회장뿐만 아니라 과내에 있는 학술 동아리인 '다솜'의 회장을 맡기도 했다. 그리고 '학회의 밤' 같은 행사를 할 때 마지막 날쯤 친교의 시간을 갖게 되면 누가 시키지 않아도 무대에 올라 노래를 부르며 춤을 추었다. 그 시절의 친구들 말에 따르면 군대 가기 전에는 마른 몸매였으나 제대 후 살이 찐 모습으로 나타나더니 성량이 풍부해져서 전보다 노래를 더욱 잘했다고 한다.

노래와 춤은 어릴 적부터 해봉의 몸에 밴 자연스러움 그 자체였다. 좋아하는 노래를 담은 MP3를 끼고 살 만큼 언제나 노래와 함께했으며, 결혼 후 아내와 떠난 강원도 여행에서는 지역 특산물 노래 자랑을 하는 자리에 나가기도 했다. 시골 장터 분위기에 맞추어 가수 박현빈의 노래를 불렀는데, 상품으로 신발을 정리하는 집게가 주어지는 바람에 둘은 배꼽을 쥐며 웃었다. 그리고 임용시험 준비를 하던 노량진을 추억 여행 삼아 간혹 찾아가곤 했는데, 그때도 아내와 함께 한 곡에 500원 하는 오락실 노래방에 들러 노래 부르는 걸 즐겼다.

임용시험, 그리고 마침내 교사의 길로

해봉은 2007년 여름 학기를 마치면서 졸업을 했다. 그리고 곧장 노량진으로 짐을 싸서 옮겼다. 교사가 되려면 반드시 거쳐야 하는 임용시험를 준비하기 위해서였다. 노량진에는 친구인 김경태가 6개월 전에 먼저 와서 공부를 하고 있었다. 둘은 같은 고시원에서 생활하며 공부를 했다.

고시원 생활은 생각보다 불편하고 힘들었다. 창문도 없는 한 평짜리 방은 키가 180센티미터가 넘는 해봉이 누우면 남는 공간이 없을 정도였다. 창문이 있는 방은 월 34만 원이었고, 창문이 없는 방은 월 26만 원이었다. 그나마도 언덕 꼭대기에 있는 집이라 그 정도였다. 가난한 고시생이 월 34만 원을 내기에는 무리였기에 아무리 불편해도 창문 없는 방을 벗어날 수 없었다.

“해봉아, 안 되겠다. 우리 그냥 독서실로 가자.”

불면증에 시달리던 경태와 해봉은 새벽에 겨우 잠이 들거나 그도 힘들면 독서실로 가서 자기도 했다. 도심의 불빛에 가려 희미하게 빛나곤 하던 밤하늘의 별을 볼 때면, 이렇게 고생을 하는데도 임용시험에 떨어지면 어떡하나 싶어 우울해지기도 했다. 하지만 다른 길은 한 번도 생각을 해 보지 않았기에 이 고통도 언젠가는 기쁘게 돌아볼 날이 있을 거라 믿었다. 그렇게 고생해 가며 준비를 했지만 해봉은 충북을 지원해서 시험을 친 첫해에 낙방을 하고 만다.

그 무렵 임용시험 문제는 주로 서술형이었다. 그런데 낙방을 한 다음 해에 문제가 객관식으로 바뀌었고, 암기력이 뛰어난 해봉에게는 무척 유리한 상황이었다. 지역을 바꿔 경기도에 지원하여 시험을 치르고 난 뒤에 해봉은 분명히 합격을 할 수 있겠다는 예감이 들었다. 하지만 최종 발표가 나기 전까지 확신은 금물이었다.

시험을 끝낸 해봉은 모처럼 고향 여수로 내려가서 가족들과 함께 지내며 휴식을 취했다. 그리고 발표 당일에 집에서 인터넷이 안 돼 합격 여부를 확인하기 위해 피시방으로 갔다. 해봉이 피시방에 가 있는 동안 먼저 합격을 확인한 누나가 전화로 그 사실을 알려 주었다. 기쁨을 주체하지 못한 해봉은 한걸음에 집으로 달려왔다. 집 앞에는 어머니가 나와서 해봉을 기다리고 있었다. 그 순간 해봉은 어머니를 껴안고 울음을 쏟아냈다.

"엄마, 합격이래, 합격!"

"그래, 잘했다. 정말 장하다, 내 아들 해봉아!"

어머니와 해봉은 서로 껴안은 채 한참이나 기쁨의 눈물을 나누었다.

"그런데 해봉아, 너 신발은 어떻게 된 거니?"

어머니의 말에 자신의 발을 내려다본 해봉은 신발 한 짝이 없어진 걸 알았다. 너무 기뻐서 신발 한 짝을 잃어버린 줄도 모르고 집까지 달려온 것이다.

그렇게 해봉은 두 번째 만에 그토록 그리던 합격증을 받아 안았다. 전체 9등이라는 좋은 성적을 거두었기에 발령도 좋은 곳으로 나지 않을까 하는 기대를 갖게 했고, 마침내 발령을 받은 곳은 안산에 있는 고잔고등학교였다.

2009년 3월 2일, 교문을 지나 학교 안으로 들어선 해봉의 눈에 세로로 '自由(자유) 眞理(진리)'라는 교훈이 새겨진 조형물이 눈에 들어왔다. 조형물 위에는 독수리 한 마리가 비상을 준비하듯 날개를 멋지게 펼치고 앉아 있었다. 조형물을 보며 해봉은 심호흡을 했다.

'그래, 이제부터 나도 아이들에게 자유와 진리를 가르치는 교사가 되는 거야.'

생각을 가다듬는 동안 가슴이 뻐근해지도록 뿌듯함이 밀려왔다. 개교한 지 10년이 채 안 된 학교는 외관도 멋졌고, 교사로서 첫출발을 하기에 부족함이 없어 보였다.

해봉은 1년 전에 먼저 발령을 받아 같은 안산의 성안고등학교에 근무하던 경태와 함께 자취를 했다. 하지만 경태는 3학년 담임을 맡아 늘 밤 11시가 넘어야 들어오는 바람에 서로 얼굴을 보면서 차분히 이야기를 나눌 만한 시간이 없었다.

해봉 역시 수업 자료를 준비하거나 새로운 환경에 적응하느라 바빴고, 조금씩 현실과 이상이 행복하게 어울리기는 힘들다는 걸 깨달아 갔다. 해봉이 근무하던 학교는 주변이 모두 아파트로 둘러싸여 있었고, 그러다 보니 다른 학교에 비해 학부모들의 교육

열이 높은 편이었다. 아이들 역시 공부에 대한 열의가 강했으며, 한편으론 여느 학생들과 마찬가지로 파릇한 십대들이니만큼 순수하고 밝았다.

대한민국의 인문계 고등학교라는 것이 대학 입시를 외면할 수는 없는 처지란 걸 해봉이라고 모를 리 없었다. 또한 학교도 역시 하나의 제도로 이루어진 기구인 만큼 무조건의 자율을 허용할 수 없다는 것도 잘 알았다. 그럼에도 해봉은 입시 교육을 교육의 본질로 삼을 수는 없다는 생각이 강했다. 자신이 가르치는 역사라는 과목 자체가 그런 성향을 갖도록 만들기도 했다.

해봉은 주로 한국 근현대사를 가르쳤는데, 우리나라의 근현대사는 알다시피 비극과 수난의 역사였다. 그러다 보니 애국 독립운동에 목숨을 바친 선열들의 피맺힌 투쟁이 있었던 반면 개인의 이익과 영달을 위해 나라를 팔아 먹은 친일과 변절의 역사 또한 엄연했음을 누구보다 잘 알고 있었다. 그래서 해봉은 교실에서 만나는 아이들에게 역사 지식에 앞서 올바른 역사의식의 중요성을 늘 강조하곤 했다.

"선생님, 시험 문제에 뭐가 나오는지 힌트 좀 주세요."

아이들은 점수에 민감했다. 내신도 잘 따야 하고 수능 준비도 해야 하는 아이들의 고충을 모르는 바는 아니었다. 그래도 해봉은 아이들의 그런 요구에 대해 친절하게 응답하지는 않았다.

"다들 시험 준비를 잘해서 좋은 점수를 받기 바랍니다. 어떤 게 문제로 나올지는 말해 줄 수 없지만 내가 평소 수업 시간에 강조한 것들을 잘 떠올려 보세요. 그리고 역사는 점수를 잘 받는 것도 중요하지만 우리가 왜 역사를 배워야 하고, 거기서 어떤 교훈을 얻어야 하는지를 깨달을 수 있어야 합니다."

해봉은 수업 시간에 아이패드를 들고 가서 자신이 만든 PPT 자료로 수업을 했으며, 딱딱한 수업이 되지 않도록 역사적 사건들에 얽힌 일화를 많이 들려주었다. 그리고 보충 수업 자료들도 일일이 직접 만들어서 활용을 했다. 한편 해봉은 '반크'라는 학생 동아리의 지도 교사를 맡았다. 반크(VANK: Voluntary Agency Network of Korea)는 외국인들에게 한국의 역사와 참모습을 알리고 서로 교류를 하는 민간 외교관의 역할을 하는 단체로, 그 뜻에 공감하는 학생들이 여러 학교에 동아리를 만들어 활동하고 있었다. 역사에 관심이 많은 학생들이 주로 모였기에 역사 교사인 해봉에게 딱 맞는 동아리였다.

"선생님, 오늘은 농구 안 해요?"

"어, 해야지. 이것만 정리하고 곧 나갈 테니까 너희들 먼저 하고 있어."

해봉은 점심시간이나 방과 후에 운동장에서 아이들과 종종 농구를 하며 땀을 흘렸다. 농구뿐만 아니라 스타크래프트나 애니팡 같은 게임도 좋아했고, 아이들과 그런 게임을 하며 친구처럼 어울리곤 했다. 때로는 게임 점수를 높여 준 아이에게 문화상품권을 선물로 주기도 했는데, 수업 시간 외에 아이들과 따로 어울리며 친근감을 쌓아 가는 것 또한 교육의 밑바탕을 이루는 일이라고 생각했다.

물론 해봉답게 학교생활을 하는 동안에도 노래와 춤이 빠질 수는 없었다. 교사가 된 첫해에 함께 발령을 받은 신규 교사들과 팀을 이루어 학생들의 축제 무대에 올라 흥겨운 자리를 펼쳐 보였다. 다음 해에 처음으로 담임을 맡아 2학년 아이들을 데리고 제주도로 수학여행을 갔을 때도 다른 선배 교사들에게 춤을 가르쳐 주면서 교사 공연을 성사시켜 아이들의 환호성을 받았다. 해봉에게 노래가 없는 삶은 마치 아이들이 없는 학교만큼이나 상상하기 어려운 것이었다.

나만의 그대, 그대만의 나

해봉이 고잔고등학교에 근무하는 동안 교사로서의 보람을 느낀 게 무엇보다 소중한 경험인 것은 너무나 당연한 일이다. 하지만 그 기간 중에 또 하나 복 받은 일이 있었으니, 인생의 반려자를 만나 연애를 하고 결혼을 한 일이었다.

해봉은 화목한 가정에서 자랐기에, 자신도 하루 빨리 행복한 가정을 꾸리고 싶었다. 직장도 안정된 터라 그런 마음이 더욱 간절했다. 하지만 대학 시절부터 연애다운 연애를 한 번도 해 보지 못한 탓에 소개팅 같은 걸 해도 번번이 상대의 환심을 얻는 데 실패

하곤 했다. 그러다가 젊은 교사들이 주로 모이는 온라인 카페에 가입을 하게 됐는데, 어느 날 처녀 총각 교사들끼리 6 대 6 번개팅을 하게 되었다. 마침 해봉의 눈에 쏙 들어온 선생님이 그 자리에 있었다. 나중에 해봉의 회상에 따르면 '차분한 정장 차림에 수줍은 표정, 맑은 눈망울'이 그녀에게서 받은 첫인상이었다.

"혹시 어느 학교에서 근무하세요?"

"아, 저는 초등학교 병설유치원에서 근무해요."

유치원 교사라는 말에 해봉은 더욱 호감을 갖게 되었고, 이런저런 질문을 던져 가며 대화를 이끌어 갔다. 하지만 여러 사람이 모인 자리라 그 자리에서는 따로 연락처를 묻지 못했다. 다음 날 저녁에 해봉은 카페에 들어가서 그녀가 접속해 있는지를 확인했다. 초조한 마음에 카페 게시물들을 둘러보며 한참을 기다렸으나 그녀의 아이디는 접속창에 뜨지 않았다.

2시간 남짓 카페에 머물던 해봉이 단념을 하고 인터넷을 끄고 나가려던 찰나 그녀의 아이디가 접속창에 떴다. 반가운 마음에 곧바로 채팅방에 초대를 해서 이야기를 나누기 시작했고, 그날 밤의 대화는 무려 4시간이나 이어졌다. 그렇게 마음을 확인한 두 사람은 다음날 200통이 넘는 문자를 주고받고, 그다음 날에는 3시간에 걸쳐 통화를 는 등 급속도로 가까워졌다.

둘이 만나면 너무나 마음이 잘 맞았고, 시간 가는 줄 몰랐다. 두 사람은 상대를 생각하는 마음을 담아 서로 손편지를 써서 주고받을 만큼 알콩달콩 사랑을 키워 갔다. 사랑에 빠진 연인들이 그러하듯 만나면 헤어지기 싫은 마음이 강해지면서 서둘러 결혼을 하기로 했다. 그렇게 해서 2010년 11월에 서울 신촌에 있는 예식장에서 혼인의 예를 치렀다.

그해 1월에 처음 만났으니 겨우 열 달 만에 이루어진 결혼이었다. 해봉의 담임 반 아이들이 축가를 불러 주는 가운데 치러진 결혼식 내내 해봉은 이 세상을 모두 가진 듯 행복한 표정을 지었다. 노래를 좋아하는 해봉은 이날도 신부를 위해 몇 달 동안 연습한 김동률의 〈감사〉를 직접 불렀다.

눈부신 햇살이 오늘도 나를 감싸며 살아 있음을 그대에게 난 감사해요
부족한 내 마음이 누구에게 힘이 될 줄은 그것만으로 그대에게 난 감사해요

해봉은 진심을 다해 노래를 불렀고, 그런 모습이 신부는 물론 그 자리에 참석한 하객들의 마음에 아름답고 흐뭇하게 가 닿았다.

두 사람의 신혼 생활을 지켜본 친구들에 따르면 두 사람은 그야말로 찰떡궁합이었다. 저렇게 사이좋은 부부는 없을 거라며 '부부의 롤 모델'로 삼아야 한다는 게 친구들의 공통된 견해였다. 서로 배려하고 존중하는 모습이 그렇게 아름다울 수 없다고 했다.

강원도 쪽에서 결혼을 한 다른 친구의 예식장에 해봉을 비롯해 여러 친구들이 모인 적이 있었다. 예식이 끝난 뒤 연회장으로 들어선 해봉은 아내를 자리에 앉아 있게 한 다음 자신이 음식을 담아 와서 아내의 자리에 놓아 주었다. 매사가 그런 식이었다. 그렇다고 아내가 일부러 공주 대접을 받으려고 하는 건 전혀 아니었다. 아내 또한 해봉이 친구들과 어울릴라치면 걱정 말고 친구들과 당구라도 치고 오라며 흔쾌히 자리를 비켜 주곤 했다. 그날 예식장에서 나온 두 사람은 이왕 온 김에 따로 강원도 여행을 하겠다며 친구들과 헤어져서 둘만의 여행을 떠났다.

부부가 함께 여수에 내려가면 해봉의 형제자매들이 모두 모여서 늦도록 술을 마시고 이야기를 나누며 우애를 다졌다. 비록 해봉이 군대에서 제대한 직후에 돌아가신 아버지의 빈자리가 느껴지기는 했지만, 어머니를 중심으로 식구들이 한자리에 모여 웃고 떠드는 화목한 모습은 아내가 보기에도 참 좋고 흐뭇했다. 해봉의 아내 역시 그런 분위기에 잘 녹아들었으며 시댁 식구들과의 관계에서 생기기 쉬운 거리감을 없앨 수 있었다.

해봉은 특별한 모임이 없으면 집으로 곧장 퇴근을 했다. 학교를 마치고 집으로 돌아오는 시간은 보통 저녁 7시쯤이었고, 보충 수업이나 야자 감독을 하는 날에는 11시나 되어야 집에 도착했다. 11시에 들어오면 피곤할 법도 하건만 아내와 맥주 한잔하며 그

날 학교에서 있었던 일을 이야기 하는 걸 좋아했다. 그게 해봉이 하루의 피로를 푸는 방식이었다. 해봉은 시험 기간에 일찍 끝나면 혼자 가까이 사는 처가에 가서 장인, 장모님을 모시고 식사 대접을 하곤 했다. 그리고 장모님이 집에 오시면 서로 맥주를 마시며 재미있는 이야기로 장모님을 즐겁게 해 드렸다. 그런 다음 꼭 주무시고 가야 한다며 한사코 손을 잡고 놓아 주지 않았다. 그만큼 든든하고 살가운 사위도 드물 터였다. 주말에는 아내와 짧은 여행을 다니기도 했는데, 여행지는 주로 유적이 있는 곳을 골랐다. 역사 교사답게 해봉은 아내에게 자신이 알고 있는 역사 지식을 동원해서 유적에 대해 알기 쉽게 설명해 주는 걸 즐겼다.

"자기는 정말 아는 게 많아. 자기하고 오면 저절로 역사 공부가 되네."

"그렇지? 나 따라오기 잘했지? 하하."

아내가 추어주는 말에 해봉은 어깨를 으쓱하며 뿌듯한 표정을 짓곤 했다. 결혼 이후 말다툼 한 번 한 적 없을 만큼 두 사람은 언제나 신혼 그대로였다.

참된 교사의 길을 찾아서

해봉은 좋은 교사가 되고 싶었다. 좋은 교사란 무엇보다 아이들을 잘 가르치는 것이고, 그러기 위해서는 교육에 대한 이해를 넓히는 한편 자신의 교과에 대한 전문성을 지닌 교사가 되어야 한다고 생각했다. 그 무렵 경기도에는 혁신 학교와 혁신 교육이라는 말이 화두처럼 등장해 있었다. 그래서 해봉도 '안산중등혁신교육연구회'의 일원으로 참여를 했다. 뜻이 맞는 교사들과 함께 혁신 학교의 개념을 정립하는 공부를 하며 때로는 앞서가는 학교의 관계자들을 초청해서 이야기를 듣기도 했다. 가령 신생 혁신 학교로 주목을 받고 있던 용인의 흥덕고등학교 선생님을 초청해서 학교 운영과 새로운 방식의 학생 지도 사례를 듣고 토론을 했다.

"이렇게 모여서 토론만 할 게 아니라 다음에는 마포 성미산학교를 탐방해 봅시다."

누군가의 제안에 따라 서울 도심에서 공동체 마을을 일군 마포의 성미산학교를 찾야기기도 했다. 교육에도 새로운 상상력이 필요하다는 이유에서였다. 해봉도 그런 취지에 공감해 성미산학교 탐방에 함께 따라나섰다.

그런 모임들과 함께 해봉이 무엇보다도 심혈을 기울인 일은 자신만의 '한국사 교과서'를 만드는 일이었다. 임용시험 공부를 할 때부터 틈틈이 자료를 모으고 정리하기 시작했으며, 교사 생활을 하는 동안에도 꾸준히 보완 작업을 했다. 그러느라고 남들보다 늦게 퇴근을 하는 날도 많았다. 역사 교사로서 부끄럽지 않아야겠다는 다짐이 항상 해봉의 마음 깊이 자리 잡고 있었기 때문이다.

고잔고등학교에서 5년의 근무 연한을 마칠 무렵, 해봉은 어디로 학교를 옮겨야 할지 고민을 했다. 가장 큰 문제는 생활 근거지인 부천으로 학교를 옮길 것인가 말 것인가였다. 아내는 출퇴근도 힘들고 하니 부천으로 옮겨 오기를 희망했다. 지난해에도 부천으로 내신을 낼까 말까 고민한 적이 있었기에 이번만큼은 꼭 부천으로 내신을 내라고 부탁을 했다. 고민 끝에 내신서를 작성하면서 부천 지역을 적어 냈다. 그래 놓고는 내신서 제출 마감 기한을 하루 앞둔 날 밤에 해봉은 아내와 마주 앉았다.

"자기야, 안산에서 한 학교만 더 있으면 안 될까? 안산 아이들이 너무 착해서 그동안 정이 많이 들었나 봐. 출퇴근 하는 것도 이제 적응이 돼서 그리 어렵지 않아."

그날 밤 둘은 오래도록 이야기를 나눴다. 해봉의 마음을 돌려 보려던 아내는 결국 해봉의 진지함에 설득되어 동의를 했다. 그리고 다음 날 해봉은 내신서를 돌려받아 부천 지역을 포기하고 안산에 있는 학교 이름을 적어 냈다. 그리고 1지망으로 단원고등학교를 썼다. 고속도로 진입로에서 그중 가까운 학교를 고른 것이었다.

참 좋은 사람

제주도로 수학여행을 떠나기 직전인 4월 12일 토요일 오후에 해봉은 아내와 함께 서울대병원을 찾았다. 그곳에는 해봉의 담임 반 학생인 박진수 군이 뇌종양으로 입원해 있었다. 큰 수술을 앞두고 있는 제자를 두고 수학여행을 가야 한다는 생각에 마음

입원실
빠른 쾌유를 빕니다
박진수 (M/18)

이 무거웠다. 함께 못 가 미안하다는 말과 함께 꼭 완쾌되기를 빈다는 말을 남기고 해봉은 병실을 나서야 했다. 그날의 외출이 사랑하는 아내와 한 마지막 데이트이기도 했다. 병원 앞 마로니에공원을 거닐던 두 사람은 그곳에 있던 독립운동가 김상옥 열사의 동상 앞에서 발걸음을 멈췄다. 천상 역사 교사인 해봉은 그날도 천여 명의 일본 경찰들과 맞서 싸우다 마지막 권총 한 발로 자결을 하신 김상옥 열사에 대한 이야기를 하며, 자신이 그 시대에 태어났다면 어떻게 행동해야 했을지 묻기도 했다. 그만큼 역사 정신에 바탕을 둔 올바른 가치관의 중요성에 대한 신념이 굳건했으며, 자신이 가르치는 아이들에게 그런 정신을 심어 주고자 했다.

그리고 수학여행을 떠나던 2014년 4월 15일 저녁 7시경에 해봉은 아내와 통화를 했다. 안개 때문에 배가 뜨느니 못 뜨느니 할 무렵이었다. 그때만 해도 별다른 일이 생기리라는 조짐은 서로 느끼지 못했다. 아내와는 하루에도 몇 차례씩 전화를 하는 사이라 그날의 전화도 평상시와 크게 다르지는 않았다. 그런 다음 8시 40분쯤, 해봉은 둘째 누나와 통화를 했다. 그날은 마침 둘째 누나가 오랫동안 다니던 직장에서 명퇴를 하던 날이었다.

"누나야, 그동안 고생 많이 했네. 이제부터 남는 시간은 누나가 하고 싶은 일 하면서 마음껏 놀아."

통화를 하는 동안 전화기 너머로 출항을 알리는 방송 소리가 들렸다.

"누나야, 이제 배가 출발하는가 보다. 잘 다녀올게. 그리고 5월에는 쉬는 날이 많으니까 그때 여수에 내려가서 보자."

그 말을 남기고 해봉은 아이들과 함께 제주로 가는 배에 올랐다.

해봉은 한마디로 좋은 사람이었다. 좋은 아들이었고, 좋은 동생이었고, 좋은 친구였고, 좋은 교사였고, 좋은 남편이었다. 해봉이 인연을 맺었던 모든 이들에게 아름다운 기억만을 남기고 간, 어떤 미사여구도 필요 없을 만큼 그냥 말뜻 그대로 참 좋은 사람이었다.

좋은 세상을 앞서 사는 희망

2학년 6반 **남윤철 선생님**(영어)

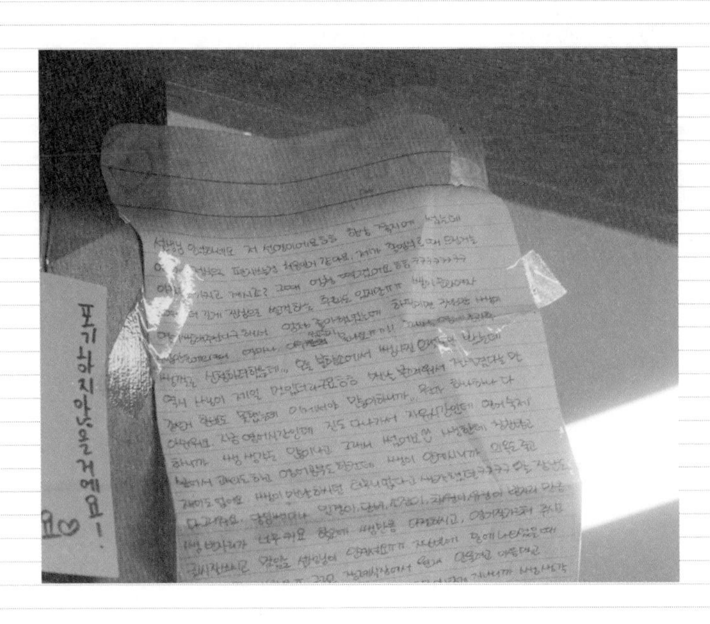

1. 대부중학교 제자들과 함께 생일 축하.

2. 윤혜, 윤철이 눈속에서.

3. 첫 영성체 기도.

좋은 세상을 앞서 사는 희망

2014년 4월 16일 아침, 단원고 남윤철 교사는 세월호가 이상하다는 것을 가장 먼저 감지한 사람 중 하나였다. 최초로 사고를 신고한 최덕하 군은 그가 담임을 맡은 2학년 6반 학생이었고 신고할 당시 남윤철 교사는 4층 객실 복도에서 학생 곁에 있었다. 배는 벌써 기울기 시작했다. 이상을 감지한 남윤철 교사는 최 군에게 신고 전화를 걸게 한 듯하다. 최 군이 나중에 해경에게 '선생님이 정신이 없으셔서 제가 대신 전화를 했다'고 밝혔기 때문이다.

최 군이 119로 전화한 시각은 정확히 오전 8시 52분 32초.

-119 상황실입니다.

"살려 주세요."

-119 상황실입니다.

"여기 배인데 배가 침몰하는 것 같아요."

-배가 침몰해요?

"제주도 가고 있었는데 여기 지금 배가 침몰하고 있는 것 같아요."

-배 이름이 뭐예요?

"선생님 바꿔 드릴까요?"

남윤철 교사는 전화를 바꿔서 배가 침몰하고 있다고 다시 알렸다. 혹시나 학생의 말이라 장난 전화로 여길까 봐 확인해 준 것으로 보인다. 그리고 다시 전화를 최 군에게 넘기고 학생들을 찾아 나서기 시작했다. 최 군은 배 이름이 세월호라는 것을 알렸고 119상황실은 8시 54분 7초 목포해경에 전화를 걸어 신고 내용을 전달했다. 핸드폰 기지국 위치는 '전남 진도 조도 서거차도리'라는 것도 곧바로 밝혀졌다.

그런데도 목포해경은 최 군과 전화를 연결하고는 배의 경도와 위도를 묻고 어디서 출발했냐를 묻고 배의 이름을 또다시 물으면서 2분 30여 초를 허비했다. 다른 신고 전화가 계속 온다고 119상황실이 전화를 끊겠다고 하고서야 사고 신고를 접수했다고 밝혔다. 8시 56분 57초 때였다. 목포해경의 경비정이 사고 해역에 도착한 것은 9시 37분이었다. 이 시간에 도착은 했지만 바로 구조에 나서지는 않았다. 이것이 참사의 원인이 되었다.

이 시간 남윤철 교사는 선실로 학생들을 찾으러 다녔다. 사고 직후 생존 학생들에게서 나온 증언에 따르면 그는 선실 안에서 구명조끼를 입은 채 안내 방송의 지시대로 가만히 있던 학생들을 찾아서 빨리 대피하라고 일러 주었다. 구명조끼가 없는 학생에게는 구명조끼를 챙겨 주면서 "침착해라, 해경이 구하러 올 거야"라고 안심시키고 갑판 위로 올려 보냈다. 학생들을 데리고 갑판 위로 올라왔다가도 가슴까지 물이 차오르는 선실로 다시 내려갔다. 남윤철 교사는 그렇게 세 번이나 선실과 갑판 위를 왕래했다. 그리고 네 번째 선실로 내려간 후 돌아오지 못했다.

그가 마지막으로 목격된 곳은 배가 급격히 기울어진 16일 오전 10시쯤 선실 비상구 근처에서였다. 그 학생은 "물이 허리쯤까지 차올랐는데도 우리를 챙기고 있는 담임 선생님을 봤다. 물이 키를 넘어서면서 정신없이 (비상구로) 빠져나오고 나서 돌아보니 선생님이 보이지 않았다"고 증언했다. "선생님은 우리를 비상구로 인도하면서 대피시키고 다른 학생을 구하려고 아래층으로 들어가셨다"는 증언도 나왔다. 남윤철 교사의 인도로 배에서 빠져나온 6반 학생 가운데는 갑판에서 구조 순서를 양보하고 기다리다가, 부모를 잃고 울고 있는 다섯 살 김 모양을 안고 탈출한, 박호진 군도 있었다.

남윤철 교사는 수영을 아주 잘했다. 국민대 영문과 재학 시절 호주로 어학연수를 갔을 때는 스쿠버 다이빙을 배워서 강사 자격증까지 땄다. 운동 신경이 워낙 좋아서 영문과 농구 동아리 반장도 지냈다. 키는 큰 편이 아니지만 점프 실력이 아주 좋아서 뛰어오르면 골대를 잡았다고 했다. 스키도 테니스도 잘했다. 어려서부터 못하는 운동이 없었다. 배가 기울어질 때 그가 바다로 뛰어내렸다면 살았을 것이다. 그는 그렇게 하지 않았다.

이 시간 세월호 사고 소식을 들은 남윤철 교사의 부모는 청주 집에서 차를 몰고 진도로 향했다. 떠날 때만 해도 그렇게 큰 참사가 되리라고는 짐작도 못했다. 전원 구조라고 하니 젖은 옷이라도 갈아 입혀야지 하는 마음이었다. 대전쯤 지나는데 전원 구조는 오보라고, 배 안에 애들이 많다고, 왜 빨리 구조하지 않느냐는 생존자의 질타가 라디오 방송으로 나왔다. 그래도 전원 구조가 되겠거니 희망을 가졌다. 저녁 무렵 시신을 발견했다는 보도가 나왔다. 그 순간 두 사람은 말을 잊었다. 단 한 명이라도 학생이 배 안에 남아 있다면 아들은 돌아오지 않을 것이다.

"윤철이 안 나오겠지?" 엄마가 간신히 입을 떼었다.

"안 나오지……" 아버지가 답했다. "우리 각오하고 가자."

부모에게 아들의 모습은 보이지 않았지만 어떻게 행동할지는 보였다.

남윤철 교사의 유해는 17일 오전에 객실 후미 쪽 바다에서 발견됐다. 배 안에 있다가 거센 조류 때문에 바다로 쓸려 온 것으로 전문가들은 추정했다. 누군가를 안고 있었던 듯 양팔을 앞으로 내민 채였다. 남학생들에게는 형 같고 여학생들에게는 오빠 같고, 그를 보려고 일부러 학생들이 교무실을 들락거리게 만들었던 좋은 교사 남윤철은 그렇게 제자를 구하러 다니다가 세상을 떠났다.

남윤철은 1979년 11월 14일 서울 용산구 갈월동 목영자산부인과에서 태어났다. 당시 아버지 남수현 교수(충청대 치위생과)는 서울대 치대를 졸업하고 군의관으로 부산 통합병원에 근무할 때였고, 어머니 송경옥 씨가 친정과 시집이 있는 서울에서 출산을 했다. 아버지가 외아들이라 집안에서는 몹시 기다리던 2대 독자 손자였다.

두 살 위인 누나가 한 명 있었다. 송경옥 씨는 첫애를 낳을 때도 그랬고 남윤철 교사를 임신하고도 고생을 많이 했다. 임신 중독 증세도 있었고 원인을 알 수 없는 고열이 자주 올랐다. 병명이라도 확실히 알면 좋겠는데 그렇지도 않았다. 산모라 약을 쓰는 것도 한계가 있었다. 병원에서는 산모를 살리기 위해 유산은 어떻겠느냐고 조심스레 물을 정도였다. 주변에서도 딸을 위해서라도 그러는 게 낫지 않냐고 권했다. 어머니는 그래도 낳겠다고 마음 먹었다. 가톨릭 신자인 어머니는 기도를 더 열심히 했다.

아기는 다행히도 아주 건강하게 태어났다. 눈이 크고 잘생긴 아기였다. 4.1킬로그램이었으니 또래보다 오히려 건장한 셈이었다. 잘 웃고 잘 먹고 잘 자는 아기였다.

보통 사람들은 운다고 표현하는 동물을 그는 웃는다고 표현할 만큼 세상을 환하고 밝게 여겼다. 대여섯 살 때 아파트 주변에 개구리들이 많이 울자 그는 엄마에게 이렇게 물었다고 한다. "엄마, 저 개구리가 왜 이렇게 웃어?" 아기 때도 그랬던 잘 웃는 특징은 단원고 교사를 하던 마지막 시절까지 똑같았다. 그는 누구한테나 웃었고 다정했다. 어려운 처지의 친구나 제자를 눈여겨보고 도와주려고 나섰다.

그가 태어나 6개월 정도 되었을 때 청주로 집을 옮겼다. 군의관에서 제대한 아버지가 청주에서 치과 의원을 개업했기 때문이다. 집안이 넉넉지는 않았던 남수현 교수로서는 서울보다는 지방에서 개원을 하는 것이 부담이 적다 여겼다. 게다가 청주는 친가의 뿌리이기도 했고 외가가 있어서 남수현 교수는 어릴 때 늘 청주에서 방학을 보냈다. 아름다운 추억이 가득한 곳이었다.

부산통합병원에 있으면서 가족을 보기 위해 기차로 서울을 오가던 아버지는 어느 날 문득 어린 시절을 떠올리며 조치원역에서 내려서 청주를 돌아본 후 그곳에 정착해야겠다는 생각이 들었노라 했다. 그렇게 해서 1980년 5월에 온가족이 청주로 이사를 왔다. 거기서 남윤철 교사는 초등학교와 중학교, 고등학교를 나왔다.

"그때만 해도 조금 공부를 시키는 집에서는 다들 서울이나 외국으로 조기 유학을 보내는 풍조가 청주에도 있었어요. 하지만 저희 부부는 아이들이 부모와 함께 사는 게 중요하다고 생각했고 또 경쟁이 심하다는 서울보다는 지방에서 아이들이 정서적으로 풍부하게 크는 게 더 바람직하다고 여겼어요." 어머니 송경옥 씨는 말한다. 사교육이

극성일 때 윤철의 집안은 아이들을 마음껏 뛰어놀게 해서 주변에서 '엄마가 계모 아니야? 돈도 있는 병원 집인데 왜 과외를 안 시켜' 같은 소리도 들었다.

학교 때 윤철은 누구와도 잘 사귀고 궂은 일은 마다 않는 학생이었다. 그의 초등학교 시절 은사인 이현호 씨는 세월호 참사가 난 후 그의 페이스북에 "어린 시절 명랑하고 우리 반 반장도 하던, 공부 잘하고 의리 있는 학생"이었다고 그를 추모하는 글을 올리기도 했다. 청소를 하면 늘 먼저 대걸레를 들고 오는 학생이 윤철이었다. 그러면서 운동도 잘하고 우스갯소리도 잘해서 그가 모이는 곳에는 늘 웃음이 끊이지 않았다.

부모님 말도 잘 들었다. 아주 어릴 때부터 해 지기 전에는 집에 들어오라고 엄마가 말하면 헐레벌떡 뛰어서라도 꼭 그 약속을 지키던 아이였다. 그를 키우면서 부모님이 매를 든 적은 딱 한 번뿐이었다. 초등학교 5학년 때 2박 3일 일정으로 수련회를 떠났는데 첫날 밤에 밖에서는 못 잔다고 고집을 부리니 부모님에게 데려가라는 전화가 왔다. 그는 그때까지도 엄마 곁을 떠나서 오래 있는 것을 견디지 못하는 어린이였다. 강하게 컸으면 싶은 마음에 아버지는 화가 났다. 밤중에 차로 데려와서는 '사내자식이 약해 빠져서 되겠느냐'고 회초리를 댔다. "다음 날 새벽에 다시 돌려보내면서 어찌나 마음이 아프던지 그게 매를 댄 처음이자 마지막이 되었어요." 그만큼 부드럽게 키우고 부드럽게 자랐다.

가톨릭 집안이고 성당에서도 기특한 짓을 잘하니 수녀님들은 '나중에 신부님 되라'고 했다. 가톨릭의 정서에서는 이게 가장 훌륭한 어린이라는 표현이다. 그때마다 어린 윤철은 정색을 하면서 "절대 안 돼요, 저는 집안의 대를 이어야 해요"라고 말하곤 해서 사람들을 웃음 짓게 했다. 그로서는 아주 진지한 이야기였던 것이 청주로 오면서 함께 살게 된 할아버지, 할머니가 늘 그를 무릎에 앉히고 남씨 집안 장손으로 대를 이으라는 이야기를 했기 때문이었다.

그는 중학교 1학년까지도 산타클로스가 있다고 믿을 정도로 부모님이 하는 말은 거짓이 없다고 생각할 만큼 순진했다. 너무 순진해서 오히려 아버지가 나서서 산타클로스는 없다고 이때에야 말해 주었다고 한다. 성품이 온유해서 누구와도 다투는 법이 없었고 서로 다툰 친구들도 그의 중재로 화해를 하곤 했다.

어머니가 윤철을 키우면서 늘 강조한 것은 평등이었다. 하느님 앞에 모든 사람은 평등하다는 것. 그러니 절대 사람을 차별하지 말고 똑같이 잘 대하라는 당부를 어려서부터 했다. 또한 부모들부터 그렇게 살았다. 아버지는 치과 의사로 의료 봉사에 나섰고 어머니도 성당에서 불우한 사람들을 돕는 것을 보면서 윤철은 자랐다. 그 가르침대로 윤철은 부자나 가난한 아이나 공부 잘하는 아이나 못하는 아이나 가리지 않고 사귀었다. 교사가 되어서는 부자 학생이나 가난한 학생이나 공부 잘하는 학생이나 못하는 학생이나 튼튼한 학생이나 약한 학생이나 말 잘 듣는 학생이나 속 썩이는 학생이나 누구도 차별하지 않고 관심과 사랑을 쏟았다.

대학 전공은 진작부터 영문과로 정했다. 초등학교 때 이웃에 미국에서 살다 온 가족이 있었다. 그 어머니가 자기 아이들 또래를 불러서 재미있게 영어를 가르쳤다. 연극도 했고 노래도 배웠다. 억지로 익히는 영어가 아니라 실생활에서 즐겁게 배우는 영어를 익혔다. 초등학교 6학년 때 외할머니를 따라서 이모할머니네가 이민 가서 살고 있는 호주를 방문하고는 인종도 문화도 다른 사람들이 영어를 통해 의사소통이 된다는 사실에 경이로움을 느꼈다. 그 후 영어는 그에게 가장 재미있고 흥미로운 과목이자 잘하는 과목이 되었다.

그는 1998년 3월 국민대 영어영문학과에 입학했다. 2년 위인데 1월생이라 학년은 3년이 빠른 누나는 그가 고1일 때 서울의 대학으로 떠났고 그가 고3일 때 호주로 유학을 떠났다. 누나는 처음에는 어학연수로 떠났지만 그곳에 가더니 공부를 마치겠다며 혼자 힘으로 시드니대학을 들어갔다.

누나가 살던 서울 강남의 고속터미널 옆 아파트에서 그는 혼자서 대학 생활을 시작했다. 국민대까지는 버스가 다녔다. 주말마다 어머니가 왔다.

대학생인 그는 어린 시절이나 중고등학생 때나 똑같았다. 활발하고 재미있었다. 사람들이 모이면 분위기 띄우는 역할은 늘 그가 했다. 대학 친구 여규형 씨는 "그에게 하루의 목표가 있다면 친구들과 모였을 때 빵 터뜨리는 농담을 해야 하는 것이었다"고

전할 정도였다. 원래 농담도 재미있게 했고 노래도 잘 불렀다. 노래를 할 때면 플라이 투더스카이의 환희를 닮았다고 했고 평소에는 '리틀 송일국'이라고 불렸다. 운동도 잘하고 얼굴이 비슷하게 생겨서였다.

과 대표도 했고 과 농구 동아리 반장도 했다. 술자리가 생기면 늦게 오는 사람의 전화를 받아 장소를 일러 주는 사람도 늘 그였다. 상대방이 장소를 못 찾겠다고 하면 언제든 일어서서 마중하러 나갔다. 모임이 파하면 마지막까지 사람들이 제대로 가는가를 챙겼다. 시간이 늦어지면 같은 방향의 여학우는 차를 타고 데려다주기까지 했다.

수업 시간에는 영어 발음도 좋고 목소리도 좋아서 그가 책을 읽으면 다들 듣는 것을 즐겼다. 외국에서 공부하지 않은 국내파이면서도 발음이 원어민에 가깝다는 평가를 받았다.

대학교 2학년을 마치고 군대를 갔다. 공군에 자원해서 경기도 안성의 방공 포대에서 복무를 했다. 이때 경기도와 첫 인연을 맺은 셈이었다. 방공 포대는 공군 중에서 군기가 세다고 알려진 곳이고 산꼭대기에 부대가 있다. 그러나 특기할 만한 이야기를 한 적이 없는 것을 보면 그는 거기서도 아주 잘 지냈거나 힘든 내색을 잘 하지 않은 듯하다.

제대한 후에는 누나가 있는 호주로 1년간 어학연수를 갔다. 스쿠버 다이빙도 배웠다는 그곳이다. 그 무렵 윤철은 교육자가 되기로 마음을 굳혔다. 군대 가기 전에는 많이 놀았지만 고학년이 되면서는 장학금도 받았다.

2005년 가을 그는 국민대학교 교육학대학원에 입학했다. 사범대를 나오지 않았기 때문에 교사를 하려면 교육대학원을 나와야 했고 교수를 하려고 해도 석사 과정은 마쳐야 했다. 영어교육을 전공한 이자원 교수가 이끌어 주었다. "공부도 잘하고 품성도 워낙 좋잖아요. 박사 과정까지 하고 대학에 남으라고 권유를 했지요." 이 교수가 말했다.

이 교수는 남윤철을 키우기 위해 조교를 맡겼다. 그는 성실했다. 매사에 성실해도 너무 성실했다. 그게 지도 교수로서는 불만이라면 불만이었다.

"누구한테나 잘해요. 학자가 되려면 좀 공부에만 빠져 있어도 되는데 자기를 필요로 하는 사람한테는 언제나 누구한테나 손을 내밀어요. 학생들이 상담받고 싶다면 말동무도 다 해 주지요, 대학원에서 행사 있으면 궂은 일은 도맡아 해요. 이루 말할 수 없을 정도예요. 사람들은 다 좋아하지만 공부에 집중해야 하는데 너무 아깝잖아요. 제가 1999년부터 영상영어교육학회를 만들어서 활동해 왔는데 2000년에는 일본의 영화교육학회와 자매결연을 맺고 매년 여름이면 일본에서 공동 학술회의를 열었어요. (남윤철 교사가) 아카데믹한 정서로 빠지도록 만들려고 이 학회를 시켰어요. 대학원 다니고 조교로 있으면서 일본에서 열리는 학술회의에 두 번 참가했는데 한국하고 똑같은 거예요. 일본 사람들도 그렇게 좋아해요. 학술회의 끝나고 뒤풀이를 가라오케에서 하면 가수예요. 노래도 잘하고 춤도 잘 추고 그 좁은 노래방에서 텀블링까지 해서 사람들을 즐겁게 해 줘요. 주변에 있는 모든 사람들을 즐겁게 해 줘야 한다는 게 천성인가 봐요. 공부야 잘했지요. 그러니까 더 아까워서." 이자원 교수의 말이다. 그 일본 학회의 사람들은 윤철을 오래도록 기억해서 2014년 여름 한일 공동 학술회의를 열 때 그를 위한 묵념부터 하고서 개회를 선언했다.

이 교수의 조언대로 윤철은 석사 과정을 마치고 미국이나 호주 아니면 캐나다 쪽으로 가서 박사 과정을 마칠 계획을 세웠다.

그런데 2007년에 아버지가 직장암에 걸렸다. 치과 병원도 문을 닫은 채 서울에서 수술을 받고 치료도 받았다. 아버지는 윤철이 혼자 살던 아파트에 머물면서 병원을 오갔다. 병원으로 모시고 가고 오는 것은 물론 서울에서의 병수발을 윤철이 도왔다. 누나는 시드니대학을 졸업하고 번역 대학원을 졸업해서 진문가로 호주 영주권을 땄다. 그곳에서 결혼도 했다. 한국에 있는 자녀는 윤철뿐이었다.

아버지는 윤철에게 말했다. 아버지가 아프니 이제 집안의 기둥은 너라고. 네가 가장이라고 생각하고 집안을 잘 이끌어 달라고 말했다. 그 말을 할 때 아버지는 경제적 책임을 염두에 두지는 않았다. 다만 혹시 아버지가 어찌 될지 모르니 어머니를 잘 지키라는 정신적 책임을 말한 것이었다.

그런데 아마도 받아들이는 아들의 마음은 그렇지 않았던 모양이다. 대학원을 마치고 외국에서 박사 학위를 하면 거기에 따른 비용은 물론 오래 한국을 떠나 있게 될 때의 부모 봉양을 걱정했던 듯하다. 학위를 마치고 한국에 온다고 해도 곧바로 학교에 자리를 잡는 것이 보장된 것은 아니었다.

그는 유학의 꿈을 접었다. 대신 교육대학원의 이점을 살려 교사로 나가겠다는 결심을 했다. 교수든 교사든 모두 누군가를 가르치는 일이었고 그는 그런 교육자가 되는 것이 꿈이었다. 누구한테든 평등하게 인격적으로 배려하는 그의 태도는 교사로서는 아주 훌륭한 자질이었다.

이자원 교수는 유학을 준비하지 않는 그를 보고 국민대 박사 과정에 들어오라고 권했다. 당시 남윤철은 상세한 사정은 알리지 않은 채 "임용시험 떨어지면 들어올게요"라고 말했다. 그러나 공부도 잘했던 그는 한 번에 임용시험에 붙었다.

2008년 3월에 그는 대부중학교 교사로 첫발을 디뎠다. 암 투병을 마친 아버지도 오랜 치과 의사 생활을 접고 교육자로 첫발을 디디게 되었다. 충청대 치위생과 교수로 임용이 되었다. 아버지는 전문가로서의 생활은 오래되었지만 교육에 대해서는 따로 배운 적이 없다면서 교육학을 전공한 아들에게 학생을 가르치며 일어나는 문제들을 짐짓 물어보기도 했다. 그리고 조언을 하는 아들을 흐뭇하고 대견하게 여겼다.

대부중학교는 안산시 단원구 대부중앙로 3번지, 방조제길로 육지와 연결은 되지만 섬인 대부도에 있다. 경기도교육청 소속 학교로는 서쪽 끝에 있는 '오지' 학교이다. 고등학교도 같이 있었다. 중학교는 모두 두 반씩 여섯 반이 있었는데 그 여섯 반의 영어 수업을 모두 그가 맡았다. 고등학교 영어 교사가 출산 휴가라도 들어가면 그 수업까지 그의 몫이었다.

업무는 무지하게 늘었다. 1개 학년이면 수업 준비도 한 가지만 하면 되지만 3개 학년이면 수업 준비도 세 가지를 해야 한다. 시험 기간이 닥치면 시험 문제도 세 가지씩 준비해야 했다. 그에 따른 행정 업무도 세 가지였다. 그런데도 그는 하나도 허투루 하지 않았다.

학생을 맡으면 사진을 가져다가 뒤에 이름을 적고 모두 외웠다. 학생들에게 영어를 더 재미있게 가르치려고, 그가 어렸을 때 배웠던 것처럼 실생활을 접목해서 수업 준비도 많이 했다. 장학사 참관 수업에는 샌드위치 만드는 법을 영어로 가르친다며 어머니에게 직접 만들어 보라고 해서 그 사진을 시청각 교재로 활용했다. 초콜릿이나 사탕을 많이 사 두고 아이들한테 자주 선물했다.

대부도는 어업과 농업을 함께하는 반어반농의 마을이었다. 학교 가까이에는 보육원도 있었다. 학생 개개인의 가정 사정까지 살피자면 안타까움이 말할 수 없는 상황이었다. 그저 공부 한 가지에만 매달려도 일이 많은데 그는 그 이상을 했다. 포도를 따는 철이면 가정마다 학생들 일손 이상을 필요로 했다. 남윤철 교사는 기꺼이 학생들과 함께 집을 찾아 포도 따는 걸 도왔다.

때로 가출을 하는 학생도 나타났다. 학교 일과가 끝나면 그 학생을 찾으러 다녔다. 그럴 때면 주말도 없었다. 당시 그는 대부도에 원룸을 얻어서 살고 있었는데 새벽에 들어가는 날도 많았다.

그래도 그는 늘 더 잘하고 싶어 한 교사였다. 당시 친구들을 만나면 그의 안타까움은 늘 그런 것이었다고 한다. 학생들에게 더 많은 관심을 쏟고 싶은데 행정 업무 수발이 너무 많아서 그 시간이 안 난다는 점이었다. 아이들을 잘 가르치고 싶어서 교사가 되었는데 아이들마다 가정 환경도 다 다르고 꿈도 관심사도 다 다른데 그걸 다 못 챙겨 주니까 안타깝다고 하소연했다. 그는 해도 해도 교사의 일에 더 목말라 했다. 대학 동창들을 만났을 때도 학교 이야기만 하니까 친구들이 '학교 이야기는 그만 하라'고 할 정도였다.

과도한 업무에 지쳐 갈 때면 교사로서 사명감에도 진이 빠질 때가 있었을 것이다. 괜히 교사를 한다고 나섰나, 과연 내가 잘할 수 있을까, 내가 교사 적성이 맞나 고민도 했다.

어머니의 기억이다. "주말에 만나면 윤철이는 이야기를 많이 해요. 새벽 3시까지 이야기를 해서 내일 아침에 학교 가야 하니 그만 자자고 제가 그럴 정도였어요. 하루는 그래요. '내가 엄마 아빠한테는 아주 귀한 자식이지?' '그럼, 너는 우리한테 정말 귀한 자식이지.' '그거야! 누구나 누군가의 부모님한테는 굉장히 귀한 자식이야.' 힘들면 그렇게 스스로 다짐을 했나 봐요. 쟤들도 귀중한 자식이니까 막 대하면 안 되지, 존중하는 노력을 해야지."

그가 대부중학교 교사로 마지막 해를 보내던 2011년 여름에 이곳으로 놀러 갔던 국민대 영문과 윤종열 교수는 학부모들이 말끝마다 "우리 남 선생님, 우리 남 선생님"이라고 부르면서 이듬해에 남윤철 교사가 대부도를 떠날지도 모른다는 말에 무척이나 아쉬워하던 모습을 보았다. "학생들의 사정을 하나하나 헤아리니 이런 선생님이 어디 있겠느냐고 다들 말을 해서 참 뿌듯했습니다."

2012년에 단원고등학교로 부임했다. 대부중 때와 달리 한 학년만을 맡았다. 수업에 더 많이 집중할 수 있었다. 대부중학교에서도 그랬듯이 그는 팝송과 영상까지 활용해서 영어를 지루할 틈이 없게 가르쳤다. 뿐만 아니라 "선생님이 너무 좋은 분이라서 영어 시간에는 서로 때려 주면서까지 졸지 않으려는 분위기였다"고 단원고 시절 첫해 여학생 제자였던 곽희정 씨는 말했다.

그는 학생들 누구에게나 잘하는, 그냥 잘하는 정도가 아니라 "엄청 잘하는 교사"(세월호 희생자 이영만 군 어머니 표현)였다. 학부모도 학생들도 입을 모아 하는 표현이 '형 같고 오빠 같은 교사'였다. 엄격하기보다는 다정했고 진심 어린 관심을 쏟았다고 했다.

부임 첫해 남윤철 교사가 담임을 맡았던 반의 반장이었던 남학생 제자 박승주 씨는 "우리 반에는 결석이 한 명도 없었고 지각도 거의 없었다"고 했다. 남윤철 교사가 담임 반 학생들의 1학년 때 학생부 기록을 모두 찾아보고는 가정 사정이나 개인 사정으로 결석하던 아이들에게는 격려와 상담을 통해 학교에 잘 나오도록 권유했기 때문이다. 피곤하면 학교에 와서 요령있게 자더라도 학교는 꼭 오라고 권했다.

"선생님은 다달이 진로 상담을 해 주셨는데 건성이 아니라 진심으로 저희들한테 필요한 게 뭔지, 고민하는 게 뭔지 이야기를 들으시고 대답을 해 주셨어요. 걱정이 있는 애들은 얼굴에 태가 나는데 그걸 보면 꼭 교무실로 오라고 하셔서 이야기를 들어 주셨어요."

그러면서도 남윤철 교사는 도리어 학생들에게 늘 "선생님 이야기를 귀 기울여 들어줘서 고맙다는 말씀을 하셨다"고 곽희정 씨는 기억했다. 담임 반만 신경 쓴 것이 아니라 모든 아이들에게 관심과 정성을 기울였다.

공부를 잘하는 학생에게는 공부를 조언했고, 열심히 하려는 학생한테는 언제든지 교무실로 영어를 물으러 오라고 조언했고, 공부를 잘해도 몸이 약한 학생한테는 체력도 키우라고 조언했고, 모든 학생들에게는 "공부가 다가 아니다, 더 많은 세상을 경험하게 여행을 많이 다니라"는 조언을 했다. 학생들을 인격적으로 대했고 하나하나가 스스로를 사랑해서 자기 장점을 깨닫고 멋지게 살길 바랐다. 그는 공부에 앞서 제자들이 한 사람의 개인으로 풍부하게 살기를 바랐다. "공부를 잘하든 못하든 하고 싶은 걸 찾아서 하면 길이 열린다"고 늘 북돋워 주었다.

그의 반에는 급훈이 없었다. "선생님답다, 틀에 박힌 걸 싫어하셨다"고 곽희정 씨는 풀이했다. 박승주 씨는 "당연하다, 선생님은 애들이랑 교감하길 좋아하셨으니까, 급훈으로 걸어 두면 대화하는 의미가 없지 않나"라고 했다. 자기 생각을 강요하기보다 늘 학생들 개개인의 의견에 귀를 기울이던 그의 성품은 이렇게 모든 면에서 드러나고 있었다. 그는 늘 선생과 제자가 아니라 인간 대 인간으로 대화를 나누길 원했다.

남윤철 교사가 학생들과 어떻게 대화를 나누고 행동했을지를 보여 주는 일화를 아버지 남수현 교수는 기억한다. 아들이 대학원생 막바지거나 대부중학교 교사로 막 부임했을 무렵이었다. 이런저런 세상사를 나누던 아버지는 아들이 고민하는 내용을 듣고는 "그건 뻔한 일인데 고생하지 말고 이렇게 하는 게 좋다"고 충고했다.

"그런데 이 친구(남윤철)가 가만히 듣더니 '아버지, 저도 아버지 말씀 이해하고 그게 맞을 거라고 생각해요. 하지만 이건 제가 직접 경험해 보고 제 몸으로 깨달아야지 깨달을 수 있는 거니까 그냥 놔두세요' 그래요. 내가 졌다 싶었지요. 그다음부터 저도 지도 교수를 할 적에 학생들한테 그래요. '니들이 더 잘 알 테니까 니들 길은 니들이 개

척하는 거야. 우리 아들이 이런 말을 했는데 그런 것처럼 너들이 너들에게 맞게 생각해 봐.' 그리고 생각할 시간을 갖게 하는 거지요. 교육자로서 우리 아들이 제대로 가고 있어서 굉장히 존경스럽다는 표현이었어요."

이 대화를 보면 대화의 내용에서나 방법에서 남윤철 교사가 가졌던 철학을 뚜렷이 알 수 있다. 대화의 방법에서 그는 상대방의 말을 기분 좋게 수긍하면서도 마음 상하지 않게 자기 생각을 드러냈다. 비록 상대방이 아버지라는 어려운 존재라도 그 생각을 무조건 따르지 않고 자기 생각을 밝혔다. 대화의 내용을 보면 모든 일은 스스로 몸으로 부딪쳐서 깨달아 가야 진짜 자기 것이 된다는 철학을 분명히 했다. 그런 식으로 대화를 나눴기에 제자들은 스승과의 대화가 진정한 대화였다고 생각했을 것이다.

대부중학교 때는 학교 근처에 원룸을 얻어 지냈지만 단원고등학교는 대학 시절을 보낸 서울 강남의 아파트에서 출퇴근했다. 차를 몰고 다녀도 한 시간이 넘게 걸리니 퇴근을 서두를 법도 하지만 절대로 그러지 않았다. 야간 자율 학습 때까지 남아 있는 시간이 많았다. 심지어 그는 주말에도 학교에 나왔다. 교사가 되면서 농구에서 야구로 관심을 돌린 그는 주말이면 학교에 나와 학생들과 야구를 했다. 이웃 학교 학생들과의 친선 경기를 주선하기도 했다. 이 무렵 그는 늘 야구 모자를 쓰고 다녔다.

그는 대학 시절에 친구 모임에서 그렇듯 수업 중에도 한마디라도 재미있는 이야기를 해서 아이들을 웃게 하려고 애썼고 수업을 마칠 즈음에는 음악을 들려주면서 학생들이 공부를 되새김하고 정서가 순화되도록 했다. 그때 학생들은 숨겨 두었던 휴대 전화를 서랍 안쪽으로 들고 '광클릭'을 하기도 한다. 한번은 한 학생이 그러다가 휴대 전화를 바깥으로 떨어뜨렸다. 보통 다른 교사 같으면 이때 휴대 전화를 압수하는데 마침 그 옆을 지나던 남윤철 교사는 전화기를 집어 서랍 안으로 슬며시 넣어 주었다. 그러면서 빼앗기지 않도록 조심하라고 당부까지 했다. 학생을 대등한 인격의 소유자라고 진심으로 느끼지 않으면 나올 수 없는 그런 배려가 그에게는 늘 몸에 배어 있었다.

그렇다고 좋은 말만 하는 교사가 아니었고 '놀 때 놀더라도 맡은 일은 충실히 해야 한다. 그날 할 일을 미루지 말라'는 따끔한 말도 잊지 않았다. 그의 학급 게시판에는 지혜관(도서관)을 이용하는 방법이 가장 자세히 적혀 있다. 책을 많이 읽으라고 책을 많이 추천했다.

학생들은 그를 무척이나 따랐다. 영어 수업이 시작되면 여학생들 셋이 미리 교무실로 가서 그의 노트북과 출석부, 영어책을 하나씩 들고 같이 반으로 갈 정도였다. 학생들은 그와 무엇이든 하나라도 더 같이 하고 싶어했다. 복도든 운동장이든 만나면 사진을 찍자고 했다.

단원고에는 학부모까지 동참하는 자원봉사 프로그램들이 많았다. 겨울이 오면 지역의 독거노인들을 위한 김장을 담가 주기도 했다. 그도 적극 참여했다. 그가 참여하는 자원봉사에는 학생들도 더 많이 왔다. 선생님을 보기 위해, 선생님과 함께하기 위해 몰려 들었다. 그래서 학부모들이 학생들을 많이 참석시키기 위해 남윤철 교사가 온다고 미리 알리기도 할 정도였다.

남윤철 교사는 2013년에는 사이버대학인 서울디지털문화예술대 한국어교육과 3학년으로도 편입했다. 한국어 교사 자격증도 따서 안산에 많은 외국인 근로자들에게 한국어를 가르치는 자원봉사를 하기 위해서였다. 아마도 그는 왼손도 모르게 이미 외국인 근로자들에게 무언가를 하고 있었던 것인지도 모른다.

대부중학교 때처럼 그의 책상 서랍에는 늘 초콜릿과 사탕이 떨어지지 않았다. 그는 첫 수업 때면 학생들 하나하나에게 사탕을 선물했다. 수업 중에 조는 학생에게도 초콜릿을 주었다. 생일을 맞는 학생에게는 교무실로 오라는 카톡을 보내서 초콜릿을 선물했다. 심부름을 시키면 초콜릿을 주었다. 선생님이 주시는 초콜릿과 사탕을 받고 싶어서 그냥 교무실로 가는 학생들도 많았다.

언제나 어디서나 학생들을 반기는 그였지만 옥상에서 담배를 피우고 내려올 때면 학생들이 달려와도 줄행랑을 쳤다. 얼른 교무실로 가서 양치질부터 했다. 담배 냄새를 학생들에게 맡게 하고 싶지 않다고 했다.

교무실 문을 열고 들어가면 오른쪽 끝에 있는 그의 자리에는 세월호 참사 후 졸업생들과 생존 학생의 학부모가 보내온 쪽지 편지들로 빼곡했다. 그가 마지막으로 담임을 맡았던 2학년 6반 교실에는 아마도 그가 생전에 좌우명처럼 여겼을 시가 붙어 있었다.

길 잃은 날의 지혜

박노해

큰 것을 잃어버렸을 때는
작은 진실부터 살려 가십시오

큰 강물이 말라 갈 때는
작은 물길부터 살펴 주십시오

꽃과 열매를 보려거든 먼저
흙과 뿌리를 보살펴 주십시오

오늘 비록 앞이 안 보인다고
그저 손 놓고 흘러가지 마십시오

현실을 긍정하고 세상을 배우면서도
세상을 닮지 마십시오. 세상을 따르지 마십시오

작은 일 작은 옳음 작은 차이
작은 진보를 소중히 여기십시오

작은 것 속에 이미 큰 길로 나가는 빛이 있고
큰 것은 작은 것들을 비추는 방편일 뿐입니다

현실 속에 생활 속에 이미 와 있는

좋은 세상을 앞서 사는 희망이 되십시오

남윤철 교사는 매일매일 좋은 세상을 앞서 사는 희망이었다.

2014년 4월 17일 오전. 아들의 차디찬 시신을 마주한 남윤철 교사의 부모는 차마 아들 얼굴을 바로 보지 못했다. 바로 보는 순간 그 죽음을 인정하는 것 같아 그 사실 자체를 직면하기도 두려웠다. 살 수 있는 비상구를 두고 죽음이 닥칠 수 있는 물로 가득한 아래층으로 다시 내려갔을 때의 심정이 어땠을까 생각하면 지금도 먹먹하다.

그런데도 두 사람은 아들이 참 바른 선택을 했다고 말하고 그런 아들이 존경스럽다고 밝혔다. 경기도 안산제일장례식장에서 치러진 장례식에서 아버지는 이렇게 말했다.

"아이들을 놔두고 살아 나왔어도 괴로워서 그 아인 견디지 못했을 겁니다. 윤철이는 그런 아이였어요." 어머니도 이렇게 말했다. "의롭게 갔으니까 그걸로 됐어."

남윤철 교사의 빈소가 차려진 안산제일장례식장에는 제자들의 발걸음이 끊이지 않았다. 단원고는 물론이고 대부중학교 제자들까지 찾아와 북적였다. 모교인 국민대 영문과에서는 교수부터 동문 재학생까지 모두 찾았다.

은사인 이자원 교수는 "1973년에 영문과가 만들어진 이후 장례식에 그렇게 많은 동문이 모인 적은 처음이다. 대통령이 죽어도 그렇게 많이 모이긴 힘들었을 것"이라고 전했다. 대학 친구들과 은사들은 또한 불과 6년 1개월의 교직 생활인데 제자들이 이렇게 많이 모인 장례식도 처음 보았다고 입을 모았다.

빈소에 모인 이들은 배에서 일어난 마지막 순간을 듣고도 아무도 놀라지 않았다고도 입을 모았다. 늘 남을 챙기던 그를 오래 보아 왔기에 "당연히 그렇게 했을 것"이라고 눈시울을 붉혔다. 은사인 이자원 교수는 그래도 최근 기고한 추도문에서 이렇게 말을 했다. "이 사람아, 훌륭한 것도 좋지만 그래도 우리보다는 더 살았어야지."

살아생전에는 학생들에게 부담이 된다며 알리지 않았던 남윤철 교사의 생일을 제자들은 그가 떠난 후에야 알게 되었다. 그의 생일에는 제자들이 남윤철 교사의 부모를 찾아서 위로를 드렸다. 재미있는 이야기를 하고서는 웃음을 참으려고 팔짱을 끼고 코를 벌름거리던 버릇, 아이들의 이름을 가지고 말장난을 해서 아이들을 웃겨 보려던 버릇을 이야기하며 교사의 제자들과 부모는 그들의 기억 속에 그가 여전히 살아 있음을 느꼈다.

청주시 가덕면 성요셉 천주교 묘지에 있는 그의 묘소에는 세월호 참사가 일어난 날은 물론이고 스승의 날을 비롯해 기억할 날이면 제자들이 찾아온다.

남윤철 교사의 모교인 국민대학교는 2015년 4월 그가 학교 다닐 때 마지막 전공 수업을 받던 영문과 전공 교실 북악관 708호를 '남윤철 강의실'로 명명해 그를 기렸다. 대학은 또 2015년 1학기부터 '남윤철 장학금'도 신설해서 교육 과정을 이수하는 학부생 중에서 어려운 형편에서도 남을 돕고 적극적으로 삶을 개척해서 앞으로 그를 이어 훌륭한 교사가 될 학생에게 장학금을 주고 있다.

그의 또 다른 모교인 서울디지털문화예술대도 2015년 1월, 교직원과 학생들이 유족에게 위로금을 보냈다. 그러나 유족이 이를 전액 장학금으로 기탁해 역시 후배들을 위한 '남윤철 장학기금'이 조성되었다. 자원봉사 활동을 한 공무원과 단원고 졸업생에게 첫 혜택이 돌아갔다.

"보통은 부모가 자식보다 먼저 떠나니까 자식이 얼마나 훌륭한지 알기는 참 힘들잖아요. 그런데 우리는 윤철이가 이렇게 잘 살았다는 이야기를 들으니까 그게 영광이지요. 윤철이는 하늘나라에 있어요. 우리도 윤철이를 만나기 위해 잘 살 겁니다. 잘 살아야 윤철이를 만날 수 있잖아요."

그대는 역시 반해 버렸지

2학년 7반 **이지혜 선생님**(국어)

1. 2014년 1월 세 모녀의 유럽 여행

2. 2008년 제주도 바닷가에서.

3. 2014년 봄 단원고 교문 앞에서 학생들과.

그대는 역시 반해 버렸지

언니.

오늘 새벽에도 아버지는 언니 침대의 이불을 반쯤 걷어 두셨네. 언니가 푹 자고 깨어 이불을 들추고 일어난 것처럼. 밤에는 이불을 덮어 두셔. 이불을 덮고 언니가 잘 것처럼.

이제 우리가 성모님께 기도를 올릴 시간이야. 아침마다 어머니, 아버지, 나는 언니 방에서 기도해. 언니가 여기 침대를 들여놓는 김에 도배도 새로 했건만, 도배지의 색깔이 생각보다 흐리다며 아쉬워했지.

방은 그대로야. 화장대 위에 화장품, 헤어젤, 롤브러시가, 책상 위에는 사전과 안경, 노란 하트 모양의 약통이 언니가 둔 대로 있어. 어느 해인가 담임 반 학생들한테 생일 선물로 받았다는 그 약통 속의 비타민은 아마 유통기한이 지났을 거야. 학생들이 각자 하루치 비타민 포장마다 적어놓은 "오늘 기분 최고!" "기미, 주근깨 막고!" 같은 장난스러운 글귀들을 떼기 아깝다며, 언니가 먹지 않았잖아.

어머니의 선물로 언니가 늘 하고 다녔고 바다에서 우리에게 돌아올 때도 목에 걸고 있던 목걸이도, 손목시계와 함께 가지런히 놓여 있어. 그리고 언니의 마지막 월급이 천 원짜리까지 고스란히 예금 통장 위에 쌓여 있어. 부모님은 그 월급에도 통장에도 손을 댈 수가 없으시대.

사고가 난 지도 일 년이 넘은 지금, 우리는 언니가 천국에서 편히 쉬고 있음을 알아.

어머니도 신앙을 가진 후로 너무 울면 천국으로 가는 언니 옷이 젖는다며 눈물을 참게 되셨어. 그래도 언니가 우릴 떠났다는 생각은 들지 않아. 그런 생각은 결코 들지 않을 거야. 언제까지나.

방금 전에도 차에 시동을 걸자마자 음악이 흘러나오기 시작했어. 언니가 계기판에 꽂아 둔 USB의 발라드가. 이번에도 부모님이 차에 계셨다면 “지혜가 같이 탔나 보다!” 하셨겠지. 언니가 천국에 있으면서 또 우리하고도 있다는 느낌, 나도 그런가 보다 해. 설명은 잘 못 하겠지만 말이야.

언니가 큰맘 먹고 사서 이 년밖에 쓰지 못한 차를 내가 몰고 출퇴근해. 집에 있는 세탁기, 냉장고, 티브이, 진공청소기도 다 언니가 사 놓은 거지. 어머니가 신용카드로 결제를 끝내도, 언니가 대리점에 가서 취소하고 언니 카드로 다시 결제하곤 했어. 어머니는 전과 달리 티브이를 거의 보지 않으셔. 며칠 전에는 저녁내 차곡차곡 모아 둔 언니의 편지를 하나씩 꺼내 읽고, 손으로 쓰다듬어 반듯하게 펴고, 다시 접어서 넣으시더라고.

96년 7월 28일, 열세 살 생일날.
엄마! 저 지혜예요. 이 무더운 여름날 가게에 앉아서 장사하시는 것 참 힘드시죠?
제가 이다음에 잘해 드릴게요. 절 이렇게 낳아 주시고 예쁘게 키워 주셔서 정말로 고마워요. 앞으로도 열심히 공부하고, 나쁜 길로도 빠지지 않을게요. 다시 한번 감사드립니다. 절 이 아름다운 세상에 태어나게 해 주셔서, 저에게 행복을 한아름 안겨 주셔서요.

98년 열다섯 살, 어버이날.
아빠! 저랑 지은이 걱정 너무 많이 하지 마세요. 제가 잘할 거예요.
지금 하는 행동으로선 못 믿으시겠지만 한번 믿어 주세요.
제가 커서 꼭 아빠, 엄마께 잘할 거예요. 용돈도 듬뿍 드리고요……
아빠, 엄마랑 싸우지 마셔요. 엄마 같은 사람이 어디 있어요? (싸우면 되게 무서움.)

2000년 열일곱 살, 어버이날.
엄마 아빠가 아프면서까지 버신 돈, 그 돈으로 제가 학원을 다니지요?
그 돈이 헛된 돈이 안 되도록 저를 위해서 잘 쓸게요. 그러니까 한마디로 공부 열심히 할게요! 또한 버르장머리 없는 행동, 말 같은 것은 고치도록 노력하고요.
요즘은 학원을 다녀서인지 집안일을 하나도 할 수 없어요. 도와드리고 싶은 마음은 굴뚝 같은데, 공부할 시간도 모자라네요. ㅠㅠ

생각해 보면 내가 부모님께 무뚝뚝할 수 있었던 것도 언니 덕분이었어. 언니가 워낙 효녀라 그 그늘에서 나는 부모님을 덜 의식하고 지냈던 거야. 사춘기 때는 언니가 너무 완벽해서 나까지 힘들게 한다고 툴툴댔어도 말이야.

우리 가족의 외식, 외출, 여행, 언니 작품이 아닌 적이 있었던가? 할머니가 돌아가신 후로 명절에 도시락 싸서 고궁에 가는 것도 언니 아이디어였어. 언니는 학교 회식 때 가 본 음식점이 근사하면 꼭 부모님이나 나를 거기 데리고 갔지. 혼자만 좋은 데 가고, 좋은 음식 먹는 거 참지를 못했어. 교장, 교감 선생님들의 옷차림을 유심히 보아 두었다가 아버지께 같은 걸로 사 드리고, 어머니를 졸졸 따라다니며 그 연세에는 밍크코트 한 벌 있어야 한다고 노래를 불렀어. 끝내 어머니의 고집을 꺾지는 못했지만.

"그게 왜? 우리 딸이 있는데!"

학교에서도 언니는 틈틈이 어머니에게 "점심 드셨어요?" 같은 휴대폰 메시지를 보냈지. 어머니가 답을 못 해 답답해하시자 메시지 보내는 법을 가르쳐 드리고는, 어머니의 첫 메시지에 대한 언니의 답은 눈물이었어.

"우리 엄마 귀엽다! 근데 눈물이 나요."

요즘도 어머니가 언니의 '카카오스토리'에 꾸준히 올리고 계신 글, 읽고 있지? 천국에서는 눈물 절대 금지!

내가 모처럼 만든 스파게티 맛보고 언니가 "와, 대박이다!" 해 놓고 어머니에게 귓속말로 "아이구 어떻게 먹어 주지?" 했던 거, 나 알고 있었어. 어머니가 내게 일렀거든.

언니도 나랑 어머니 흉본 거 어머니한테 일렀잖아. 그걸 또 어머니가 나한테 일렀다니까! 우리는 언니 때문에 웃고, 찡하고, 당당했어. 사는 것 같았어.

장녀라고 이게 다 절로 될 리는 없어. 이제 나는 알아. 아침저녁으로 "아빠, 안녕히 주무셨어요?" "엄마, 다녀왔습니다" 하는 낭랑한 인사로부터 소개팅 상대의 이목구비며 행동거지에 대한 상세 보고, 울릉도 여행에서 어머니와 뽕짝 합창, 고스톱에서 지면 씩씩대고 이기면 대굴대굴 구르며 웃는 것까지, 언니의 노력이었음을.

언니가 여덟 살 때 앞니 빠진 기념으로 찍은 사진 기억나? 옆에 여섯 살의 내가 나란히 서 있는 거. 내 키가 언니 눈가에 닿을락 말락 해. 언니는 흰 블라우스에 끈 있는 치마를 입었고, 나는 검은 티셔츠를 치마 위로 내렸어.

그리고 둘이 똑같이 양 갈래로 질끈 묶은 머리, 샌들에 레이스 양말. 언니는 이빨 빠진 자리를 내보이며 하하 웃고, 나는 히히 웃고 있잖아. 그러면서 언니는 내 손을 꽉 잡고 있어. 나보다 큰 언니에게 손을 잡혀 내 팔은 약간 굽어 있지. 작은 내 손을 그보다는 조금 큰 언니의 손이 온통 감싸 쥐어, 사진에는 거의 언니 손만 보여.

어릴 때 언니는 어머니가 외출하면서 "공부하고 있어라" 하면 돌아오실 때까지 책상에서 내려오지 않고, "동생 봐라" 하면 몇 시간이건 나를 따라다녔다지. 작년 사고 이후 우리 식구 모두 언니한테 미안한 일이 수없이 생각나지만, 아버지는 언니가 초등학교 2학년이었을 때까지 거슬러 가셔.

하루는 아버지가 귀가하니 어머니는 잠깐 나가시고 언니가 집 앞에서 놀고 있더래. 아버지가 "집 안에 동생을 혼자 두고 나와 있느냐"고 혼내니 언니가 무안해서 꽁지머리를 달랑거리며 집으로 뛰어 들어갔대. 그런 아이를 다시 불러다가 막대자로 손바닥을 한 대 때리셨다는 거야.

하지만 꽁지머리보다는 갈래머리 사진이 먼저인걸? 혼난다고 동생이 예뻐질까! 언니는 원래 나를 예뻐했어. 티격태격하고 나서 내가 먼저 사과해 본 적이 없어. 항상 언니가 져 주고, 봐주었던 거야. 내가 클릭비 팬클럽을 한다고 쏘다니던 시절, 집에 늦게 들어가면 어머니보다 언니가 더 안절부절못하고 있었잖아. 부모님께 잘못한 일이 있어 보충 수업비 달라는 말을 못 할 때, 대학생이던 언니가 '이마트'에서 아르바이트 해서 번 돈으로 내주었지. 내가 대학생 때는 또 언니가 취직하여 용돈이며 휴대폰, 가죽 지갑 같은 비싼 물건을 챙겨 주었고. 내가 초등학교 교사가 된 뒤에도, 교직원 연수에 입고 갈 점퍼를 사 주려고 언니가 학교 앞에 와서 기다리고 있었어. 사회생활하려면 구색을 맞춰야 한다면서.

언니가 고3 담임으로 학생들의 입시 지원서와 자기소개서를 이고 지고 다니면서 날밤을 새울 무렵, 연휴에도 학교 간다기에 나도 일감 싸 들고 따라간 적 있잖아. 텅 빈 교무실에 나란히 앉아 언니는 자기 일 하고 나는 내 일을 하던 그날이, 내 평생에 가장 평화로운 하루였어.

내내 둘이 한 침대에서 자다가 몇 년 전에야 언니가 다른 방에 침대를 들여놓고 독립한 후로도, 이야기가 길어져 같이 잠든 밤이 많았지. 고민거리를 언니에게 털어놓는 것만으로도 나는 마음이 편해졌어. 아니, 언니 옆에서 책만 보고 있어도 괴로움이 스르르 사라졌어. 내게는 언니 하나로 충분해서 아무도 필요 없을 것 같았어.

"그거 아무것도 아니에요!"

꽁지머리 딸을 혼낸 일이 가슴에 맺힌 아버지께 언니가 이 말 한마디 해 드린다면 좋을 텐데. 걱정 말라는 뜻으로 부모님께 곧잘 하던 그 말, 얼굴을 약간 젖히고 생긋 웃으며.

그런데 재작년에 괌에 여행 가서 짜증 낸 이유, 내가 말 안 했지? 실은 깜빡 잊고 선글라스를 가져가지 않았기 때문이었어. 나는 눈이 부신데 언니만 선글라스를 끼고 있다는 게 이상하게 느껴졌어. 뭐든지 알아서 먼저 해 주는 언니가 그날따라 내 아쉬움을 몰라 주니 굉장히 섭섭한 거야.

언니가 오래전부터 계획하고 일정 짜고 여행복도 짝을 맞추어 두 벌씩 샀던, 자매간의 첫 여행을 내가 망쳐 버리고 말았어. 그래도 언니는 저녁 뷔페에서 내가 좋아하는 새우를 잔뜩 가져다가 껍질까지 일일이 까 주더라고. 언니, 미안해. 그것도 아무 일 아니라는 말은 제발 하지 마.

중학교 때 이미 내 키가 언니의 키를 추월한 데다 언니가 워낙 앳돼 보여서, 둘이 다니면 사람들은 나를 언니로 알았지. 하지만 나는 언제나 언니의 철부지 동생이었어. 내 손을 꽉 잡은 언니에게 늘 매달려 있었어. 언니가 내 손을 꽉 쥐던 순간은 갈래머리로 사진을 찍던 때보다도 이전으로, 기억도 미치지 못하는 더 어린 시절로 거슬러 올라가. 언젠가 아주 어릴 적 그 순간부터, 언니는 내 손을 단 한 번도 놓지 않았어. 아, 언니.

어머니는 언니가 아침에 출근하자마자 저녁에 돌아와 해 줄 이야기를 기다리셨지. 오늘은 또 어느 녀석이 웃기는 짓을 했을고? 언니는 지난 하루를 낱낱이 읊는데 주로 학생들 이야기를 하고, 입담도 좋아서 아이들의 엉뚱한 언행을 실감나게 재연했잖아. 우리는 그 아이들의 얼굴까지 다 아는 기분이었다니까. 특히 집에 계신 어머니에게는 언니의 이야기가 일상을 적셔 주는 시냇물이었어.

그래도 어머니는 언니가 야자 감독 끝나고 11시쯤 귀가하여 또 학생들에게 손편지 쓰는 것만큼은 못마땅해하셨지. 몸 약한 큰딸을 위해 아침마다 인삼을 갈아 대시니 그럴 수밖에. 말대꾸하는 법 없는 언니의 해결책은, 어머니가 잠드신 후에 문을 닫고 몰래 편지를 쓰는 거였어. 어떻게 알았겠어? 졸졸 즐겁게 흐르던 언니의 이야기가 갑자기 그친 후, 그 편지들이 돌아와 이야기를 이어 줄 줄을?

사고 이후 이미 졸업하여 성인이 된 제자들, 2009년에 언니가 단원고로 오기 전까지 근무하던 성안고의 제자들까지 여러 경로로 우리에게 은사의 추억을 전해 주었어. 은사와 찍은 사진, 오고 간 휴대폰 문자, 잊지 못할 일화들…… 연말에 언니가 하나씩 나눠 주었다는 "웃는 모습이 예쁜 ○ 반 사랑한다 ♡" 같은 글귀가 찍힌 연필과 캐릭터 양말도, 제자들은 몇 년씩이나 간직하고 있다가 휴대폰 사진으로 찍어서 보냈더라. 언니의 편지도 그런 사진으로 돌아왔지.

To. 수민
아이와 같은 순수함이 묻어나는, 말도 귀엽게 하는, 어릴 적 사진이 너무 귀여운 (볼수록 귀여워. ㅋ. 다들 그렇게 말해 ㅋㅋ), 방학 때 보충 수업 안 나온 (피부 무지 좋아졌던데 만날 잤지? ㅜ), 인형 머리카락에 핸드폰 달고 다니는 (쫌 무서워. ㅋ), 노래를 소름 돋게 잘 하는 (멋있어. ^^) 수민아! 한 해 동안 함께 지내서 행복했단다. ♡ 또 잘 따라 줘서 고마웠어! ^^ ♡ 백만 개 ♡

To. 한솔
한솔아! 이 엽서 쓰고 있는데 부끄러운 듯 웃고 있는 네 모습이 떠올라.^^ 전학 와서 많이 낯설고 힘들었을 텐데 하필 무서운 나를 만나서 더 힘들었지. ㅜ 그래도 밝게 잘 지내줘서 너~무 고마워.^^ 또 열심히 공부하는 모습이 기특해. 성적 올린 거 보면 가능성도 보이구! 지금보다 더 독하게 공부한다면 넌 충분히 가능성이 있어!! 원하는 대학에 가길 바랄게. 사랑한다.

오늘 무한 감동을 준 센스 있는 진솔아!
편지 보고 감탄사만 연발했어…… 네 정성과 마음 씀씀이에 너무 고마워. 편지의 내용은 교사인 나를 돌아보게 해. 올 연말 너로 인해 따뜻하게 보내는구나. 샘은 진솔이 네가 열심히 하는 모습이 기특하고 많이 예뻐! 내년에 분명 좋은 결과 있을 거야!

제자 미나는 손가락 굵기의 포스트잇 두 개의 사진을 보냈어. 노란 쪽에는 "국어적 재능 유미나♡ (이지혜 샘)", 분홍 쪽에는 "미나야 미안 ㅜ"이라고 적혀 있지.

사연인즉, 2010년 연말 언니가 담임 반 학생들이 등교하기 전에 교실 칠판에 초코파이를 커다란 하트 모양으로 붙여 놓고, 노란 포스트잇 하나마다 각 학생에 대한 글귀를 적어서 이어 붙여 글자도 만들어 두었다는 거야.

"2학년 6반과의 정을 나누다."

"잊을 수 없는 선생님의 깜! 짝! 선! 물!……"

그런데 단 한 명 미나를 위한 포스트잇이 빠져 있었지 뭐야. 미나가 낙심하자 언니는 황급히 미나의 걸 붙이고, 분홍색 포스트잇에 미안하다고 써서 추가했다지. 그리고 상처받지 말라고 따로 엽서도 보냈대. 그 두 개의 포스트잇은 대학생 미나의 책상 위 벽에 아직도 붙어 있다고 해.

언니의 방에 쌓여 있는 여섯 개의 상자에는 언니가 학생들에게 받은 편지들이 가득 차 있잖아. "자리에 안 계셔서 두고 가요. 맛있게 드셔 주세용!" 같은 간단한 쪽지나 반성문까지 언니는 하나도 버리지 않고 모아 두었더라고. 언니가 보낸 편지에 대한 학생의 답장, 언니가 답장한 학생의 편지, 그 안에 다 들어 있어. 제자들의 휴대폰 사진으로 돌아온 언니의 편지와 상자 속의 편지들을 이어 보면 이야기가 끝없이 이어져. 주고받고, 주고받고.

와, 언니가 학생들에게 엄하다는 거야 나도 알고 있었지만, 그 정도일 줄은 몰랐어. 다른 반은 수업 시간이 끝나면 휴대폰을 돌려받건만, 언니가 담임한 반만은 야자까지 끝나야 돌려받았다며? 언니는 여학생들이 얼굴에 비비크림을 발랐는지 물티슈로 닦아 보고, 체육 대회 날마저 전교에서 유일하게 화장을 허락하지 않았다며?

"나는 너희들의 엄마가 아니고 선생님이야!"
"헛짓거리 하지 말고 깨어 있을 때 공부해!"
"사물함 위에 있는 거 다 갖다 버려!"

버럭! 샤우팅 창법! 야자 시간에 조는 학생들 등짝을 때리는 소리!

나는 언니가 이러는 모습이 잘 상상이 안 돼. 그런데 상급 학년에 올라가거나 졸업한 학생들이 예전 담임인 언니에게 보낸 편지에 '그립다'며 써 놓은 거야.

작년 초에 샘 너무 무서워 갖고 우리 반 아이들이 일 년간 공포 영화 찍는다 ㅜㅜ 그랬는데 교무실 가면 샘한테 그 전해 담임 반 선배들이 끊임없이 찾아오는 거예요. 그리고 올해는 우리가 그러고 있네요. 새로 담임 맡으신 반 아이들도 우리처럼 금방 샘을 좋아하게 될 테니 걱정 마세요.

화장은 엄두도 못 내고 핸드폰은 자동 반납에 지각은 안 되고…… 아직도 샘한테서 못 벗어났어요. 버릇없는 행동과 말투라든가, 내가 뭐 실수 한 거 없나 돌아보게 되고요.

그때 선생님이 잡아 주지 않으셨더라면 저는 대학 꿈도 못 꿨을 거예요.
정말 말로 표현할 수 없을 만큼 감사드립니다. 선생님을 절대 잊지 못할 거예요.

학기 초에 교실 앞문이 열리면 심장이 멈추었다는 아이들이 한두 달 만에 담임을 간파해 버리더군. 얼음 공주 같은 차가운 이미지 속 누구보다 따뜻한 마음씨, 조일 땐 조이고 풀어 줄 땐 풀어 주는 밀당의 고수, 지킬 건 지키면서 엄청난 관심과 애정……

그렇다고 선생님께서 무섭지 않다는 건 아니지만요,
선생님께는 사랑이 가득한 눈이 있어요.

선생님이 저희 반 무지 챙기시고, 더 해 주지 못해서 아쉬워하시는 거 알아요.
표현을 안 해서 그렇지, 애들이 다 고맙게 생각하고 있어요.

정말 수도 없이 혼나도 신기하게 선생님이 밉지 않아요.
쓴소리 해 주실 때 진심으로 우리를 좋아하시는구나 생각했어요.

언니한테 암만 들었어도 못 들은 게 더 많았음을, 나는 깨달았어. 언니가 수업처럼 늘 하는 일이라 다 얘기할 수도 없었겠지. 상담실에서 학생과 컵라면 먹고 짜장면 시켜 먹으며 한두 시간씩 앉아 있는 일, 학생마다 생일에 축하 문자를 보내는 일. 집안 형편이 어려운 학생들에게 에버랜드 소풍 때 한쪽으로 불러 자유이용권 쥐여 주고, 국어와 문학 문제집 챙겨 주고, 조손 가정의 학생에게 전화하는, 그런 일.

선생님께서 그런 것까지 알고 계셔서 깜짝 놀랐어요…… 아무한테도 말 못 하고 속앓이만 했거든요. 학교에 14시간 있는 게 지옥 같았어요. 아빠한테 전학시켜 달라고 했는데, 이유도 말 못 하고……

요새 누구와 누구가 사이 틀어진 것까지 꿰뚫어 보는 '독수리 눈', 학교 앞에서 만나면 말보다 먼저 뻗어 나와 학생의 머리를 넘겨 주고 볼을 쓰다듬는 '자동 손', 학생이 다치면 큰 상처가 아니라도 '울먹울먹하는 입'을, 집에서는 알 도리가 없었지. '툭툭 내뱉는 시크한 말투'는 한번 들어 봤으면 싶네.

무엇보다도 제가 미용하는 거에 가장 관심을 가져 주시고 좋게 봐주신 분이 선생님이세요.

예체능 하는 저희들을 이해해 주시고 편의를 봐주셔서…… 저희 공연하면 선생님께 가장 먼저 티켓 드리러 갈게요.

언니가 교육방송에 보낸 담임 반 응원 메시지가 채택되어 '영어 듣기 평가' 직전에 낭독된 적이 두 번이나 있잖아. 전에는 그저 그랬나 보다 했거든. 비로소 이해가 가. 언니는 아쉬웠구나, 학생들에게 해 줄 수 있는 게 더 없는지 늘 찾았구나.

사이즈 맞으시죠? 오늘 입으셨어요?

학생들이 진지한 학급회의 끝에 결정했다는 그 선물은 흰 속옷이지.

우리가 선생님께 사랑을 받으니까, 우리도 선생님을 기쁘게 해 드리고 싶었어요.

샘, 점은 다 뻥이에요! 믿지 마세요. 기도하는 게 나아요. 제가 기도했으니 올해 꼭 남자 친구 생기실 거예요.

파마머리 뷰티풀! 그땐 농담이었어요. 샘께 안 어울리는 머리가 어디 있겠어요?
근데 파마 다신 하지 마세요!

아이들은 "누군지 맞춰 보셔요!" 하려고 각자 어릴 적 사진을 가져와 앨범을 만들고, 점심시간에 반 전체가 선생님이 들어올까 봐 마음 졸이며 생일 카드를 쓰고, "오늘은 어여쁘신 이지혜 선생님께서 탄생하신 날입니다"라는 띠를 둘러 교무실에 돌리기도 했지. 복도까지 선생님을 따라 나와 〈스승의 은혜〉를 합창하며 행진하고, 만우절 같은 소소한 계기만 있어도 선생님을 즐겁게 할 이벤트를 모의했어.

한 명씩 돌아가며 몇 줄씩 쓴 롤링페이퍼, 바둑판 편지, 주말에 난리 치며 찍은 동영상 편지…… 언니가 담임한 반들은 대단히 활기차고 결속력이 강했던 것 같아. 선생님과 학생들이 서로에게 몰두하고 있다는 느낌마저 들어.

식구들은 알지. 언니가 얼마나 힘들어했는지, 또 고민하고 갈등했는지. 몸살이 쉴 틈 없이 이어져 병원 가서 검사를 받기도 했잖아. 학생들에게는 늘 강하고 결단력 있게 보이는 언니가, 실은 야자 시간에 엎드려 자는 아이를 깨울 때조차 깨울까 말까 망설였어. 야단쳐 놓고는 돌아서서 "내가 심했나?" 후회하고, 정을 기울인 학생에게 배신감을 느껴 "제과점을 해야겠다"고 푸념한 적도 있지. 그래 놓고 다음 날 아침이면 아이들에게 줄 햄버거 사 들고 학교로 달려갔어. 언니의 마음속에서는 매번 아이들이 승리했어.

내가 첫눈에 "뭐니?" 했던 장식품 아직도 차 안에 달려 있어. 뭔 일인가로 언니에게 혼난 학생이 사과의 뜻으로 가져왔다는데, 하필 가득 찬 변기 모양이잖아. 언니는 포장을 도로 싸는가 싶더니 다음에 보니 차에 달아 놓았더라. 아이들이 하는 짓은 일단 귀엽게 봐지는 언니가 부럽기도 해.

종업식 때는 학생들도 울고 언니도 울었지만, 아무래도 언니가 더 울었나 봐. "교사는 짝사랑을 하는 직업인가 보다" 하며 '폭풍 눈물'을 흘렸다니. 그러고도 언니는 담임 반 학생들이 한 학년 위로 올라가 뿔뿔이 흩어진 뒤에도 전체적으로, 또 개별적으로 휴대폰 메시지를 보냈더군.

「얘들아^^ 너희가 벌써 고3이구나. 마음이 짠하다. 수험 생활 힘내구! 파이팅!」

얘들이 문자 온 거 봤냐고 서로 막 얘기했어요. 다들 서울대 갈 기세였구요. ㅋㅋ

좋은 대학 가서 빨리 졸업하구 취직해서 선생님 밥 사 드려야 하는데 ㅋㅋ.
날짜 까먹으시면 안 돼요. 저희가 대학 졸업하는 2016년 3월 1일 단원고등학교 정문 앞,
주희, 영지, 미선이!

「언제 어디서나 자신감 있게, 당당하게 살아가렴. 그리고 힘들 때나 속상할 때 찾아오렴. 샘은 언제나 너희 편이니까.」

진짜진짜 감동, 감동의 쓰나미, 일본 지진보다 쎘어요. 이건 저의 진심이랍니다. 빈말이
아니란 말입니다!! 작년 반이라고 안 보내 주실 줄 알았어요. ㅠㅠ

「힘내 ♡ 선생님이 항상 응원하고 있어.」

오늘 아침에 샘 때문에 완전 행복했어요!

주고받고, 주고받고. 1, 2학년 때 담임했던 학생들이 졸업할 때까지, 또 드물지 않게 졸업 후로도 긴밀한 유대가 이어지고, 해마다 새로운 아이들이 언니에게 왔어. 산술적으로 언니가 마음의 끈을 놓지 않는 제자들의 숫자는 매년 급증이야.

2011년에 혼자서 '최고 선생님상'이라는 단 일 회뿐인 상을 제정하여 상장까지 만들어서 그 전해 담임인 언니에게 수여한 소라는 "선생님께서 우리에게 자신을 쏟아부으셨다"고 했지. 정말 그래. 언니는 쏟아부었어.

부모님은 잘 안다고 생각했던 큰딸의 교사 생활을 좀 더 알아갈수록 자랑스러워하셔. 작은 거라도 새로운 내용을 접할 때마다 "역시!" 하고는 눈을 감고 되새기시지. 우리가 어렸을 때부터 주자(朱子)의 십회훈(十悔訓)을 가르치셨던 아버지는 언니가 국어 교사로서도 유능했다는 것이 더욱이나 뿌듯하신가 봐.

수업 무지막지하게 잘하시는 선생님!

원래 국어를 좋아하지 않았어요. 중학교 때 국어 성적도 별로였구요. 근데 진심 좋아졌어요.

샘은 우리에게 국어를 신속 정확하게 입력해 주시는 슈.퍼.컴.퓨.터.

또한 부모님은 알면 알수록 가슴 아파하셔. 큰딸이 학교에서 전심전력을 다하고 있었는데, 집에서 더 잘해 줄 걸 그랬다고. 주말에 마트 가자 하지 말걸, 걸레질 못 하게 할걸, 저녁에 같이 산책 나가자 그래도 일찍 자라고 할걸, 명절에 만두 없어도 된다 할걸…… 언니는 명절마다 장을 봐다가 소를 만들어 만두를 빚었잖아. 작년 여름인가, 냉장고가 휑한데 냉동실에 언니가 설에 빚어 둔 만두가 있더라고. 혼자 그 만두 끓여 먹으며 참 많이 울었네.

꿈에 자주 나와 격려해 주셔서 감사합니다. …… 엊그제는 과 회식 하고 나서 룸메 언니한테 선생님 보고 싶다고 징징거렸대요. 저는 선생님이 저더러 "술 깨!" 하신 것만 생생하게 기억나요. 앞으로는 다시는 그렇게 많이 마시지 않을게요.

제자들이 쓴 '하늘로 보내는 편지'를 보면, 언니는 요즘도 바쁜가 봐. 그들의 꿈에 보이는 언니가 한결같이 예쁘고 자상한 모습이라 다행이야. 그리고 언니는 앞으로도 바쁠 듯해.

나중에 다시 만나는 날, 잘 지냈냐며 보고 싶었다며 웃으면서 안아 주세요.

언제나 그러셨듯이.

나도 교사지만 초등학생을 가르치기 때문에 언니보다 수월한 면도, 어려운 면도 있겠지. 그래도 한 가지는 확신해. 언니는 행복한 교사였어. 그리고 언니의 방 여섯 개의 상자에서 수런수런, 들썩들썩하는 이야기들은 완결된 게 아닌 것 같아. 성장해 가는 제자들의 마음속에서 선생님의 기억도 성숙해 가더라. 언니의 제자들을 만나면서 그런 생각이 들었어. 교사로서 나의 교사는, 언니야.

그런데 말이야, 나의 지혜 언니와 교사 이지혜 둘 다를 생각하면, 먹먹한 느낌이 들어. 불가능한 계산을 보는 것 같은. 이지혜 선생님은 학생들에게 다 쏟아붓고, 지혜 언니는 가족에게 쏟아부었어. 그 둘이 동일 인물이야. 어떻게 그럴 수가 있었을까? 어떻게 하나가 온전한 채로 둘이 될 수 있었을까? 언니, 나는 아직 모르겠어!

순번이 돌아오는 날만 야자 감독을 하셔도 되건만, 선생님은 우리를 위해 거의 매일 남아 주신 거예요. 수시로 올라와 '스캔'하고, 대뜸 '빵 먹을래?' 하시기도 하고요. 조는 아이들에게는 냉커피, 녹차 타다 주시고. 시험 때마다 학생들하고 내기를 하셨어요. 점수가 올라가면 선생님이 짜장면이나 피자를 사 주시고요, 내려가면 저희가 야자를 하는 거죠. 많이 베푸셨어요.

놀토에 저랑 다른 아이, 두 명만 학교 나온 적 있는데, 선생님이 우리를 데리고 나가 콩나물국밥을 사 주셨어요. 저도 선생님이 무서웠지만 다른 친구는 파랗게 질려서 밥 먹으며 한마디 못했어요. 그런데 그 친구가 지금은 제일 많이 울고 있어요.

혼낼 때는 우리가 눈물이 쏙 빠지게 조리 정연하셔도, 그 전에 우리 얘기를 들어 보셨어요. 믿어 주셨고요. 학기 초에 기강을 잡아 놓은 다음에는 장난도 많이 치셨죠. 친구같이, 또래같이 말이 잘 통했어요. 그래서 우리 반에는 왕따도 없었어요. 누구나 다 학창 시절을 그렇게 지내는 게 아니더라고요! 선생님을 담임으로 만난 건 행운이었어요. 그 학년이 끝나 선생님과 헤어지고 나서, 또 졸업하고도 시간이 흐를수록 실감했어요.

졸업하고도 자주 찾아왔던 상은이는 작년에 분향소에서 자원봉사를 했거든. 긴긴 밤 나하고 얘기를 했어.

졸업 후에는 언니 같으셨어요. 카페에서 몇 시간씩 얘기했죠. 남자 친구나 자격증에 대한 제 고민까지 다 들어 주셨어요. 저 말고도 선생님 찾아오는 졸업생들 많았는데…… 맛있는 데 가서 사 주시겠다고 산 지 얼마 안 된 차에 저를 태우고 서툴게 운전하시던 모습, 어떻게 잊겠어요? 참 인간적이고, 순수한 분이셨어요.

세린이와 승정이는 작년에 고3인데도 삼일장을 처음부터 끝까지 지켜 주었지. 언니 이름과 둘의 이름을 넣어 반지 세 개를 만들어서 하나씩 끼기도 하고. 하나는 언니 영전에 바쳤으니, 끼고 있지? 세린이의 디자인이 단순하면서도 예쁘지만, 어떤 디자인이라도 마음에 안 들 수가 없을 거야. 나라도 그렇겠어.

지난 1주기 때 다시 만나니 세린이는 재수 중이고, 승정이는 벌써 군 입대를 생각하고 있더라.

특별한 분이에요. 소중한…… 선생님 덕분에 인생이 바뀐 아이들 많아요. 저도 그랬고요. 저는 2, 3학년 때도 상담해 달라고 1학년 때 담임인 이 샘을 따라다녔어요. 요즘도 불쑥불쑥 선생님께 달려가고 싶은 생각이 들어요. 선생님이 계신다면 이렇게 헷갈리고 두렵지 않을 텐데! 가장 존경하는 인물이 이 샘이에요.

세린이는 작년 봄 언니가 점심시간에 교정의 벚꽃 길에서 사진을 찍자고 했건만 자다가 못 나간 게, 한이 되었더라. 벚꽃…… 우리는 언제쯤 벚꽃을 다시 쳐다볼 수 있을까?

처음부터 저는 선생님이 마음이 약하다는 걸 알았어요. 국어 선생님 무섭다는 소문이 자자했는데, 제가 배워 보니 마음이 여려서 화를 내시는 거더라고요. 상처 잘 받으시고, 또 금방 풀리시고.

승정이는 담임도 아닌 언니의 짐을 교무실까지 들어 주곤 했다며. 작년에 2학년 7반 교실에 제자들이 스승의 귀환을 빌며 다닥다닥 붙여 놓은 기원문들은 이제 우리 집에 보관되어 있는데, 그 속에 승정이 것도 있어.

샘 겁 많은 거 아는데, 알아서 더 슬퍼요…… 더 이상 사랑하는 제자들 가슴 아프게 하지 말고 돌아와 주세요. 카톡 좀 읽어 주세요. 우리 아직 통화도 못 했잖아요. 매일매일 전화해 드릴 테니까 돌아와요. 언제까지 기다리게 하실 건가요. 조금만, 조금만 더 버텨 주세요.

우리 둘이 전철 타고 나갔다가 우산살에 긁혀 언니 손에 상처가 나자, 언니가 파상풍을 걱정해서 일도 못 보고 돌아온 적 있잖아. 사고 당시 언니가 구명조끼도 없이 아이들이 있는 아래층으로 내려갔다는 사실을 알고 나서 그 일이 떠오르더라. 그리고 언니의 마음속에서 그 많은 겁을 누르고 다시 한번, 또 영원히 아이들이 승리하던 순간이 그려져 전율했어.

그래도 선생님한테는 사랑이 제일 강해요.

승정이는 이런 말도 했어.

2-7 단체 사진♡. 3월 한 달 동안 너무나 예뻤던 아이들. 우리 반 예뻐요, 귀여워요를 입에 달고 다녔던 한 달. 청소하는 모습, 종례 시간에 병아리들처럼 앉아 있는 모습, 종알대는 모습, 환하게 웃는 모습들이 사랑스럽기 그지없었는데…… 그. 러. 나 4월 지금은…… 사진이 말해 주는 분위기 ㅋ. 3월부터 벚꽃 사진 찍어야지 했는데, 혼내구 끝! 아직 어린 담임에게 우리 수빈이가 와서 말한다. 우리두 사진 찍으러 가요~~ㅋㅋ

작년 4월 초에 언니가 '카스'에 올린 사진, 2학년 7반 교실에 커다랗게 확대되어 붙어 있어. 처음으로 남자 반 담임을 맡아 걱정하더니, 언니는 역시 아이들에게 반해 버리고 말았지. 야단을 치고는 또 후회하는 참인데, 아이들 역시 선생님 마음을 간파했고. 이제 내게는 알 만한 스토리야. 언니는 사진의 분위기가 가라앉아 보인다고 했지만, 그렇지 않아. 지금은 그 사진이 눈이 부시도록 빛나 보여.

「장영아. 오늘 처음 야자를 했는데 많이 힘들었지? 우리 한번 열심히 해 보자. 파이팅!」

복구된 장영이의 휴대폰에는 언니가 보낸 메시지가 남아 있었어. 장영이의 어머니는 아들이 전에 없이 공부에 열의를 보이고 한 번도 안 하던 야자까지 하기에 놀랐는데, 선생님 덕분이었다고 고마워하시더라. 2학년 7반은 초기의 발진 단계를 지나 막 궤도에 오르고 있었던 것 같아. 언니, 천국에서는 아이들과 본격적으로 가동 중이지? 사랑을 엄청 주고 또 받고, 서로 뭘 더 해 줄까 아이디어를 짜내면서.

언니의 대학 친구 하얀이 언니는, 언니에게 "네 인생을 찾아야 한다"고 진지하게 얘기한 적도 있다지. 언니가 소모임 같은 것도 안 하고 강의만 끝나면 집으로 직행하고, 반년 간 학교 근처에서 하숙할 때조차 밤에 남들 다 놀러 나가도 혼자 청소나 하고 있으니까 말이야. 언니를 좋아하는 남자 선배들이 많았는데, 다가와도 언니가 도무지 눈치를 채 주지 않았다는 거야. 하얀이 언니의 충고에 대한 언니의 답변은 "알아"였다며? 너무도 해맑은 얼굴로.

나중에 본인도 교사가 된 하얀이 언니는, 언니가 학생들에게 하는 걸 보고 응축됐던 힘이 조용히 분출됨을 느꼈대. 그럼 그거였을까? 언니가 집에도, 학교에도 온전히 쏟아부었던 불가능한 계산의 비결이?

발표를 잘하려고 학교에 전과를 뜯어 가는 초등학생, 이름과 달리 모범생들만 모인 '악동 클럽'의 멤버, 대학 4년 남방셔츠에 면바지를 고수한 쑥맥, 어느 날 안경을 벗고

화사하게 피어난 아가씨, 아침마다 곱슬기 있는 머리를 공들여 펴는 직장인, 아버지에게 무례하게 구는 윗집 남자를 단 몇 마디로 제압하는 똑부러지는 젊은 여성, 교직원 업무 발표를 하면서 되게 수줍어하는 교사…… 떨어지는 벚꽃잎을 뛰어가서 손바닥에 받으며 소원 비는 그 사람! 나는 내가 직접 보거나 전해들은 다채로운 모습들을 틈새 없이 짜 맞추려 하지 않겠어. 언니는 내가 아는 것보다 훨씬 클 테니까. 언니는 무궁무진하니까. 언제까지나 탐구 대상이니까. 우리의 추억을 모조리 합산해도 윤곽을 잡을 수 없는, 세상에 단 한 명뿐인 개인이니까.

참, 언니가 2012년에 반 아이들과 함께 시작해서 이후 혼자만이라도 계속하던 '미얀마 어린이 돕기', 부모님이 이어서 송금하고 계셔. 축구를 좋아하고 수학을 잘하는 '타이 자르'는 성인이 될 때까지 언니의 후원금을 받게 될 거야.

오늘은 언니의 생일이야. 어제 고속버스터미널까지 가서 장미랑 들꽃을 사 왔어. 언니가 중1 때 아버지가 생일 선물로 뭘 해 주랴 물으니, 장미꽃을 받고 싶다고 했잖아. 실용적인 걸 사 주고 싶었던 아버지는 어색해하면서도 장미 꽃다발을 만들어 오셨지. 오늘도 부모님과 함께 언니에게 꽃다발을 안기러 갈 거야.

이종락 씨의 자랑스러운 딸, 조전옥 씨의 언니 같은 딸, 나 이지은의 엄마 같은 언니. 2014년 단원고 2학년 7반 담임 교사, 국어 선생님, 31세의 미혼 여성, 가브리엘라. 그리고…… 이지혜.

스승의 날 돌아온 모두의 아빠

2학년 8반 **김응현 선생님**(과학)

To 김응현 선생님

선생님 저 용빈이에요
8반 부반장이요 ㅎ
선생님 수업 진짜 장난아니게 재밌었어요
작용반작용을 이용한 칠판지우는
선생님 모습이 계속 떠올라요
아 맞다 저 화학반장이였던거 아시죠?
선생님 앞으로 공부열심히 해서
꼭 큰사람 되겠습니다
존경합니다 사랑해요 아부지♡

—용빈—

1. 아내, 두 아들과 가족 여행에서.
2. 언제나 미소가 푸근한 김응현 선생님.
3. 아내와 함께 임재범 콘서트에서.

스승의 날 돌아온 모두의 아빠

전남 진도군 임회면 서망해변

고요하다가, 파도쳤다가, 검푸러졌다가, 반짝이기를 거듭하는 바다는 한 달을 무정하게 보낸 끝에야 비로소 한 사람을 기다리고, 기다리고, 또 기다리던 사람들 품으로 돌려주었다. 5월 14일 오후 2시 12분쯤 세월호 4층 선수 좌현에서 발견된 그가 뭍으로 나온 날은 스승의 날 바로 전날. 사랑하는 막내아들 생일 하루 전이기도 했다. 2015년 5월 16일 JTBC는 '막내 생일 전날 돌아온 모두의 아빠'라는 제목의 뉴스를 전했다.

"세월호에 탔던 단원고 교사 14명 가운데 현재까지 절반인 7명이 시신으로 발견됐습니다. 학생들이 아빠라고 부를 정도로 따랐던 고 김응현 선생님도 스승의 날을 하루 앞둔 그제(14일), 결국 시신으로 발견돼 가족의 품으로 돌아왔습니다."

제자들이 '아빠'라 불렀던 선생님.
단원고 과학 교사이자 2학년 8반 담임 김응현.

어린 시절

그 '아빠 선생님'은 1970년 음력 10월 14일, 속리산 자락의 호젓한 마을 충북 보은군 삼승면 달산리에서 태어났다. 소백산맥의 높은 준령과 노령산맥 사이에 자리잡은 보은군은 전형적인 분지를 이루고 있는데, 보은군 대표 농특산물인 황토사과 주산지로 알려진 삼승면 중에서도 그의 고향인 달산리는 삼승산과 금적산이 병풍처럼 감싸 안아 주고 남으로 오덕천이, 북으론 보청천이 합류하여 흐르다가 금강 상류로 이어지는 아름답고 아늑한 마을이다. 마을 앞에 달처럼 생긴 산이 있어 월산 또는 달미, 달뫼라고도 불렸으며 넓은 들에선 마을 앞으로 흐르는 보청천의 풍부한 수량 덕분에 보은에서도 유명한 질 좋은 쌀이 생산되는 곳이었다.

마을 사람들은 '달산리'란 행정지명 대신 '가습'이란 옛 지명으로 부르기를 좋아했다. '가습'이란 옛 어른들이 '옳고 착한 것만 배우고 가르치라는 뜻'으로 지은 이름이라는 설도 있고, '아름다운 숲속'이라 하여 '가숲'이라 불리던 것이 '가습'으로 변했다고도 전해 온다. 김응현 선생님이 평생 동안 살면서 지녀 온 선하고 아름다운 심성은 바로 이러한 마을의 이름, 그리고 풍수지리와도 무관하지 않을 터이다.

응현이 태어난 집은 마을 입구에서 조붓한 골목길을 따라 안쪽으로 들어가면 동네 한복판에 있었다. 당시 시골의 집들이 대부분 그러했듯이 자그마하고 얌전한 초가였다. 농부이던 아버지는 논 다섯 마지기와 몇 이랑의 밭을 일구며 다섯 남매를 키웠다. 방 하나엔 밭에서 캐낸, 일곱 식구의 식량이 될 고구마 여러 가마니가 보관되어 있었기에 방 한 칸에서 일곱 식구가 잤는데, 여름이면 어머니는 마당에 멍석을 깔고 이슬 맞지 않도록 비닐로 덮어 주어 아이들은 마당에서 자는 것을 좋아라 했다.

어려운 살림에 보태고자 어머니는 행상을 하셨다. 익모초 조청을 부산 등지로 가서 파는 일이었다. 여름철이면 마을의 산자락이나 들녘에 익모초가 지천으로 자라났다. 땡땡한 한여름 뙤약볕 쪼이며 자란 익모초 대를 오래도록 달이면 검은 진액이 나왔는데 슬쩍 맛보기만 해도 진저리치도록 쓴맛이었으나, 이모저모 여성들에겐 특효약이었기에 어머니는 그걸 조청으로 만들어 팔러 다니셨던 것이다.

멀리 부산까지 가는 행상길이었기에 젖먹이 아기도 데리고 가야 했다. 첫돌을 겨우 넘긴 어린 아들을 등에 업고 장사하러 다니는 일은 힘에 겨웠다. 그런데 그런 어머니를 응원이라도 하듯 어느 날 이제 겨우 돌 지난, 옹알이나 겨우 하는 어린 아들이 또렷한 목소리로 남의 집 대문 앞에서 "익모초 사세요"라고 하는 것이 아닌가? 누가 시킨 일도, 어머니가 따라 해 보라고 가르친 것도 아니었다. 그저 어머니가 하는 말을 알아듣고 작은 입술로 "익모초 사세요" 하는 말에 사람들은 아이가 예쁘고 기특하다며 어머니의 익모초를 사 주었다. 행상에서 돌아온 어머니의 이야기에 가족들은 놀라며 흐뭇해했고, 어머니는 두고두고 그때 일을 회상하며 "우리 응현인 애기 때부터 영특하고 효자였어!"라며 자랑스럽게 말씀하시곤 했다.

엄마 젖이 잘 안 나와 배급받은 분유를 먹이기도 했는데 그 달착지근한 맛난 분유가 먹고 싶었던 형제들은, 형은 엎드리고 누나가 그 등에 올라가서 시렁 위에 놓여 있던 막내 동생의 분유를 훔쳐 먹기도 했다. 넉넉지 않은 살림이었으나 화목하고 우애 좋은 아이들은 튼튼하고 밝게 자랐다. 어머니가 장사하러 가면 살림을 도맡아하던 누나들은 2남 3녀 중 막내였던 응현을 귀여워하며 정성껏 돌보아 주었다. 온순하고, 잘 웃고, 총명하기까지 한 어린 동생은 누나들의 자랑이었다. 예닐곱 살을 지나 초등학교 다닐 때까지도 막둥이 동생은 형과 누나들 무릎에 앉아서 티브이를 보았는데, 열한 살 위였던 형은 응현이 스무 살 될 때까지도 '애기'라 부를 정도였다.

여름이면 형제들은 마을 앞 냇가에서 하루 종일 미역도 감고 조개도 주우며 놀았다. 그런데 신기하게도 누나들은 찾지 못하는 작은 새의 알을, 훨씬 어린 응현은 잘도 찾아내곤 하였다. 시냇가 모래사장에 새가 알을 낳으면 그걸 찾아오곤 했던 것이다. 이를 두고 둘째 누나는 "응현이는 어려서부터 탐구심이 남달랐던 것 같다"고 회상하였다. 수영을 유난히 잘하던 응현은 맨손으로 물고기도 잘 잡아 누나들을 기쁘게 해 주었다.

응현이 입학한 삼승 초등학교는 집에서 4킬로미터 떨어진 곳에 있었다. 지금도 하루에 버스가 달랑 두 대밖에 다니지 않는 궁벽한 곳인지라 어린 응현은 십리 길을 걸어 학교에 다녀야 했는데, 다리가 아픈 것보다도 학교 가는 길 중간에 있던 으스스한 상여집 옆을 지나는 것이 더 무섭고 힘들었다.

좀처럼 펴지지 않는 가난한 살림에 먹을 게 없어 늘 배고팠던 아이들은 들판에서 놀

다가 목화 봉오리도 까 먹고 밀 이삭도 그슬려 먹으며 자랐다. 친구 집에서 술찌개미를 얻어먹고 술에 취해 잠든 응현을 형이 업어서 집으로 데려온 적도 있었다. 운동화를 처음 신은 것은 초등학교 3학년이 되어서였으며, 고무신도 큰 걸 사서 앞뒤로 묶어서 신다가 발에 맞을 만하면 신발이 떨어지기 일쑤였다.

그러나 그런 형편에서도 부모님은 큰아들을 대학에 보내셨다. 응현의 형이 충북대 농대 입업과에 입학할 당시 보은군에 대학생은 딱 두 명뿐이었을 정도로 농촌에서 대학 보내는 것은 쉽지 않은 일이었다. 누이들의 희생이 뒤따랐다. 응현의 누나들은 집안 살림을 돕기 위해 도시로 나갔다. 가난한 이 나라의 수많은 어린 누이들이 오빠나 남동생의 학비를 부쳐 주기 위하여 고향을 떠나 도시의 공장으로, 공장으로 취직해 떠나던 시절이었다. 공장 간 누나들이 명절에 올 때 사 오던 과자를 손꼽아 기다리던 소년은 그렇게 성장해 갔다.

삼승초등학교를 졸업하고 원남중학교에 입학한 응현은 3년 동안 전교 1, 2등을 놓지 않았다. 내북, 속리, 원남 세 개의 중학교가 통폐합되어 지금은 '속리산중학교'로 이름이 바뀐 그 학교는 집에서 더 멀었기에 자전거 통학을 하였다.

응현이 중학생일 때 집안 사촌형이 행정고시에 합격하는 경사가 터진다. 그 일은 시골 중학교 소년에게 강한 자극이 되었다. 소년의 마음속에 '나도 저 형처럼 성공하고 싶다. 그러려면 공부를 열심히 하는 수밖에 없다'라는 생각이 깊숙이 자리잡게 되었다. 청주로 유학까지 보낸 큰아들의 대학 뒷바라지에 버거웠던 어머니가 농사일을 함께 하자고 하셔도 응현은 혼자서 열심히 공부에 매진하였다.

"응현아, 넌 보은농고나 가라. 우리 형편에 너까지 어떻게 대학 보내겠냐? 엄마랑 살면서 같이 농사나 짓자."

어머니가 당부하였으나 응현의 결심을 꺾을 수는 없었다. 하기야 전교 1등을 놓지 않는 막내아들이 대견스러운 것은 어머니도 마찬가지였다. 그저 큰아들에 이어 막내까지 대학을 보낸다는 것이 엄두가 나지 않았던 것뿐.

마침내 청주 신흥고등학교로 진학하게 된 응현은 고향의 아늑한 둥지를 떠나게 된다. 학교 가까운 율량동의 허름한 집에서 자취 생활을 하는 고생의 시작이었으나, 자신의 꿈을 향한 머나먼 여정의 출발이기도 하였다. 하루 수업이 끝나면 학교 앞 초라한 자취방으로 와 저녁을 먹고 다시 학교로 가서 밤 12시까지 야간 자율 학습을 하는 고달픈 일과가 고등학교 3년 내내 계속되었다.

3학년이 될 무렵엔 둘째 누나가 청주에 직장을 얻게 되어 누나와 함께 지내게 된다. 누나는 힘든 직장생활을 하면서도 막내 동생을 살뜰히 거두어 먹였고, 그 덕에 마른 체형의 응현도 제법 통통하게 살이 올랐다. 비록 쪼들리는 살림이었으나 서로 아껴주고 의지하며 남매는 외로운 객지 생활을 꿋꿋하게 버텨 나갔다. 응현의 성적도 줄곧 상위권이어서 학교에서는 서울대 농대 정도는 갈 수 있을 거라고들 하였다.

고등학교 3학년 9월, 2학기가 막 시작된 무렵이었다. 보은여상을 졸업하고 그곳의 농협에 취직하여 근무하던 셋째 누나에게 엄청난 사고가 닥쳤다. 오토바이 스쿠터를 타고 이 마을 저 마을로 농협 예금을 받으러 다니던 셋째 누나가 어느 날 무지막지하게 커다란 덤프트럭에 부딪혀 버린 것이다. 겨우 목숨을 건질 정도의 큰 사고였다. 그 사고로 인해 누나는 그로부터 병원 생활만 5년이나 하게 되었고, 온 가족이 누나 뒷바라지에 매달리게 되었다. 둘째 누나도 병원에서 살다시피 하는 바람에 다시 예전처럼 혼자 자취를 하게 되었을 뿐 아니라 예민한 고3 수험생이던 응현 역시 크나큰 정신적 충격을 받아 공부에 집중하지 못한 탓에 성적은 떨어져 갔다. 대학 입시를 겨우 반 년 남겨 두고 그런 엄청난 일을 겪는다는 것은 너무나 가혹한 일이었다. 담임 선생님이 권유하시던 서울대 농대는 그렇게 건널 수 없는 강이 되고 말았다.

대학 시절에서 교사가 되기까지

1989년 3월, 응현은 충북대 사범대 과학교육과에 입학하였다. 충북 최고의 국립대. 국립대인 만큼 등록금도 쌌고 나중에 교사의 꿈을 이룰 수도 있었다.

유난히 아름다운 캠퍼스에서 청춘을 꽃피우게 된 응현. 물론 교통사고를 당한 셋째 누나가 패혈증으로 계속 병원에 입원 중인 점, 자취하면서 아르바이트로 학비와 생활비를 벌어야 한다는 점이 무척 힘겹긴 하였다. 연탄가스가 새어 나오는 반지하 방 생활에, 방학이면 흔히 '노가다'라고 부르는 건설 공사장 막일에 과외까지 하며 생활비를 벌어야 했고 장학금을 위해 학업에도 남보다 훨씬 더 매진해야 했다. 응현은 이 모든 일을 성실히 수행해 나갔다. 친구가 소개해 준 과외 학생의 부모는 잘 가르치고 성실하며 겸손하기까지 한 이 대학생 과외 선생님이 어찌나 마음에 들었던지 급료와는 별도로 옷을 사 주기도 하였다.

2학년이 되어 전공을 선택할 때 그는 남학생들이 선호하는 물리 대신 이례적으로 화학을 택한다. 당시엔 선택 교과로 여고에선 화학과 생물을, 남고에서는 물리와 지구과학을 가르쳤다. 고등학교 때 물리를 배운 응현은 당연히 물리를 잘하고 좋아했으나 나중에 과학 교사가 되면 물리, 화학, 생물 등을 다 가르쳐야 하므로 취약 과목을 공부해 두어야 한다는 꼼꼼하고 속 깊은 생각에서였다. 여학생 여섯 명에 남학생은 세 명뿐. 그나마 두 명이 군대 가는 바람에 유일하게 남게 된 남학생 응현은 여학생들과 주로 어울리고 함께 다니게 되었다. 그리고 거기서 미래의 아내, 전 생애의 유일한 사랑을 만나게 된다. 유난히 가녀린 몸매에 소녀 같은 분위기를 풍기는 고운 그녀, 선미. 두 사람이 공부도 함께 한 것은 물론, 3년 내내 어찌나 붙어 다녔던지 나중엔 교수들조차 "너희, 혹시 커플 아냐?"라고 했을 정도의 천생연분 캠퍼스 커플이었다.

졸업을 앞둔 어느 날, 평소 응현의 성실함을 높이 샀던 지도교수가 조용히 그를 불렀다.

"내가 밀어줄 테니 유학 가거라."

가족들도 힘닿는 데까지 뒷바라지해 주겠다 하였으나 그는 결국 교직을 선택하며 한국에 남았다. 교사가 되어 있던 형의 영향 때문이기도 했다.

졸업과 동시에 공군에 입대하여 군복무를 마친 뒤 제대한 96년은 여러모로 응현에게 의미있는 한 해였다. 임용시험에 합격하여 교사가 되어 있던 스물일곱 살 동갑내기 연인과 10월에 결혼식을 올렸으며, 그 역시 꿈꾸던 과학 교사로 첫발을 내딛게 된 것이다.

그 해 12월, 1월에 제대한 응현이 조교로 일하던 학교 과 사무실로 수원 매향여고에서 교사를 구한다는 연락이 왔다. 면접시험을 보러 간 응현은 면접 5분 만에 "다음 주에 출근하라"는 놀라운 말을 듣게 된다. 바로 조금 전 "우리 학교에 들어오려면 소정의 기부금을 내라"는 말에 응현이 "나와 안 맞는 것 같다. 다른 사람 알아보라"라고 답한 뒤 바로 들은 말이어서 그는 순간 자신의 귀를 의심하기까지 했다. 나중에 보니 학교에서 그를 떠보려고 일부러 그런 것이었다.

매향 시절

수원 매향여자정보고등학교는 1902년 개교한, 백 년 넘은 기독교 계통의 건실한 사학이다. 수원읍 교회(현 종로감리교회)의 초가집에서 여학생 세 명을 데리고 '삼일소학당'으로 개교한 이래 이 학교는 수원 지역의 명문 사학으로 자리잡았다. 한국 최초의 여성 서양화가 나혜석을 첫 회 졸업생으로 배출한 '삼일여학교'는 수많은 여성 인재들을 키워 내었다. 교사 중에는 민족 대표 33인 중 한 분으로 옥고를 치르며 학교 학감을 떠나야 했던 김세환 선생님도 계셨다.

'매향'이라는 이름 그대로 전통의 향기 은은한 예쁜 교정에서 그는 행복했다. 교사로서 자부심이 넘쳤고 가정적으로도 안정되고 풍요로워진 시기였다. 신혼 초기 이천의 단칸방에서 어렵게 시작한 생활은 점점 안정되어 수원에 드디어 내 집도 장만하였으며 준규와 영규, 두 아들도 태어났다. 이십대 후반에서 사십대 초반까지 인생의 황금기를 보낸 곳이 바로 '매향'이었다. 무릇 분위기 좋은 사학은 구성원들을 가족 못지않을 정도로 끈끈하게 이어주는 둥지가 되어 주는 법. 매향에서 17년 동안 근무하면서 그는 수많은 제자들은 물론 평생의 우정을 나누는 좋은 동료들도 만나게 된다.

그를 아는 사람들은 모두 그를 '천부적인 교사'라고 했다. 꼼꼼하고 자상한 성격에 맡은 일은 완벽하게 하는 기질 때문이기도 했지만 무엇보다도 아이들을 사랑하는 마음, 교사에게 가장 중요하고 필요한 바로 그 덕목 덕분이었다.

여학생들은 대체로 과학을 어려워한다. 수업 시간에 아이들이 지루해하면 김응현 선생님은 자신의 옷소매로 자동차 와이퍼처럼 요란하게 칠판을 닦았다. 그 모습에 아이들은 박장대소하며 즐거워했다. 그래서 아이들이 붙여 준 별명이 '와이퍼'. 늘 밝고 재미있는 분위기를 만들기 위해 애썼고, 학생들에게 시를 읽어 주고 노래를 불러 주기도 한 과학 선생님이었다.

화학 과목이 너무 어려워서 질문하러 가면 기초부터 차근차근 이해할 때까지 가르쳐 주던, 항상 유쾌하고 자상한 화학 선생님을 아이들은 '아빠'라 부르며 따르고 사랑했다. 아이들의 말을 잘 들어 주고 편하게 해 주는 선생님은 꼭 아빠 같았다. 같은 과학교사인 그의 아내는 이렇게 회상한다.

"교직이 천직인 사람이었지요. 아이들을 상담하면 한 시간은 기본이었어요. 저는 상담 금방 끝나는데 어떻게 매일 한 시간씩 아이들 이야기를 들어 줄 수 있는지, 애들이 또 한 시간씩 무슨 이야길 그렇게 하는지 신기할 정도였으니까요."

사범대 출신이라는 자부심이 강했고 교육관 또한 철저했다. 학생들을 격의 없이 대하였고 자상하였으나 보수적인 면도 있어서 한번 아니다 싶으면 끝까지 반대하는 면도 지니고 있었는데 이런 원칙주의자 성향은 수업에도 고스란히 반영되어 "교사에게는 수업이 가장 중요하다. 자신이 맡은 교과는 완벽하게 소화해야 한다"는 것이 평소 신념이었다. 따라서 수업엔 지독할 정도로 철저했으며 수업 자료를 십수 년치 모아 활용하는가 하면 늘 새로운 수업 연구와 실험에 도전하는 것도 두려워하지 않았다.

학교에서는 더없는 일꾼이기도 했다. 동료들은 그를 '맥가이버'라 부르기도 하였는데 손재주가 좋아 못 만드는 것, 못 고치는 것이 없었기 때문이다. 교실마다 돌아다니며 수리하는 솜씨가 전문 기사 못지않았다. 세심하고 꼼꼼한 성격 덕분에 사무도 완벽히 처리하였을 뿐 아니라 일 처리도 빨라서 늘 다른 사람들보다 몇 배는 더 많은 일을 하기 일쑤였다. 그래도 그는 기쁜 마음으로 주어진 모든 일을 묵묵히 해 나갔다. 그의 동료는 교사 김응현을 이렇게 기억하고 있었다.

“업무 처리가 꼼꼼하고 무척 유능한 사람이었지요. 합리적이기도 했고요. 무엇보다 아이들을 많이, 아주 많이 사랑한 교사였습니다.”

2013년에 그는 원하던 담임 대신 학생부장이 되었다. 학생부장이라는 직책이 자신과 맞지 않고 힘들다고 여기면서도 그는 자기 스타일로 그 직책에 충실했다. 학생들을 지적하거나 벌 주는 대신 조언하고 다독이며 따뜻한 카리스마로 이끌어 간 것이다. 문제성이 있는 학생들을 대하면서 많은 상담도 하게 되었는데 결코 대충대충 상담하는 일이 없었다. 자신이 모르는 정보는 찾아가면서까지 학생들에게 철두철미 알려 주어, 곁에서 보던 다른 동료가 부끄럽다 여길 정도였다.

다음 해 김응현 선생님은 17년 동안 정들었던 매향을 떠나기로 한다. 여고인 데다 정보고등학교다 보니 학생들이 아무래도 과학 과목엔 관심들이 없었기에 ‘과학다운 과학을 가르쳐보고 싶다’는 갈증이 마음속에 있던 터였다. 학구파였던 그는 교직에 있으면서도 끊임없이 공부하여 수질환경기사 자격증, 발명 교사 2급 자격증 등을 취득해 놓고 있었다. 발명교육 관련 연수만 300시간 이상을 수료하면서 ‘과학을 정말 좋아하는, 재능 있는 아이들 한번 가르쳐 보고 싶다’는 꿈을 지니고 있었는데 그 소박한 꿈을 위해 공립학교 특채를 원해 인문고로 가게 된 것이다. 수원을 1지망, 집에서 가까운 안산을 2지망으로 썼다. 하지만 2014년, 수원의 인문계 고등학교엔 과학 교사 자리가 없었다. 그래서 발령난 곳이 안산 단원고등학교였다!

단원고 교사 한 달 반

“남편이 단원고에 발령받고 나서 참 좋아했어요. 가까운 데로 가게 돼서 잘 됐다며 굉장히 좋아했지요. 교직 생활하며 처음 남학생 반 맡은 거잖아요. 아이들이 순수하고 착하다, 오랫동안 여학생만 가르치다가 남학생 만나니까 새롭고 좋다고 했습니다. 담임을 오랜만에 하니까 좋다며 주말에도 아이들 사진을 집에 갖고 와서 오려서 교무수첩에 붙이면서 그렇게 좋아했어요.”

아내는 일 년이 지난 후에도 고운 눈에 여전히 눈물 그렁그렁한 채 말을 이어 나갔다.

"사십대 중반이니까 학교에선 고3 담임 하라고 했대요. 한데 2학년 하게 된 이유가 우리 큰애가 고2니까 같이 2학년 담임 했다가 내년에 그 애들 데리고 올라가겠다고, 그래서 2학년 담임이 된 거죠."

운명은 그렇듯 작은 갈림길에서 결정지어지기도 하는 것인가? 겨우 한 달 반 동안 단원고 교사로 지내다가, 그는 영원한 단원고 교사 김응현으로 남았다. 세월호 사고 이후 한 어머니가 쓴 '우리 승현이는 담임 선생님을 참 좋아했습니다. 담임 선생님이 너무 좋아서 반 아이들도 '아빠'라 부른다고 말했습니다…… 김응현 선생님! 지금처럼 아이들과 꼭 잡은 그 손 놓지 마시고 다음 세상에도 승현이, 2학년 8반 아이들의 담임 선생님으로 태어나 주세요'라는 글처럼, 영원한 단원고 2학년 8반 담임 교사의 별자리로 올라가 버린 것이다. 한 달 반 동안 아낌없이 사랑했던 자기 반 아이들을 보듬어 안고서.

마른 체형이었던 그는 학교 동호회 활동을 통해 배드민턴, 바다낚시, 스키, 골프 등의 운동으로 건강을 다졌으며 귀농의 꿈을 소중히 지니고 있었다. '55세 때 그만두고 고향 간다. 아내는 도간 내신 내서 보은에 가 교사 생활 하고 황토집 지어 시골 생활 한다.' 이것이 부부의 꿈이었다. 이를 대비해 약용식물 책도 정독했으며 '약초회'란 동호회 활동도 활발히 하여 봄엔 나물 뜯으러, 가을엔 버섯 따러 다녔다. 지난가을엔 귀한 능이버섯을 땄는데 1킬로가 넘는 큰 것을 땄다고 좋아하며 그 굉장한 버섯을 자랑스레 들고 찍은 사진까지 있다.

카톡에 '가족을 사랑하는 남자!'라 쓸 정도로 몹시도 가정적이었던 그는 '나는 소원 다 이루었다'고 입버릇처럼 말했는데 그 소원이란 '내 집을 갖고, 내 차로 가족 여행 다니는 것'이었다. 부부 교사라서 시간이 맞으니까 방학마다 국내외 여행을 다니곤 하였다.

아침 식사 때면 잠에서 덜 깬 아이들을 깨우려고 의도적으로 썰렁한 농담을 건네던 아빠. 아들의 생일에 그가 써서 건네준 시 한 편이 교사 김응현을 넘어서 인간 김응현의 면모를 알게 해 준다.

아버지의 기도

저의 자식을 이러한 인간이 되게 하소서 / 약할 때 자기를 잘 분별할 수 있는 힘과
정직한 패배에 부끄러워하지 않고 태연하며 / 승리에 겸손하고 온유할 수 있는 사람이
되게 하소서

그를 요행과 안락의 길로 인도하지 마시고 / 곤란과 고통의 길에서 항거할 줄 알게 하시고
폭풍우 속에서도 일어설 줄 알며 / 패한 자를 불쌍히 여길 줄 알도록 해 주소서

그의 마음은 깨끗이 하고 / 목표는 높게 하시고 / 남을 다스리기 전에 자신을 다스리게 하
시며 / 미래를 지향하는 동시에 과거를 잊지 않게 하소서

그 위에 유머를 알게 하시어 / 인생을 엄숙히 살아가면서 삶을 즐길 줄 아는 마음과
자기 자신을 너무 드러내지 않고 겸손한 마음을 갖게 하소서

그리고 참으로 위대한 것은 소박한 데에 있다는 것과 /
참된 힘은 너그러움에 있다는 것을 항상 명심하도록 하소서

그리하여 그의 아비인 저는 헛된 인생을 살지 않았노라고 / 나직이 속삭이게 하소서
이 어여쁜 천사 같은 아이를 저에게 보내 주시어 / 제가 기쁠 수 있게 해 주심에 감사드리
며 / 소중하게 키울 수 있도록 도와주소서

-2009년 11월 11일, 나의 소중한 아들 준규의 생일을 축하하며

아이들에게 좋은 아빠였지만 누구보다도 아내에게 좋은 남편이었다. 그래서 남겨진

아내는 '이렇게 빨리 가려고 화려하게 꽃피운 사랑이었나 싶다'고 가슴 아프게 추억한다. 주위로부터 늘상 '전생에 나라를 구했나? 좋은 남편에 아이들 공부 잘하고……'란 말을 들어 왔던 행복한 아내였는데……! 학교 선생님들과 함께 바다낚시 가면 갑오징어, 주꾸미 잔뜩 잡아 오던 남편. 학교 그만두면 만물상 해서 먹고 산다 할 정도로 손재주도 뛰어났던, 그래서 한 번도 관리사무소에 연락한 적 없이 집안의 모든 수선 일을 척척 해내던 남편. 신혼 때는 1층에서 3층집 옥상까지 양동이로 물 퍼다 옥상에 뿌리며 만삭의 몸으로 더위에 힘들어하는 아내를 위해 고생하던 남편. 오죽하면 아기 낳았을 때조차 친정어머니보다도 남편이 편해서 엄마 대신 남편이 병원에서 산후 뒷바라지하도록 하였을까!

돌아가고 싶어 했던 고향집엔 79세 노모가 살고 계셨다. 21세에 교통사고 당한 셋째 딸이 48세 되기까지 무려 27년 동안 돌보고 계신 늙으신 어머니. 딸의 몸이 다 굳어 있어 밥까지 다 떠먹여야 하기에 한시도 그 딸 곁을 떠날 수 없는 어머니 힘드시다며 한 달에 한 번씩 고향집 내려가 누나 손발톱 깎아 주고 수발 들어 주던 다정다감한 동생이자 효자였다.

고교 시절 함께 산 적이 있어서 각별한 사이였던 둘째 누나는 대구에 살고 있었는데 '누나, 매형 퇴직하면 수원에서 같이 살자. 주말농장도 함께 하면서……'라는 응현의 권유에 이사를 결정했다. 직접 아파트도 알아보러 다니고, 집도 주선해 주더니 정작 그 집에 누나 입주하기 전에 세상 떠난 동생. 2013년 11월, 출장 때문에 수원 왔다가 동생 집에 들러 해물탕을 끓여 주니 맛있게 두 그릇을 먹던 동생. 그게 마지막 본 모습이었다. 2014년 4월, 동생 좋아하는 총각김치를 담가 택배로 보냈는데 김치는 16일에 도착, 동생이 그걸 못 먹고 사고가 났다 생각하면 누나의 가슴은 매번 무너져 내린다.

단원고가 수학여행 가기 전날인 4월 14일, 김응현 선생님의 작은아들도 제주도로 비행기 타고 수학여행을 갔다. 돌아오던 비행기 안에서 세월호 사고 소식을 들었으나 곧이어 '전원구조'라는 MBC 뉴스를 확인하고서 친구들과 놀던 기억이 어린 아들은 두고두고 가장 가슴 아프다. '내가 웃고 놀던 그 시각, 우리 아빠는 차가운 바다에 빠지고 있었구나……' 이 생각을 하면 작은 가슴이 새까만 잿더미로 변해 버린다. 착한 모범생이던 이 아들이 한때 학원에서 자율 학습 한다 하고는 피시방을 드나들던 날들이 있었다. 나무라는 어머니에게 아이는 고백하였다.

"게임할 때는 아무 생각 안 나니까……!"

어머니는 그런 아들을 끌어안고 한참을 둘이서 서럽게 울었다.

2014년 5월 15일 스승의 날, 경기 안산의 제일장례식장엔 흰 국화 대신 카네이션을 영정 사진 앞에 내려놓은 조문객들이 줄을 이었다. 조문객의 많은 수가 청천벽력 같은 소식을 듣고 달려온 매향여고 졸업생들이었다. 십대에서 삼십대에 이르는 제자들은 사진 속 선생님의 온화한 얼굴 앞에서 흐느끼기만 하였다. 어떤 제자는 대성통곡하면서 분향소엔 아예 들어오지도 못하였고, 또 한 제자는 울다 쓰러져 그대로 혼절하기도 하였다. 하도 울기에 오히려 유족들이 겨우 진정시켜 앉힌 삼십대의 한 제자는 힘겹게 입을 열었다.

"저는 선생님과의 약속을 지켰어요. 제가 고등학교 때 성적은 좋았지만 집안 형편이 어려워 대학을 포기하고 있었어요. 한데 고3 체육 시간에 선생님께서 운동장까지 따라나오셔서 넌 대학 가야 한다고, 취직해서 야간대학 가면 된다며 직장 알아봐주시고, 직장 월급이 처음 약속과 다르기에 제가 또 선생님 찾아가 하소연하니까 선생님이 거기에 공문 보내 해결해 주셨지요. 일하며 등록금 모아서 결국 나중에 대학 갔어요. 대학 갔다고 찾아뵈려 하다가 차일피일 미루고 못 뵈었는데 이렇게 가시다니…… 제 남편이 장례식 때 꼭 찾아뵈라 해서……"

제자들의 공통적인 회고담은 '선생님은 우리를 존중해주신 분'이라는 것이었다. 고민 상담이든, 의견이든, 뭐든지 다 들어 주셨던 아빠 같았던 선생님을 한없이 그리워하는 제자들을 보고 그의 형은 "응현이 성격상 그렇게 학생들에게 잘해 줄 수밖에 없었을 겁니다. 원래 부모님이나 형제, 다른 사람에게도 성심성의껏 최선을 다하던 사람이었지요"라고 되뇌었다.

그의 시신은 4층의 교사 선실이 아닌 학생 선실에서 발견되었다. 제자들을 구하기 위해 달려갔다가 희생된 것이다. "선생님은 안 나오실 거라고…… 왜 그렇게 생각하냐고 했더니, 우리 애 대답이 아이들 먼저 다 내보내고 나오시지, 절대 먼저 나오실 분이 아니래요"라던 한 학부모의 말처럼 그를 아는 모든 사람들은 그가 결코 학생들보다 먼저 나오지 않을 것이라고들 했다.

한 달 만에 그의 유해를 찾았을 때 옷 안에 있던 신분증과 가족사진으로 확인이 되었다. 오랫동안 가까이 지낸 매향여고 동료의 "아빠로, 남편으로, 제가 아는 가장 훌륭하고 멋있는 사람입니다. 아마 오늘도 아들 생일잔치 해 주려고 나온 것 같습니다"라는 말처럼, 정말 그는 둘째 아들을 위한 마지막 생일 선물로 한 달 만에 지상으로 모습을 드러냈던 것일까? '생일 선물로는 너무나 가혹하고 슬픈 선물이다. 그래도 가족들을 더 이상 애태우지 않고 돌아온 것만으로 너무 고맙다'는 가족들의 눈물을 뒤로한 채 고요히 하늘의 별로 올라간 것일까?

그의 장례식장엔 첫날부터 조문객의 줄이 너무 길고 대기자가 많아 음식 100인분을 준비해도 10분도 안 돼 동이 나 버렸다. 제자들만 수백 명이 찾아왔다. 형과 누나, 김응현 선생님 자신의 자녀들이 두 명씩 교대로 손님에게 맞절하는 것이 너무 힘들어 나중엔 지인들이 나서서 조문객들에게 맞절을 하지 말아 달라 부탁할 정도였다. 그 모습에 장례식장 직원들, 자원봉사자들, 주방 아주머니들이 입을 모아 말했다.

"이 선생님, 정말 참선생님이었던 것 같아. 손님이 이리 많을 수 있나? 제자들이 한도 끝도 없이 찾아오고……"

가족들은 장례식장에서 비로소 '내 남편이, 내 동생이, 우리 아들이 잘 살았구나. 정말 좋은 선생님이었구나!' 깨달으며 마음의 멍울이 조금이나마 풀어지는 것을 느낄 수 있었다.

그의 관이 마지막 길을 떠날 때 팔순을 앞둔 늙은 어머니는 관을 붙잡고 "응현아, 어디 가니?" 오열을 하셨다. 그가 마지막 근무했던 단원고의 교무실에 영정을 들고 들어갔을 때엔 새로운 학교에 부임하여 설레었을 김응현 선생님, 그런데 한 달 반만에 너무도 허망하고 원통하게 죽어 간 김응현 선생님을 생각하며 사람들은 비통하게 고개를 떨구었다.

수원 연화장에서 화장한 그의 유해는 5월 17일 평택 추모공원에 안치되었다. 유족들은 분향소에 아이들 편지와 그가 취득했던 몇 가지 자격증, 천사 사진을 넣어 주었다. 평소 좋아하던 커피 원두콩을 넣어 주려 했는데 분향소 측에서 벌레 생긴다며 못 넣게 해서 누나는 분향소 가면 원두커피 내려서 한 잔씩 따라 주고 온다.

절친했던 동료는 장례식장에서 '가족 다음으로 제일 사랑했던 학생들 데리고 영원히 천국에서 선생 노릇 실컷 하세요'라며 마지막 인사를 건네었다. 그리고 시를 남겼다. 영혼의 벗이 하늘로 보내는 편지였다. 김응현 선생님이 17년 동안, 사랑했던 교직 생활의 거의 전부를 보낸 수원 매향여고의 학교신문에 실린 추모시 한 편을 영전에 바치나니 그대, 하늘나라에서 읽어 주시길.

고 김응현 선생에게

김달호 (수원 매향여고 교사)

대뇌피질 전두엽이 당신처럼 발달하지 못해
월터 콘의 '밀도함수이론'이나 존 포플의 '양자 화학의 계산방법론' 같은
거창한 이론들은 이해하지 못하지만,
생물학적으로 허파로 숨 쉬는 포유류가 차가운 바닷물 속에서 호흡할 수 없다는 건
당신이 바보라고 맨날 놀리던 김달호도 알고 있다.

과학 선생이면 과학 선생답게
가라앉는 배의 속도, 풍속, 조류의 흐름과 방향을
선장을 포함해 도망가는 비열한 선원들의 운동에너지와 합산해

배가 우주선처럼 솟구쳐 오르는 양력을 만들어 내는지,

아님, 당신이 대학 때 전공했던 화학식을 응용해
어둡고 답답한 배 속에 무질서하게 나열돼 있는
산소, 수소, 탄소, 질소, 나트륨 같은 원소들을
해경, 해수부, 안행부, 청와대 등 관료들의 무능함과 적절히 조합해
차가운 바닷물을 아이들이 숨 쉴 수 있는 따뜻한 공기로 바꾸든지 했어야 했다.

그래야 예전의 그 똑똑했던 김응현다운 거고
술자리에서 우리에게 평생을 우려먹을
당신의 영웅담을 만들어 내는 거란 말이다!

자기 몸 하나 지키기도 힘들었을 텐데
식어가는 심장으로, 그 가여운 체온으로
사월(死月)의 얼음장 같은 바닷물을 데워
추위와 공포 속에서 죽어 가는 아이들을 품고만 있는 건
당신이 맨날 바보라고 놀려 대던 미련하고 미련한
나 같은 사람이나 쓰는 방식이란 말이다!

이 바보 같은 사람아
4월의 그날 당신과 아이들이 사라졌다고
세상에 경천동지할 변화는 일어나지 않았다!
늘 그렇듯 봄여름이 지나며 꽃은 피고 지었으며
나를 포함해 그날, 함께 울고 분노하던 많은 사람들은
각자의 길을 부지런히 걸어가고 있을 뿐이다.

그런데 말이지, 친구야!

이젠 당신이 보이지 않을 만큼, 그날로부터 아주 멀리 걸어왔다 생각하고……

문득…… 뒤를…… 돌아보면……

당신은…… 아직…… 나를 보고…… 여전히…… 씽긋…… 웃고…… 있다.

사람의 인생, 속절없이 지나가는 많은 날들 중

우리가 다시 만날 그날이 내일일지, 아님 수십 년 후의 어느 하루일지 모르겠지만

그날…… 그날이 오면……

당신이 좋아하던 술 한잔 기울이며

그날 차마 하지 못했던, 그날 그곳 이야길 들려주시게…… 그럼 이만 총총!

- 수원 매향여고 신문 〈매향신문〉 60호에서 발췌, 2014년.

그대, 사라지지 않는 환한 빛

2학년 9반 **최혜정 선생님**(영어)

1. 제주도 가족 여행에서 엄마와 함께.

2. 초등학교 때 남산한옥마을에서 여동생 보경이, 남동생 익수와 함께.

3. 사범대 수석 졸업의 영예와 함께 교사 임용시험도 합격. 교사 연수와 겹쳐 졸업식에 참석을 못 했다. 그 후 사범대 성적우수상 상패를 받고 친구들이 카페에서 졸업식을 대신하여 사진을 찍어 줬다.

그대, 사라지지 않는 환한 빛

아름다운 사람은 빨리 가는가? 연록으로 물든 봄날의 교정을 배경으로 그녀는 환하게 웃고 있다. 가지런한 치아를 내보이며 웃고 있는 그녀의 반달눈에는 시름도, 그늘도, 아무런 망설임도 없다. 날씬한 허리 위에 양팔을 낀 채 그녀의 두 눈은 말한다. "이 세상은 어두운 구석이 너무 많아요. 저는 환한 빛이 되고 싶어요."

고(故) 최혜정 선생님은 비록 23년 4개월 22일이라는 짧은 시간이었지만 가정에서, 성장기의 학교에서, 교사가 되고 난 뒤의 교단에서 언제나 따뜻하고 환하게 빛났다. 활기차고 긍정적이고 싹싹하고 인정 많고 정의감 있고 무엇보다도 언제나 자신이 놓인 자리에서 최선의 모습을 보여 주었던 그녀는 아름다운 사람이었다. 그녀를 아는 모든 이들의 가슴 속에서 그녀는 빛이다. 언제까지나 사라지지 않는 환한 빛이다.

2014년 3월 2일 혜정은 단원고 2학년 9반 담임이 되었다. 1학년 때 담임 반이었던 민정, 초예, 수진, 세희는 2학년 때도 담임 반이 되었다. 첫해에 워낙 야무지게 일을 잘해서일까? 일 년 전 단원고에 신규 교사로 발령을 받은 혜정은 한 번 가르쳐 주면 잘 알아듣고 실행에 옮겼기 때문에 신규 같지 않다는 소리를 자주 들었다.

돌발적인 상황에 대한 판단력도 뛰어났다. 그러한 혜정이기에 영재반 운영과 동아리 활동이 더 맡겨졌다. 새로운 업무를 잘 해낼 수 있을지. 혜정은 이따금 걱정스러운 투로 말했지만 다른 교사들은 잘 해내리라 믿어 의심치 않았다.

혜정이 가장 중요하게 여기는 일은 아이들과의 상담이었다. 어려운 환경의 아이들이 많은 것이 혜정에게는 늘 가슴 아팠다. 그런 만큼 아이들은 순수했고 꾸밈이 없었으며 정이 깊었다.

3월 내내 혜정은 거의 매일 저녁 반 아이들과 상담을 했고 상담한 내용을 교무 일지에 꼼꼼히 적어 놓았다. 큰언니와 크게 싸워 냉전 상태인 아이, 어머니 아버지가 모두 조선족인 아이, 요리사가 되는 것이 꿈인 아이, 아버지와 어머니가 어렸을 적 이혼해서 충격을 받았던 아이, 아버지가 부당 해고를 당해 마음이 아픈 아이, 아버지 사업이 망해서 밑바닥에서부터 다시 시작해야 한다고 말하는 아이, 새아버지랑 같이 살지만 만족하고 있는 아이……

반 아이들을 생각하면 혜정은 그 애들이 모두 자기 새끼 같았다. 열여덟 살의 여학생들은 이미 적지 않은 시련을 겪었거나 겪고 있었고 미래에 대한 불안으로 몸살을 앓고 있었다. 학비 지원을 받았던 아이들도 여럿 있었는데 혜정이 보기에는 지원을 받아야 하는 아이들의 숫자는 더 많아 보였다. 아이들 하나하나가 무사히 학교를 졸업했으면, 자기 꿈을 펼쳐 나갈 수 있었으면…… 상담을 마치고 나면 티 없이 맑고 따뜻한 정을 내보이는 아이들의 마음이 가까이 느껴져 뿌듯했다.

3월 17일. 혜정은 수학여행 희망원을 걷었다. 여행지는 제주도였다. 아이들 반응은 나쁘지 않았다. 비행기가 아니라 배로 간다고 했을 때도 아이들은 밤새 운항하는 배를 타고 새로운 추억을 만들 생각에 여념이 없었다.

3월 24일. 수학여행 때 펼칠 장기 자랑 접수를 받았고 가정 형편 문제로 지원이 필요한 학생을 조사했다. 마음 같아서는 더 많은 아이에게 지원을 하고 싶었지만 안타깝게도 지원 가능한 숫자는 한 반에 두 명이었다.

4월 7일. 수학여행 방 배정을 공지하고 방장을 뽑았다. 아이들은 벌써부터 수학여행 생각에 들뜬 모습이었다.

4월 14일. 7교시에 단원관에서 수학여행 사전 연수가 있었다. 혜정은 종례 시간에 내일 4시까지 운동장에 집합하라고 아이들에게 전달했다.

4월 15일. 수학여행 출발 직전의 일이었다. 운동장에 모두 집합해서 출발을 기다리고 있는데 반 아이가 다가와 말했다.

"선생님, 안경 좀 가져오면 안 될까요?"

곁에 서 있던 다른 선생님들이 눈살을 찌푸렸다. 나이든 선생님일수록 이런 돌발 상황을 탐탁하지 않게 여겼다.

"에구, 왜 안경을 안 가져왔어? 꼭 단체 행동에서 이렇게 피해를 줘야 해?"

혜정의 생각은 달랐다. 얼마나 가고 싶어 했던 수학여행이었는데 안경 없이 지낸다면 그 아이는 수학여행 내내 얼마나 갑갑할까? 뿌옇게 흐려진 시야로 수학여행을 보내게 된다면 말이다. 혜정은 곧 결단을 내렸다.

"외출증 써 줄게. 빨리 갔다 와."

아이는 다행히 늦지 않게 안경을 가져왔다. 버스는 곧 출발할 수 있었다. 혜정은 그랬다. 단 한 명의 요구일지라도 받아 주고 배려해 주고 기다려 줄 수 있는 아량. 그것이 어른이 아이들에게 보여 주어야 할 모습임을 알고 있었다. 그것은 혜정이 아이들을 진심으로 사랑했기 때문이었다.

진심으로 사랑하는 사람은 따지지 않는 법이다. 그리고 필요할 때 망설임 없이 행동하는 법이다. 2014년 4월 16일 세월호에서 혜정은 탈출하기 쉬웠던 5층 객실에 있었음에도 망설임 없이 4층으로 내려갔다. 왜냐하면 그곳에는 혜정이 사랑하는 아이들이 있었기 때문이었다.

* * * *

우리 선생님은 멋쟁이시다. 치마를 입건 바지를 입건 다 잘 어울리는 우리 학교 최고의 베스트 드레서다. 언젠가 연청색 바지 위에 흰색 바탕에 고양이가 그려져 있는 티셔츠를 입었을 때는 정말 대학생 같았다. 이른 봄이었나, 다홍색의 재킷도 잘 어울렸다.

어느 날 바지만 입고 오셔서,

"왜 치마 안 입으세요?"

하고 물으니,

"안 입는 게 아니라 못 입어."

"왜요?"

"동생이랑 자전거 타고 옷 보러 가다가 넘어져 대일밴드 붙였거든."

하시는 게 아닌가. 우리는 선생님의 솔직하신 답변에 웃음을 터뜨리고 말았다. 또, 체육 대회 때에는 다른 선생님들은 안 입는데 우리 선생님만 반 티를 입어 주셔서 우리와 하나임을 보여 주셨다. 밝은 갈색으로 선생님이 머리 염색을 했을 때도 생각난다. 우리들이 선생님을 놀리느라고,

"뿌리 염색 언제 해요?"

하고 물으니,

"했다."

하면서 웃으시는 게 아닌가. 그 웃음이 어찌나 해맑던지. 앞머리를 아주 짧게 자른 상태였는데 중학생처럼 귀여웠다. 낮에는 주로 렌즈를 끼고 밤에만 안경을 쓰는 선생님이 저녁 야자 시간에 안경을 쓰고 나타나면 갑자기 지적인 모습으로 바뀌어 우리는 선생님의 얼굴을 자꾸만 바라보게 되었다.

키도 별로 크지 않고 체구도 아담한데 어디서 그렇게 기운이 나오는지 목소리는 무척 크셨다. 그래서 수업 시간에 잘 수가 없었다. 게다가 칠판에 영어 지문을 통째로 다 써 주시는데, 와, 그렇게 예쁜 칠판 글씨는 처음이었다. 칠판에 교과서를 인쇄한 것만 같았다. 큰 목소리와 예쁜 판서 덕분에 수업 시간에 집중이 잘 되었다. 공부 안 하고 농땡이 피우면 괜히 선생님께 미안해졌다. 최혜정 선생님께 영어 수업을 받은 뒤로 우리는 영어에 흥미를 갖게 되었다. 선생님은 얼마나 인기가 많았는지 여름 방학 때 보충 수업 신청을 하면 일이 분 만에 마감이 될 정도였고 신청을 못 한 아이들은 너

무나 아쉬워했다.

선생님은 상담도 잘해 주셨다. 재밌는 얘기를 해 주셔서 상담 중에 자기도 모르게 까르르 웃게 만들었고 집안의 속상한 일들을 하나둘 털어놓고 싶게 만들었다. 첫 시험 때는 컴퓨터 사인펜에 일일이 이름을 쓴 토끼 스티커를 붙여 나눠 주셨는데 그 덕분에 훨씬 덜 떨면서 시험을 칠 수 있었다. 생일날도 빠짐없이 챙겨 주셨다. 직접 교무실로 불러서 선물을 주셨는데 초겨울에 우리 손에는 핸드크림이 쥐어졌다. 덕분에 우리는 손등이 반들반들한 채로 겨울을 보낼 수 있었다. 우리 학교에는 크리스마스 즈음에 편지를 써서 교내 우체통에 넣으면 선생님께 전달해 주는 이벤트가 있었다. 선생님은 편지를 받을 때마다 일일이 답장을 써서 주셨다.

선생님이 화를 낸 적이 있었을까? 한 번도 그런 적이 없다. 우리가 간혹 떠들면 "조용히 해!" 하고 짧게 말씀하실 뿐이었다. 짧은 한마디이지만 선생님의 말은 단호하고 매서웠다. 조례와 종례도 길게 하는 법이 없었다. 우린 그런 선생님이 우리의 마음을 잘 헤아린다고 여겼다. 선생님의 사랑을 잔뜩 받아서 우리 반은 분위기도 좋았고 선생님들께 칭찬을 많이 받았다.

"잘하자!"

늘 하시던 그 말씀대로 우리는 잘하려고 노력을 했다. 그 결과는 체육 대회 1학년 종합 우승과 중간고사 1등이었다. 우리는 선생님이 좋아서 선생님과 늘 함께 있고 싶었고 그래서 학교에 다니는 일이 행복했다. 그 행복감은 11월 26일 우리들이 준비한 선생님의 생일잔칫날 절정에 달했다.

우리는 색종이로 고리를 만들어 교실 문에 아치 모양으로 붙여 놓았고, 풍선을 불어서 칠판에 붙였고 케이크를 준비했다. 그리고 복도에서 일렬로 서서 한 명씩 츄파춥스를 들고 교탁에 있는 선생님께 드렸다. 비록 작은 막대 사탕이지만 그걸 드리는 우리 마음에는 세상에서 가장 아름다운 장미꽃이 한 송이씩 피어 있었다. 색종이 고리는 우리가 2학년으로 올라갈 때까지 내내 교실 문에 붙어 있었다. 우리는 2학년이 되고 싶지 않았다. 선생님과 헤어지기 싫었고 영원히 함께 있고 싶었다. 장미꽃보다 더 아름다운 우리 최혜정 선생님, 정말 사랑합니다.

* * * *

사랑하는 내 딸 혜정아! 너는 집안의 환한 빛이었지.

"하이, 엄마!"

낭랑한 고음의 목소리와 함께 현관문을 열고 네가 들어오면 저녁 무렵 어두침침했던 집 안이 환하게 밝아졌단다. 너는 거실을 가로지르며 콧노래를 부르곤 했어. 샤워를 하면서도 노래를 불렀지. 밝은 성격이었던 너는 뭐랄까, 그냥 믿음이 가는 애였어. 살아가는 동안 한 번도 힘들게 한 적이 없었고 늘 스스로 알아서 모든 일을 척척 해내곤 했으니까. 엄만 때로 생각했지. 어쩜 저렇게 예쁜 딸이 엄마한테 왔을까.

엄마는 처음 네가 왔던 순간을 기억한단다. 아빠와 결혼해서 신혼의 단꿈에 젖어 들고 있던 때였지. 배 속에서 너의 기척을 느꼈을 때 엄마는 몹시 기뻤단다. 동네에 있는 사진관 앞을 오며 가며 엄마는 예쁜 아기 사진 앞에서 발을 멈추곤 했어. 예쁜 아기 사진을 보면 예쁜 아기를 낳는다고 들었거든. 우리 아기는 어떤 모습일까? 어떤 눈망울을 하고 있을까? 아직 태어나지 않은 너를 상상하는 그 순간이 좋았단다.

엄마는 서른 살이었지. 당시에는 노산의 나이였기에 걱정이었다. 그래서 자주 걸었단다. 걱정했던 것과는 달리 모든 것이 순조로웠어. 출산이 가까워졌을 때 할머니가 해 주셨던 말씀대로 병원 입구에 있는 계단에서 날달걀 세 개를 먹었지. 그렇게 하면 아기를 잘 낳을 수 있다고 했거든. 그래서 그런지 새벽 여섯 시부터 시작되었던 진통은 낮 한 시 반에 끝났단다. 사당동에 있는 산부인과 분만실이었어. 생뼈가 벌어지는 고통 속에서 엄마의 바람은 단순하고 소박했단다. 그저 건강한 아이였으면. 손가락 발가락이 더도 덜도 말고 열 개씩이었으면.

1990년 11월 26일 혜정이 너를 낳았어. 자연분만이었지. 너는 온 힘을 다해 구불구불한 산도를 빠져나왔고 바깥세상에 머리를 내밀었다. 엄마가 바라던 대로 예쁜 여자

아기였단다. 곧 이름을 얻었지. 은혜 혜(惠), 밝을 정(晶), 혜정. 돌 전까지 너는 많이 울었어. 하도 울어서 어느 눈이 많이 온 날 아빠는 빌라 옥상에서 눈사람을 만들고 바닥에 '최혜정 울보'라고 써 놓았지. 모유를 두 달 먹다가 우유로 바꾼 뒤에는 잘 먹지 않았어. 또 낯가림이 많아서 낯선 남자를 보기만 해도 업힌 채로 한참을 울었어. 엄마는 네가 잘 안 먹고 잘 울어서 한동안 힘들었단다.

갓난아기 때 너는 똘망똘망 잘생긴 얼굴이었어. 아빠를 쏙 빼닮았지. 그 탓에 사진관에서 오해를 샀단다. 오죽했으면 돌 사진을 찍으러 갔는데 남아 옷을 주었을까? 뒤늦게 여자아이 옷으로 갈아입혔더니 어울리지 않아서 다시 남자아이 옷으로 바꿔 입어 사진을 찍었지. 그래서 혜정이 너는 사내아이처럼 사모관대를 쓰고 있었던 거란다.

너는 점점 이목구비 또렷한 예쁜 여자아이 모습이 되었단다. 하얗고 갸름한 얼굴에, 반달로 빛나는 초롱초롱한 두 눈, 오똑한 콧날, 새초롬히 꾹 다물고 있는 입술을 하고 있었지. 아빠는 너를 데리고 다니는 것을 좋아했단다. 밖에 나가면 지나가던 학생들이 "아이, 너무 예쁘다" 하면서 걸음을 멈추곤 했지. 그렇다고 해서 너를 공주처럼 키운 것은 아니었다. 아빠와 엄마의 교육 스타일은 자유롭게 풀어 놓고 스스로 자라기를 바랐지. 혜정아 너는 잘 알지 않니? 네 아빠는 인생의 가치를 부와 성취보다는 자유와 사랑에 두는 사람이었고 무엇보다도 여행을 좋아했다는 것을 말이다.

네가 다섯 살이 되었을 때 아빠는 세 살인 보경을 함께 데리고 서울대공원 동물원에도 자주 갔단다. 동물원 사슴 우리 앞에서 사진 찍을 때가 떠오르는구나. 가까이 다가오는 사슴이 무서워서 철조망이 가로막고 있는데도 너는 자꾸 뒷걸음쳤지. 그 모습이 귀여워 찰칵, 사진을 찍었어. 사진 속 너의 겁먹은 눈망울이 얼마나 천진난만했는지 몰라. 막내 익수가 걸을 수 있게 된 뒤로는 동작동 뒷산에서 시작해서 국립현충원으로 이어지는 길을 매일 같이 산책하곤 했단다. 동네 아이들도 두어 명 끼어서 말이야.

넌 어려서부터 영특했단다. 하긴 엄마들은 다 자기 아이가 천재인 줄 알기는 하지만 말이야. 18개월부터 숫자와 알파벳 퍼즐을 다 맞추었거든. 그리고 인사를 아주 잘

했어. 엘리베이터 안에서나 슈퍼 앞에서 이웃들을 만나면 낭랑한 목소리로 "안녕하세요?" 하고 인사를 해서 어른들이 좋아했지. 그래, 우리 혜정인 영락없는 모범생이었어. 방배동에 있는 아람유치원에 다닐 때도 선생님이 여기 있어라, 하면 선생님이 다시 올 때까지 그대로 그 자리에 있었다고 했어. 초등학교 1학년 때 엄마가 급식 도우미를 하러 학교에 가니 선생님께서 그러셨단다.

"혜정인 발표를 아주 잘해요."

다른 아이들은 그냥 손 들고 발표하는데 너는 항상 큰 소리로 "네, 최혜정, 발표하겠습니다" 하고 시작했다고 했어. 하루에도 일고여덟 번이나 발표를 했다고 그랬지. 그렇게 발표를 잘해서 선생님이 되었나, 싶기도 했단다. 초·중·고 내내 넌 우등생이었어. 항상 상장을 받아 왔고 졸업식 날에는 대표로 단상에 올라가 상장을 받기도 했지. 학원도 별로 다니지 않았고 엄마와 드라마도 잘 보았는데 언제 공부를 했는지 몰라.

중앙도서관이 네가 공부하는 곳이었어. 고등학생이 된 이후로 넌 늘 그곳에 갔지. 출입문 대각선 구석 자리가 너의 지정 좌석이었다고 하더구나. 그곳에서 원서로《연을 쫓는 아이》를 읽는 것을 언젠가 네 친구가 봤다는구나. 그러다 지치면 도서관 뒤의 공원에서 간식을 먹으면서 쉬었다고 해. 도서관 앞 포장마차에서 샌드위치도 가끔 사 먹었다지? 한번은 포장마차 아저씨와 우리나라 비정규직의 실상에 대해서 열띤 토론을 나누기도 했다고 들었어.

고등학교 3학년 때 네가 썼던 수첩을 보면 이런 말이 적혀 있었어.

키 크자.
지덕체를 갖추자.
집에 가면 티브이를 보지 말자.

키 크자고 쓴 것은 네가 공군사관학교를 가고 싶어했기 때문이고 티브이 얘기는 네가 하도 드라마를 많이 봤기 때문인 것 같아. 스스로 공부한 덕에 넌 고등학교 때부터 장학금을 받았어. 두 번이나 수업료를 면제받았지. 그리고 네가 처음에 원했던 공군사관학교에서 역사교육으로 진로를 바꾸어 동국대학교 사범대학에 입학했단다.

대학에서도 넌 늘 최고의 학점을 받았어. 4학기는 만점을 받았고 나머지 학기도 그에 가까운 학점이었어. 교수님이 너의 답안이 모범 답안이어서 너의 답안지를 기준으로 놓고 다른 학생들 답안지를 채점하신다고 할 정도였지. 그래서 졸업할 때 사범대학교 수석이라는 영예를 누릴 수 있었어. 단과대학 수석은 총장님과 사진을 찍을 수 있는데 공교롭게 그날 교사 연수가 겹쳐서 졸업식에는 참석을 못했지.

혜정이 넌 동생들에게도 좋은 언니, 든든한 누나였어. 한 살 터울의 여동생에게는 뭐든 양보를 했고 많은 경우 져 주었지. 밖에서 네 말을 잘 따르는 친구들이 네가 여동생에게 쩔쩔맨다는 말에 놀랄 정도로 말이야. 남동생에게는 든든한 누나였어. 군대에 간 남동생 훈련 기간 동안 주말에 인터넷에 올라온 수천 명의 훈련병 사진 중에서 기어코 남동생을 찾아내서는 카톡으로 보내 주곤 했지. 인터넷 편지도 매일 써 주고 심심할까 봐 연예인 사진도 보내 주고 하면서 말이야. 엄마와 아빠가 1박 2일로 산에 오르는 날이면 혜정이 네가 있어 아무런 걱정이 없었지. 가위바위보로 식사와 설거지 당번을 정해서 세 남매가 공평하게 했으니까. 우리 집에서만이 아니었어. 집안 전체에서 맏이였던 너는 사촌 동생들도 잘 이끌어서 아주 짓궂은 사촌 남동생들도 네 앞에서는 꼼짝을 못 했단다.

우리 가족은 여행도 참 많이 갔었지. 거제도, 제주도, 안면도, 멀리 태국의 푸켓 등을 다녔지. 2013년 2월에 온 가족이 다시 제주도에 갔어. 보경이가 대학교 3학년이고 익수는 고등학교를 막 졸업했을 때였구나. 너는 임용시험 결과 발표를 앞두고 있었지.

여행 가기 전에 스케줄을 짜고 준비물을 챙기는데 너는 또 한 번 실력을 발휘했단다. 혜정이 넌 '레일-로'를 이용해서 혼자 국내 여행을 다녀온 적이 있었으니까. 엄마 아빠를 위해서 제주도 맛집 검색까지 꼼꼼히 해 두었어. 우리 다섯 식구 올레길을 함께 걷는데 얼마나 행복했는지 몰라. 정말 아무 걱정이 없었단다.

2013년 여름에 아빠는 엄마와 함께 일본 여행을 하던 중 벼랑에서 떨어지는 낙상 사고를 당했지. 일본에서 일주일간 치료를 한 후에 귀국해서 안산의 한도종합병원에서 40여 일 입원을 해야만 했던 제법 큰 사고였어. 교사로 부임한 뒤 첫 방학을 맞이했던 혜정이 네가 보충 수업을 하는 틈틈이 병실에 들러 아빠를 간호해 주곤 했지. 그때 다른 침상의 환자 보호자들이 다들 부러워했어. 어쩜 저렇게 극진한 딸이 있냐면서 말이야.

혜정아, 사랑하는 내 딸아.

너의 목소리. 옥구슬이 굴러가듯 낭랑한 그 목소리를 엄마는 잊지 못할 거야.

"하이, 엄마!"

"하이, 아빠!"

식탁 옆에 있는 벽 뒤로 자그마한 몸을 감추었다가 불현듯 모습을 드러내고는 환하게 부르곤 했던 네 모습을 잊지 못할 거야. 그렇게 맑고, 환하고, 사랑스러웠던 내 딸 혜정아. 매일 밤 엄마는 네가 현관문을 열고 들어오는 꿈을 꾼단다.

사랑하는 내 딸. 지금 가기엔 너무 아까운 내 딸아.

* * * *

내 사랑하는 조카, 혜정아. 너는 나의 친정에 태어난 첫 조카였단다.

너의 아버지는 3남 1녀의 장남이었고 너는 그런 오빠의 첫딸이어서 집안의 기대와 사랑을 한 몸에 받았단다. 우리 집안은 아주 화목한 집안이었단다. 너의 작은아빠들이랑 고모가 성장해서 도시로 나가 산 뒤에도 장수에 사시는 할아버지 할머니 집에 자주 모이곤 했어.

어렸을 때 너는 어땠냐고? 새침하면서도 얼마나 예뻤던지. 밖에 데리고 나가면 정말이지 세 번은 예쁘다는 소리를 들을 정도였어. 그런 말이 아니었어도 고모 눈에는 네가 세상에서 제일 예쁜 아이였단다. 그건 그때나 지금이나 마찬가지야. 한번은 대학생이었던 고모가 서울에 사는 오빠네 집에 간 적이 있어. 그때 오빠가 너를 안고 지하철역으로 마중을 나왔지. 핑크색 땡땡이 무늬가 있는 상하복을 입었을 거야. 어찌나 예뻤던지. 그런데 너는 알은체를 하는 고모를 쌩 하니 외면하더구나. 낯가림이 심했던 거지.

얼마 뒤 고모가 고모부가 될 사람을 집에 데리고 간 적이 있었어. 딸기를 사 와서 씻고 있는데 너는 그 딸기가 먹고 싶었나 봐. 까치발을 해서 싱크대 소쿠리에 담겨 있는 딸기를 넘보더구나. 다 씻은 딸기를 거실로 가져가서 널 보고 와서 먹으라고 했지. 그때 넌 낯선 어른을 발견한 거야. 바로 지금의 고모부 말이야. 그때도 그렇게 쌩 하니 고개를 외로 돌리고 끝까지 눈을 안 마주쳤지. 그러면서도 팔은 뻗어서 딸기를 계속 집어 먹었어. 고모부는 이때의 일을 갖고 두고두고 널 놀렸단다.

그래, 꼬맹이 시절에 고모 기억 속의 너는 예쁘면서 새침한 아이였어. 자라면서 차츰 너에게는 집안의 맏이다운 면이 많아졌어. 어른들이 모여 있는 자리에서는 옆에 말없이 앉아서 어른들 하는 얘기에 귀 기울였고, 집안 식구들이 모두 모였을 때는 어른들이 대화를 나누는 동안, 너의 동생 보경이와 익수, 그리고 사촌들인 지혜, 태윤이, 보용이, 명규, 은수를 돌보는 것은 언제나 너의 몫이었지. 너는 군소리 없이 집안의 큰언니, 큰누나 역할을 잘해 주었어.

혜정이 네가 대학생이었을 때야. 한번은 여름에 너에게 사촌 동생들을 데리고 캐리비안 베이에 가라는 특명이 떨어졌어. 자동차로 가면 어려울 게 없겠지만 너는 여섯 명이나 되는 동생들을 데리고 버스를 타고 가야 했지. 자동차로만 다녀 버릇하던 동생들은 툴툴거렸어. 셔틀버스 정류장이 강남역에 있는 줄 알았는데 신논현역에 있어서 강남역에서 다시 걸어서 이동해야 했거든. 그런 와중에 교통카드도 분실하고 비도 내려서 편의점에 들러 우산을 사야 했어.

너는 수영장 안 음식값이 비싸다며 한사코 김밥과 초코파이를 준비해 가서 보관소에 맡겼다가 나와서 먹고 들어갔다지. 그날 너는 한밤중에 동생들을 데리고 돌아왔지. 지쳐서 돌아온 너의 입에서는 불평 한마디 새어 나오지 않았단다. 이 모든 일들은 시간이 한참 지나서 알게 된 것이었어.

너는 할아버지 할머니에게도 속 깊은 손녀였단다. 네가 대학교 3학년 때의 일이었지. 할머니께서 편찮으셔서 서울 병원에 오래 계셔야 했어. 시골에 혼자 남은 할아버지 식사를 네 아빠가 걱정하시자 너는 여동생과 시골로 내려갔어. 거기서 너는 몇 날 며칠 할아버지 식사를 챙겨 드렸어. 레시피를 보고 청국장을 끓였는데 물을 너무 많이 넣어 찌개가 아니라 국이 되었다고 그래서 계속 그것만 먹고 있다고 너는 전화로 웃으며 말했지. 너는 명절에는 늘 동생 보경이랑 전을 부치곤 했어. 선생님이 되고 난 첫 겨울 방학에도 직장 일로 바쁜 엄마를 대신해서 시골에 가서 할머니를 도왔어.

네가 임용시험을 영어 과목으로 한다고 해서 고모는 약간 불안했어. 그런데 1, 2차를 거뜬히 합격해서 고모의 기분은 날아갈 듯했단다. 너는 3차 시험을 앞두고 고모 집에 왔지. 3차 시험은 북부교육청에서 2박 3일 일정으로 잡혀 있었는데 안산에서는 다소 멀었기 때문이야. 그때도 너는 옷을 사 준다는 고모의 제안을 정중하게 거절했지. 도시락을 싸 가야 했는데 고모가 힘들까 봐 전날 죽을 사 올 정도로 너는 폐를 끼칠 줄을 몰랐어. 고모가 준 택시비도 보용이 책상 서랍에 고스란히 넣어 두고 갔더구나.

혜정아, 너는 그런 아이였어. 아니, 아이가 아니지.

고모 마음속에는 예쁜 어린아이로 남아 있지만 너는 어느새 독립적인 여성이 되었던 거야. 너의 아빠와 엄마는 너를 그렇게 키웠어. 검소한 가운데 스스로 자기 일을 해내는 자립적인 인간으로 말이야. 네가 자라면서 대학에 입학하고 장학금을 탔을 때, 도서관에서 파고든 공부만으로 당당히 교사 임용시험에 합격했을 때, 사범대 수석으로 대학을 졸업했을 때, 그럴 때마다 오빠의 어깨는 자부심으로 한껏 펴지곤 했지. 할아버지 할머니도 무척 대견스러워하셨어. 임용시험 합격 소식을 들었을 때 평소에 표현을 잘 안 하시던 할머니조차 길가에 나가 덩실덩실 춤을 추고 싶다고 하실 정도였어.

혜정아, 고모부와 고모는 그런 얘기를 한단다. 너처럼 명석한 아이가 그날 상황 파악을 못 했을 리가 없다고 말이야. 너는 알면서, 다 알면서, 너의 제자들이 있는 그곳으로 내려갔을 거라고 말이야. 그게 너의 뜻이라면 받아들여야겠지만…… 혜정아, 고모의 마음은 차마 너를 보내기가 어렵구나. 나의 사랑하는 조카 혜정아.

* * * *

혜정! 너는 막막한 이십대 초반에 만났던 의지할 만한 유일한 친구였어. 누가 너처럼 있는 그대로 받아 주고 충고해 주고 격려해 줄 수 있을까?

우리는 09학번 동기로 만나 친하게 지냈지. 안산에 살아서 너와 유달리 친했던 애선이, 지금 울릉도에 공무원으로 가 있는 혜수, 학생회 일로 늘 바빴던 미진, 그리고 혜정이 너와 나(현정) 이렇게 다섯이었어. 우린 늘 같이 다녔어. 수강 신청을 같이 했고 강의를 같이 들었고 공강 시간에는 카페나 빈 강의실에서 수다를 떨었어. 우리가 가장 많이 애용했던 곳은 팔정도 길이었어.

혜정아, 기억나니? 팔정도 길 말이야. 우리는 강의가 없는 빈 시간이면 그곳에 앉아 연애 얘기며 미래에 우리가 갖게 될 직업에 관한 얘기들을 나누곤 했잖아.

한번은 식품영양학과 학생들의 실험 대상이 되었던 적도 있었지. 소금을 뿌려 놓은 비스킷을 먹고 기억력을 테스트하는 거였지, 아마. 그때 그 짠맛이란. 우리는 오만상을 찌푸리면서도 실험에 참가해서 선물로 초콜릿을 받았어. 그러곤 곧 그 달콤한 초콜릿 맛에 젖어 들었지.

혜정아, 네가 얼마나 자랑스러운 동기인 줄 아니? 역사를 좋아했던 네가 역사교육학과에 온 것은 당연한 일이었어. 그런데 우리가 2학년이었던 2010년도에 역사 교과는 교사 채용이 거의 바닥에 가까웠어. 우린 절망했지. 넌 영어로 전과를 결심하면서 복수 전공으로 통번역을 신청했어. 그로 인해 들어야 할 학점은 늘어났지만 넌 마지막 학기에 계절 학기까지 들어가면서 그 모든 과정을 우수한 성적으로 이수했지. 그런데도 넌 늘 웃는 얼굴이었고 이따금 복도에서 만나면 서로 다른 강의실로 가기 전 교수님이 강의실에 들어오시기 직전까지 이야기를 나누었지. 일분일초를 아쉬워하면서 말이야.

넌 모든 일에 열심이었어. 어학연수를 가는 대신에 전화 영어를 신청해서 매일 영어로 통화를 나누었고 쉬는 시간마다 영어 단어를 외웠어. 그러면서도 우리 오총사를 만나면 언제나 달콤한 미소로 반겨 주었지. 임용시험에 합격한 뒤로는 휴학하느라 늦게 도전하게 된 동기들에게 위로의 밥과 술을 사 준다고 연락하느라 바빴어.

혜정아, 나의 친구야. 우리가 참가했던 그루터기라는 과 학회 이름처럼 너는 우리들의 그루터기 같았어. 커다란 나무 밑둥처럼 든든한 존재였어. 너와 함께했던 답사들, 과 행사, 뒷풀이…… 언젠가 우리는 충무로에서 종로까지 걸어간 적도 있었어. 서울의 거리를 두 다리로 느껴 보고 싶어서 말이야. 그런 날들이 다시 왔으면 좋겠어. 너와 함께 걷거나 쇼핑하거나 답사를 떠날 수 있는 그런 날들이. 아니, 아무 것도 하지 않아도 좋아. 네가 다시 내 곁으로 올 수만 있다면. 내게 언제나 믿음직한 그루터기 같았던 혜정아.

****

죵죵! 나는 은덩이야. 아니 은정이. 너나 나나 이렇게 별명으로 불러 보다니 정말 오랜만이야. 안산 중앙동의 커피숍에서 수다를 떨 때처럼 말이야. 고등학교를 졸업한 뒤에 뿔뿔이 흩어진 뒤에도 이따금씩 모여들던 우리의 아지트 생각나지? 우린 대학생이 된 낯선 감정과 각자가 다니는 대학교의 분위기와 우리들의 알 수 없는 미래에 대해 몇 시간이고 떠들어 대곤 했었지. 미래뿐만이 아니었어. 우리들의 고등학생 시절도, 중학생 시절도 몇 번이고 이야기되었지.

중학교 1학년과 2학년 때 한 반이었던 유란이는 너와 같은 아파트 단지에 살기도 해서 네 얘기를 많이 해. 네가 중 2때 '반에서 가장 예쁜 아이'로 뽑혔다는 사실도 유란이가 알려 줬지. 중학교 3학년 때부터인가 차츰 너는 역사의식이 강하고 정의감이 있는 여학생으로 변해 갔대. 그때 너의 꿈이 군인 또는 역사 선생님이었다는 말을 듣고 우리는 무릎을 쳤단다. 이제야 네가 택한 진로가 이해된 거야. 고등학교 때 처음에는 네가 공군을 지원했잖아. 그러다가 역사교육과로 진로를 바꾸게 되었지. 이제 보니 중학교 때부터 너의 마음속에는 선생님이 자리 잡고 있었나 봐.

주말마다 고잔동 광장에 있는 극장에서 조조 영화를 보았다는 얘기며, 수학여행 때 같은 방의 아이들에게 고스톱을 가르쳐 준 얘기며, 〈너에게 난 나에게 넌〉이라는 노래를 좋아했다는 얘기며, 네가 제일 좋아했던 다섯 인물이 김남일, 조승우, 브래드 피트, 디즈니, 힐러리 더프라는 얘기도 들었어. 고등학생이 되자 너는 스케이트 쇼트 트랙의 안현수를 좋아하게 되었다고 했지. 캄보디아를 여행하고 있을 때 네가 유란이에게 카톡을 열심히 하던 모습이 생각나. 소치 올림픽 때 러시아 대표로 참전한 안현수를 응원하기 위해서 말이야.

죵죵! 우리의 처음이자 마지막 여행인 앙코르와트 유적지를 기억하니? 캄보디아의 앙코르와트에 가자고 한 사람은 죵죵이 너였어. 커다란 나무가 사원을 먹어서 삼키고 있기 때문에 사원이 곧 무너질지 모른다고 그러기 전에 가서 봐야 한다고. 죵죵이 너는 스프링 노트에 사흘치 일정을 빼곡하게 적어 왔지. 캄보디아의 신화와 전설에 대해 어찌나 열심히 공부했던지. 그뿐이 아니었지. 혹시나 있을지 모를 풍토병에 대비해서 예방 주사를 맞으러 보건소까지 갔다고 했어. 물론 예방 접종은 거절당했다지만 말이야.

너의 열성으로 나와 너, 그리고 지은이는 드디어 캄보디아행 비행기에 오를 수 있었어. 앙코르와트 유적지에서 조각상 앞을 지나갈 때마다 공부는 진가를 발휘했지. 마치 가이드처럼 죵죵이 너는 우리에게 설명해 주곤 했어. 우린 가끔 핀잔을 주기도 했지만 실은 네가 그렇게 설명해 준 것이 좋았어.

여행은 그 사람의 숨김없는 모습을 보여 준다더니 우리도 앙코르와트 여행에서 너의 모습을 새롭게 알았단다. 후훗, 좋좋이 너 은근히 겁이 많더구나! 하긴 그즈음에 캄보디아에서 성폭행 사건이 있었다니까, 그것도 여자 세 명이 여행할 때 일어났다니까 네가 걱정했던 것도 무리는 아니었지. 하지만 우리들만의 첫 여행인데 야시장을 구석구석 돌아다니지 못한 것은 무척 아쉬웠어. 위험하다며 너는 한사코 큰길 안쪽에 있는 골목길에 들어가지 않으려 했지. 골목길 안쪽에서 카바이드 불빛이 출렁거리고 행거에 걸린 형형색색의 옷들이 우리를 잡아끄는데도 말이야.

호텔에서 잘 때는 밤새 이상한 벌레 소리가 들렸지. 찌르륵 찌르륵. 나중에 알고 보니 그건 도마뱀이 우는 소리였더구나. 좋좋이 너는 어렸을 때 동남아 여행에서 도마뱀에 놀란 경험담을 이야기해 주었지. 우리는 한방을 쓰게 되었어. 더블 침대에서는 나와 지은이가 자고 좋좋이 너는 싱글 침대에서 잤지. 그런데 한밤중에 소동이 일어나고 말았어. 무엇인가 우당탕거리더니 룸 안에서 침대로 뛰어드는 소리가 나고 놀래서 불을 켜 보니 너는 씩씩거리며 더블 침대에 서 있었어. 좋좋이 너는 말했지.

"강도가 든 줄 알았어. 더블 침대 가까운 문 쪽으로 너희들을 내보내려고 했어. 왜냐고? 너희들을 피신시키고 내가 강도를 제압하려고 말이야."

실은 내가 몽유병처럼 한밤에 자다 깨서 돌아다니는 습관이 있어. 그날도 한밤중에 자다 깨서 비몽사몽 간에 돌아다니다 캐리어에 걸려 넘어진 거야. 그 방 지금도 생각나. 불을 켜기 전까지 한 치의 불빛도 없는 칠흑같이 어두운 곳이었어. 낯설고 캄캄한 그곳에서, 무슨 일이 일어났는지도 모르는 그 상황에서 너는 우리들을 구할 생각을 한 거야. 좋좋, 그게 너였어. 자신보다는 친구들을 먼저 생각하는 사람이었어. 어떡하지? 울지 않으려 했는데, 좋좋! 너를 생각하면 자꾸만 눈물이 나.

오래전 고등학교 때의 일이 생각나는구나. 너는 그때도 의협심이 강했어. 몸집도 조그만데 어디서 그런 강단이 나오는지 노는 아이들한테도 전혀 쫄지 않았지. 어느 날 점심시간에 교실에서 있었던 일이었어. 덩치가 크고 좀 노는 아이가 몸집이 작은 한 아이를 지나가면서 툭 쳐 놓고는 도리어 큰소리를 친 일이 있었어. 그걸 본 죵죵이 너는 덩치 큰 아이한테 다가갔지.

"너 왜 그래? 저 애가 잘못한 거 하나 없는데. 사과해라."

죵죵이 너의 당당함 때문이었을까? 덩치 큰 아이는 죵죵이 네가 말한 대로 가서 사과를 했지. 너는 부당한 것을 보면 참지 못했던 것 같아. 고2 때도 남자애들이 잘못한 일이 있으면 네가 나서서 뭐라 했던 기억이 나. 그럴 때마다 신기하게도 남자애들은 네 말을 잘 듣곤 했어. 왜 그랬을까? 너의 말이 옳았으니까. 또 너는 흠 잡힐 일을 한 적이 없을 뿐만 아니라 의리가 있는 아이였으니까.

여행 마지막 날에는 카누처럼 폭이 좁은 배를 타고 톤레삽 호수 안쪽으로 들어갔지. 우리가 우스갯소리로 똥내삽이라 부르는 호수였어. 호수의 물빛은 조금 탁했지만 고요했고 우리는 깊고 깊은 호수의 안쪽으로 둥둥 떠내려갔지. 이 세상이 아닌 다른 세상에 가닿는 느낌이었어. 우린 같이 오지 않은 다른 친구들을 떠올렸지.

고잔고등학교에서 2학년 때 만났던 나(은정), 사라, 상지, 유란이, 주희, 지은이, 그리고 너 죵죵이, 우린 이렇게 칠총사였어. 여행이 끝나면 다른 친구들에게 코코넛 쿠키를 선물로 사 가기로 했어. 하지만 여행이 끝난 시간은 아직 생각하고 싶지 않아. 톤레삽 호수 위에서 너와 함께 계속 떠 있고 싶어. 앙코르 왕들의 이야기를 들려주는 너의 목소리와 호수 수면 위에 비치는 너의 눈빛, 배가 호수를 가를 때마다 튀기는 물방울에 내미는 너의 손길, 그 모든 것과 함께 계속 있고 싶어.

아직도 여행 중인 그대, 이제 그만 돌아와요

고창석 선생님(체육)

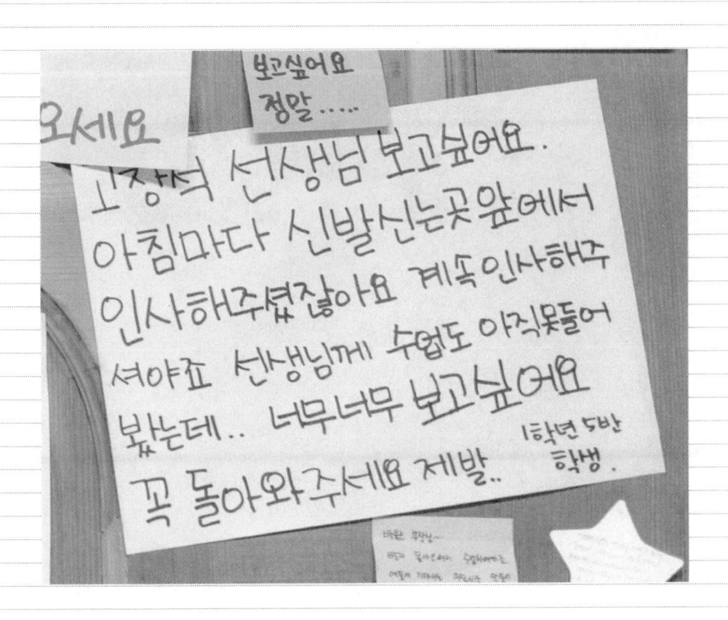

1. 짧은 머리가 잘 어울리는 고창석 선생님.

2. 체육 대회에 제자들을 응원하면서.

3. 두 아들과 강원도 여행 중에.

아직도 여행 중인 그대, 이제 그만 돌아와요

* 고창석 선생님은 2015년 12월 현재 아직 세월호에 있다.

어디에서도 찾을 수 없는 그대. 지금 그대는 어느 길 위에서 서성이는가. 천지에 온갖 봄꽃들이 만개한 그날, 그대가 가벼운 설렘을 안고 신록처럼 푸르른 아이들과 함께 바다 건너 여행길에 나선 지도 어느덧 500여 일.

이곳에서는 계절이 바뀌고 또 바뀌어 그대 없이 맞는 가을이 두 번째 찾아들고 있다. 온 산에 그리움처럼 홍엽이 깃들고, 날로 푸르게 깊어 가는 강물이 속삭이듯 조용조용 외로움의 노래를 흘려보내며, 부지런한 짐승들이 겨울 채비로 부산해지는 계절이 어김없는 약속처럼 우리 곁으로 돌아온 것이다.

덩달아 조급해진 사람들의 발걸음 역시 바빠졌다. 모두들 시린 마음을, 빈손의 허전함을, 어떻게 해도 채울 수 없는 생의 외로움을 애써 외면하며 마지막 판돈을 걸 듯 한 가닥 희망을 다가올 내일에 걸고 오늘도 변함없이 분주한 하루를 보내고 있다.

아무 일 없었다는 듯 여일하게 이어지는 일상 속에서 찾을 수 없는 것은 오직 그대의 흔적뿐. 무심한 바람결에 한 가닥 소식이라도 전해 올 법한데 오늘도 감감무소식인 그대는 어디에 있는가. 어느 길 위에서 헤매느라 우리를 잊었는가.

아직 채 어둠이 가시지 않는 새벽, 당신은 거울 앞에 있다. 짧게 깎은 머리칼을 아르간 오일이 섞인 컬 크림을 발라 정리하고, 마음을 다잡듯 주홍과 푸른빛이 엇갈린 체크무늬 넥타이를 추스르고, 몸에 꼭 맞는 감색 양복을 걸친 뒤 거울 속의 자신의 앞과 뒤태를 번갈아 살핀다. 그리고 이만하면 괜찮다는 듯 살짝 미소를 지은 뒤 욕실을 나선다.

희붐한 어둠 속에 잠겨 있는 거실 안은 집기들이 빼곡히 들어차 있지만 낯익은 공간이기도 해서 헤맬 필요는 없다. 그런데도 당신은 기척을 죽이려 고양이 걸음으로 거실을 가로지른다. 아직 잠에 빠져 있는 아내와 아이들을 깨우고 싶지 않기 때문이다.

출근 준비의 마무리를 욕실에서 한 것도 그 때문이다. 현관 앞에 이르자 당신은 잠시 걸음을 멈추고 바로 옆의 방문을 조심스레 열고 고개를 드민다. 그리곤 곤히 잠들어 있는 두 아이를 차례로 훑어본 뒤 조용히 방문을 닫는다.

엘리베이터가 내려가는 동안 당신은 자신의 매무새를 다시 한번 더 가다듬는다. 옷차림도 그렇고, 어젯밤 큰아이가 고사리 손으로 닦아 준 구두까지 말끔해 마음이 흡족하다.

출근길에 마주치는 동료들 가운데 더러는 "출근도 추리닝 입고 하지 그래. 어차피 학교에 있는 대부분 운동복 입고 있어야 하잖아!" 하는 이들이 있다.

그럴 때마다 당신은 "나는 학생들을 가르치는 교사야. 그리고 체육도 학문이고, 절대 가볍게 다룰 수 없지"라고 대꾸한다.

교직에 들어선 지 올해로 15년 차, 요즘 들어 당신은 출근길에 더 몸과 마음을 다잡곤 한다. 내내 중학교에서 근무하다 고등학교로 옮겨 온 지 이제 한 달이 채 되지 않는다. 새로운 각오와 다짐이 필요한 시기다. 더구나 입학한 순간부터 대입의 무게에 짓눌려 살아야 하는, 질풍노도의 시기를 맞고 있는 아이들 앞에 선다는 것은 특별한 마음가짐이 있어야 한다.

가장 순수하고 정직하고 열정에 빛나야 할 보석 같은 아이들이 불합리한 제도와 치열한 경쟁에 휩쓸려 고통받으며 참고 참다가 어느 순간 어디로 튀어 나갈지, 아니면 스스로도 주체할 수 없는 분노에 떠밀려 언제 폭발할지 모를, 언제든 가슴 쓸어내리게 하는 상황이 벌어질 것에 늘 대비하고 있어야 한다고 당신은 생각한다.

게다가 아이들의 권리와 인권을 지켜 주는, 학생생활인권부의 직책을 맡고 있는 당신은 그 책임의 막중함을 몇 배나 더 무겁게 인식하고 있다. 지금 옷매무새를 가다듬고, 마음을 다잡고, 다른 사람보다 먼저 출근하는 것도 학생생활인권부 활동 중 하나인 아이들의 등교 지도를 해야 하기 때문이다. 어제의 지친 몸과 마음을 하룻밤 새 말갛게 씻어 내고 생기발랄하게 웃으며 "안녕하세요, 또치 샘!" 하고 인사할 아이들과 일일이 눈 맞추며 웃어 주기 위함이다.

"안녕! 너 오늘 더 근사하구나!"

미처 이름은 외우지 못했어도 얼굴은 눈에 익은 아이가 인사하면 약간은 미안한 마음에 더 큰소리로 격려해 주기 위해서다.

"그래, 오늘도 파이팅하자!"

10월은 연어가 돌아오는 계절이다.

당신의 고향, 양양의 남대천에는 가을이면 어김없이 연어가 찾아온다. 그리고 회귀하는 연어 떼에 이끌리듯 많은 사람들이 이맘때의 남대천을 찾는다.

강에서 태어나 이내 바다로 나간 연어는 차가운 알래스카만이나 베링해 일대를 몇 년 동안이나 떠돌다 때가 되면 산란을 위해 자신이 태어난 강으로 되돌아온다고 한다. 멀고 먼 길을, 오직 번식을 위해 먹지도 않고 자지도 않고, 태어난 강으로 찾아와 산란 후 죽음을 맞는 생명의 경이로움, 자신의 뿌리를 찾아 어머니의 강으로 되돌아오는 귀소 본능, 고통을 참으며 거침없이 세찬 물살을 거슬러 튀어 오르는 연어 떼의 장엄한 모습에 사람들은 감탄하고 또 특별한 감정을 느낀다.

연어의 신비로운 삶의 궤적을 생각하며 아련한 감상에 젖어 자신의 삶을 되돌아보고 새삼스레 삶과 생명과 가족과 고향 등을 떠올리는 것이다. 그래서 수많은 사람들이 매년 귀향하듯 연어를 보러 10월의 남대천을 찾는다.

누구보다 고향을 사랑하는 당신 역시 연어가 돌아오는 즈음이면 가족과 함께 이곳을 찾곤 했다. 어린 시절 당신이 누렸던 것들, 천혜의 자연과 그 자연환경이 주는 풍요로움을 자식들도 느낄 수 있기를 바랐다. 하지만 이번에는…… 홀로인 채다. 사고 후 고향을 찾아온 것도 처음이다. 누군가의 볼을 어루만져 주는 한 줄기 바람이듯, 청명한 하늘에 떠 있는 한 조각 구름이듯, 아니면 가을날 이른 아침 풀섶에 맺히는 한 방울의 이슬이듯, 가볍고도 자유로운 몸이 되어 당신은 고향 마을과 작별 인사라도 하고 싶은 건가. 고향 땅 어디를 둘러봐도 생생하게 떠오르는 추억과 추억 속의 사람과 그것에 담긴 이야기들을 안고.

'해오름의 땅', 양양의 10월은 굳이 연어가 아니라도 사람들을 끌어들일 만큼 매혹적이다. 100여 리에 이르는 해안 어디를 가도 항구와 백사장과 기암괴석들이 어우러진 절경을 볼 수 있다. 특히 관동 팔경 중 제일로 꼽는 낙산사 의상대의 일출을 보거나, 기암절벽 위의 노송과 육각정인 하조대가 어우러져 빚어내는 풍광의 절묘한 조화에 감탄하거나, 아니면 해송 가지를 흔드는 바람과 부서지는 파도의 포말과 눈부신 햇빛 속에 서 있으면 세상의 잡다한 일상 따위는 까마득히 멀어짐을 느낄 수 있다. 거기에 설악의 단풍, 자연만이 줄 수 있는 송이의 향취와 맛, 무엇보다 드넓은 바다에서 즐길 수 있는 해양 레포츠의 짜릿함에 취해 본 사람이라면 옛사람이 남긴 '이 지역을 한 번 거친 이는 저절로 딴 사람이 되고, 10년이 지나도 그 얼굴에 산수 자연의 기상이 서려 있게 된다'는 말에 저절로 고개를 끄덕이게 될 것이다.

특히 당신이 자란 곳, 손양면의 수산항에는 최근 들어 요트 마리나와 어촌 체험 마을 등이 조성되어 사시사철 관광객들을 끌어들이고 있다. 동서남북 사방으로 뚫린, 새로운 도로들이 길을 트고 오가는 시간을 단축시켜 준 것도 크게 한몫 거들었을 터이다.

당신이 아직 소년이었을 때, 고향 마을은 한적하고 평화롭지만 세상과 동떨어진 외진 고장이었다. 동쪽으로 바다가 있고 서쪽으로는 태백산맥에서 뻗어 나온 산악이 중첩되어 외지와의 소통이 원활하지 못했다.

그렇지만 또 넓은 바다와 겹쳐진 산악들이 북서 계절풍을 막아 주는 덕에 비교적 기온이 높고 강수량이 많아서 산물들이 풍족했다. 탁 트인 바다와 빼어난 산들과 넓은 들과 풍요로운 강들은 선사 시대 이래 이 고장 사람들의 의식주를 풍족하게 채워 줬을 뿐만 아니라 심신이 지친 이들에게는 충분한 휴식을 취할 수 있게 해 주었다. 당신 또한 천혜의 자연환경 속에서 그 누구보다 밝고 건강하고 명랑하며 사랑이 많은 소년으로 자랐다.

집안 형편이 부유한 편은 아니었지만 5남 1녀의 형제 중에 막내인 당신에게 쏟아진, 온 가족의 관심과 애정으로 무엇 하나 부족함 없이 소년 시절을 보낼 수 있었다. 지금의 당신이 바르고 넉넉한 품성과 느긋한 성격으로 주변 사람들을 위해 배려하고 양보하고 희생하는 것도 모두 그런 소년 시절을 보냈기 때문이리라.

오랜만에 고향을 찾은 당신의 발길이 향한 곳은 스산한 분위기가 감도는 폐교이다. 풍광 좋은 절경이며, 사람들이 북적이는 해안가보다는 언덕배기에 버려진 듯 서 있는, 당신의 몸과 정신을 살찌웠던 모교이기도 했던 곳을 당신은 조금은 설레고, 조금은 허전하고, 그보다 더 큰 실망감을 안고 둘러본다.

이곳도 한때는 관광객들의 발길이 끊이지 않던 곳이다. 90년대 말 숱한 농어촌 분교가 그랬듯, 점차 입학생들이 줄어들자 문을 닫았다가 이내 소설 쓰는 사람과 도자기 굽는 사람 둘이서 둥지를 틀고 관광객을 불러들였던 때문이다. '핸드메이드'라는 이름처럼, 공방 주인은 찾아온 사람들이 직접 도자기를 만들고, 원하면 자기가 만든 그릇을 구워 가져갈 수 있는 도자기 체험 교실을 운영했다.

"바쁜 일상에 지친 사람들이 잠시나마 추억 속의 어린 시절로 돌아가 마음껏 뛰어놀고 갔으면 하는 바람도 있어요."

그이의 말처럼, 폐교는 잠깐 동안 30여 년의 세월을 뛰어 넘어 동심으로 돌아가게 해 주는 공간이었다. 여직 귓가를 울리는 동요 가락이 흘러나올 것 같은, 오래된 풍금이며 키 작은 책상과 의자, 녹슨 연탄난로 등이 놓인 교실은 예전 그대로 남아 있어 아련한 그리움 속에 빠져들게 했다.

그래서 당신도 어느 햇빛 좋은 봄날 아내와 함께 이곳을 찾은 적이 있다. 점토를 주물러 원하는 문양을 붙인 도자기 컵과 인형들을 만들고, 작은 도서관에서 책을 고르고, 염직물들이 놓인 염색실을 둘러보다 휴게실에서 마신 차 한잔의 향기까지, 그 모든 기억들이 여태 생생하다. 특히 그즈음 큰 인기를 끈 〈가을동화〉라는 드라마의 촬영지로 소개된 탓에 멀리 바다 건너 외국인들까지 드라마 속 주인공들의 흔적을 좇느라 '준서의 작업실'이며 '은서의 방'이며 도자기와 공예품들이 전시된 전시장을 둘러본 뒤 휴게실에서 자신이 마신 찻잔을 기념품 삼아 가져가기 위해 끊임없이 찾아오는 바람에 생겨난 북적거림이 당신은 좋았다.

그러나 지금 이곳에는 스산함만이 가득하다. 아이들이 땀을 뻘뻘 흘리며 뛰어다닐 것만 같은, 드넓은 운동장은 지난밤 내린 비로 군데군데 물웅덩이가 생겼고, 교문 왼편으로 놓인 철봉대는 대부분 칠이 벗겨져 더욱 초라해 보이는 데다 건물 앞에 놓인 녹슨 교단은 건드리지 않아도 금방 쓰러질 듯 위태롭다. 모여드는 사람들의 안전 문제를 고려한, 건물의 소유주인 양양교육청이 노후한 건물의 붕괴 위험을 이유로 폐쇄 조치를 취한 탓에 사람들의 출입이 금지되고 관리가 전혀 안 되고 있기 때문이다.

당신처럼 추억을 찾아 가끔 이곳을 찾는 사람들은 굳게 닫힌 철문에 채워진 자물통을 한번 흔들어 보고는 씁쓸한 감정을 안고 떠나간다. 당신이라고 또 이곳을 찾는 날이 있을까, 그것도 이제는 홀로 떠도는 처지인데, 옛 추억이 더 당신의 발길을 무겁게 만들 뿐인데. 당신은 먼지가 더께로 쌓인 복도를 지나고, 삐걱대는 마룻장 위를 까치발로 걸어, 함부로 버린 쓰레기들이 널린 교실들을 차례로 둘러보다 한숨처럼 무거운 발걸음을 돌린다.

한밤중, 가족들은 깊이 잠들어 있고 당신은 침대 발치에 앉아 그들을 지켜보고 있다. 간혹 두 아이 중 하나가 이불을 걷어차면 여며 주고, 흐느끼듯 숨을 토해 내는 아내의 이마를 쓸어 주기도 하지만 그것은 상상 속의 그림일 뿐, 이젠 그 간단한 행위조차 당신 영역 밖의 일이다. 그저 당신이 할 수 있는 건 지켜보는 것. 온 마음을 다해 그들이 느끼는 상실감이 조금씩 줄어들기를 바라는 것. 아내는 지난 초봄에 두 아이와 함께 오랫동안 살던 안산을 떠나 멀리 남쪽 도시로 이사했다.

"아빠가 우리를 찾아올 수 있을까요? 우리가 이사한 걸 아빠는 모르잖아요?"

작은아이는 고속도로를 달리는 내내 몇 번이고 같은 말을 반복했다. 그럴 때마다 당신의 아내는 "아빠는 다 알고 계셔. 우리가 이사한 집을 찾아오실 거야"라고 대꾸했다. 아직 생과 사의 경계며, 생명이 다한다는 것의 의미를 이해할 수 없는 아이에게는 요령부득의 대답이었을 것이다.

모양도, 크기며 구조도 다른 아파트 안은 낯선 곳이면서도 어딘가 익숙한 분위기를 풍기고 있다. 이곳저곳을 둘러보던 당신은 한참이 지나서야 그 이유를 알아차렸다. 지은 지 얼마 되지 않은 아파트는 예전 집보다 훨씬 편리한 구조와 설비를 갖추고 있다. 하지만 그 안을 채우고 있는 집기며 가구는 예전의 것들이다. 아내와 아이들이 함께 잠들어 있는 안방 역시 예전에 살던 곳과 흡사하게 꾸며져 있다. 가구의 배치도 그렇고, 커튼도 그렇고, 특히 방안 곳곳에 놓인 가족사진들까지 똑같은 것들이 비슷한 위치에 놓여 있는 덕에 옛집의 분위기를 풍기고 있는 것이다.

조그만 액자 틀 안의 사진들을 훑어보다 보면 지난 10여 년의, 당신의 가정사를 충분히 짐작할 수 있다. 당신과 당신의 아내가 데이트를 시작하던 무렵에서부터 결혼하고, 첫아이가 태어나고, 둘째가 태어나고…… 온전한 가족의 모습은 이렇다는 듯이, 대부분의 사진들은 네 식구가 함께 있는 그림이다.

그것들만 봐도 당신이 얼마나 가족들을 아끼는지, 그들과 함께하는 시간들을 즐겼는지를 짐작할 수 있다. 모두 함께 자전거를 타고 나갔던 공원 나들이, 주말농장에서의 채소 가꾸기, 경기도의 한 캠핑장에서 보낸 저녁 한때, 큰아이의 운동회 날, 마지막 가족 여행이 된 제주도 서귀포 바닷가에서 본 일몰 등, 한 장 한 장마다 풀어 놓을 수 있는 이야기보따리가 한가득이다.

그 사진들 사이에 눈에 선 그림이 하나 보인다. 왕관을 쓴 당신을 비롯해, 성장한 차림새의 네 식구가 모두 환하게 웃고 있는 그림으로, 얼마 전 당신 생일날 큰아이가 조그만 입을 오물거리며 그린 후 '우리 가족'이라 이름 붙인 것이다. 아이는 그림 밑부분에 '아빠, 빨리 오세요'라고 제 속마음을 살며시 덧붙여 놓았다. 당신이 집을 비운 사이 더해진 것은 그뿐, 사진들 가운데 더 이상 낯선 것은 없다. 그 사실이 당신의 마음을 아프게도 하고, 위로하기도 한다. 아직 가족 내에 자신의 자리가 남아 있는 것 같아 안심이 된다.

"향이 참 좋아. 음악 선생이 가져온 건데, 나보다는 당신이 더 좋아할 것 같아서……"

담장 너머로 당신이 내민 것은 장미 향이 나는 꽃차다. 당신의 아내는 "에게, 이것 땜에 바쁜 사람 불러낸 거야?" 하며 그것을 받아 든다. 말은 깍쟁이처럼 해도 속마음은 그렇지 않다는 걸 당신은 안다. 벌써 아내의 눈가며 입 주위로 웃음기가 번지고 있다.

2교시가 끝나고 교무실로 들어서자 티 파티가 열리고 있었다. 누군가 건네준, 티백이 담긴 종이컵 하나를 받아 그대로 두었다가 점심시간에 당신은 아내를 불러냈다.

'우리 번개팅하자, 거기에서!'

당신의 아내가 근무하는 중학교는 당신이 있는 고등학교와 담장 하나를 사이에 두고 있다. 둘 중 어느 한쪽이 보려고 들면 언제든 가능한 일이다. 다정한 당신은 일찍 출근하느라 얼굴을 보지 못하고 나온 날이면 어떤 핑곗거리를 대서라도 지금처럼 담장을 사이에 둔, 짧은 데이트를 하려 한다.

아내의 회식 다음 날이면 수업이 시작하기 전에 얼큰한 사발면을 들고, 또 어느 때는 아내가 좋아하는 망고주스를 들고…… 둘만의 오붓한 시간을 갖기 어려운 학기 초라 이렇듯 잠깐잠깐 얼굴을 보는 게 당신의 아내에게는 깜짝 선물을 받는 것처럼 즐거운 일인 듯하다.

동료 교사의 소개로 만난 이후 짧은 연애 기간을 거쳐 결혼한 지 10여 년. 아내에 대한 감정의 농도가 날로 풍부해짐을 당신은 신기해하기도 하고 뿌듯해하기도 한다. 때로는 애교 많은 연인처럼, 때로는 믿음직한 친구처럼, 또 때로는 속 깊은 누이처럼, 간혹은 잔소리쟁이 마누라 역할까지 잘하는 아내가 언제 봐도 사랑스럽다.

아이 둘 다 사내 녀석들이라 아내가 힘겨워할 때면 당신은 서슴없이 아이들을 떼어내며 "내 거야! 누가 엄마 힘들게 하래? 엄마는 아빠 거니까 니들이 함부로 거칠게 대하면 안 돼!" 하고 말해서 머쓱해진 아이들이 울음보를 터트린 일도 있다. 아이들을 달래며 눈을 흘기는 아내에게 "우리 저 녀석들 대충 크면 쫓아내 버리고 둘이서만 재미있게 살자. 여행도 많이 다니고, 하고 싶은 것은 뭐든지 다 하며 살다 늙으면 한날 손잡고 저 세상으로 가자"라고 닭살 돋는 말로 아내를 웃게 만든다. 웃으면서 고개를 끄덕이는 아내의 모습이 당신의 마음을 흡족케 한다.

밤 10시가 넘은 시각인데도 사람들의 왕래가 끊이지 않는 거리는 소란스럽다. 안산의 대표적인 먹자골목, 식당과 커피숍과 노래방과 술집과 그 밖에 잡다한 업종의 영업집들이 뒤섞여 있는 거리에서는 묘한 활기마저 느껴진다. 안이 환히 들여다 보이도록 투명한 유리창 너머의 실내에는 어느 곳이든 사람들이 들어차 있다. 그곳들에서 새어 나오는 말소리와 웃음소리, 비틀거리며 뒤엉켜 몰려가는 취객들의 왁자지껄한 잡담, 거리의 스피커에서 흘러나오는 음악 소리와 질주하는 배달 오토바이가 뿜어내는 굉음까지, 온갖 소음이 한데 뒤섞인 도시의 밤은 한껏 그 열기를 더해 가고 있다.

그런 골목의 한가운데를 당신은 걸음을 재촉하며, 거리 양쪽을 번갈아 훑어가며 뭔가를 찾고 있다. 운동화에 점퍼 차림의 당신에게선 평상시와 달리 날카로운 사냥꾼의 냄새가 묻어 난다. 당신은 동행한 동료와 앞서거니 뒤서거니 하며 걷다 피시방이나 편의점, 노래방 등이 보이면 번갈아 그 안을 한 바퀴 둘러보고 나온다.

손짓과 어깻짓, 고개의 끄덕거림으로 간단한 의사소통을 하며 당신네 두 사람은 거의 한 시간째 같은 행동을 반복하고 있다. 번화가의 극장과 지하철 근처의 공원을 거쳐, 그렇게 헤집고 다닌 세 번째 장소가 바로 이 먹자골목이다. 당신은 지금 무단결석한 지 일주일이 넘은, 가출 학생을 찾아다니는 중이다.

"고 선생님! 좀 쉬었다 가죠? 목마르지 않으세요?"

막 편의점에서 나오며 고개를 젓는 동료의 손에는 캔 커피 두 잔이 들려 있다. 편의점 앞에 놓인 탁자 쪽으로 다가가는 당신에게 동료는 다시 묻는다.

"여기도 허탕인 것 같네요. 요즘 아이들은 우리가 상상하는 것 이상으로 활동 범위가 넓고 다양하지 않아요?"

다리가 아프고 지친 것은 마찬가지지만 당신은 느긋한 소리로 대꾸한다.

"지가 가면 어디로 가겠어요. 이 안산 바닥에 있겠죠. 세상일을 다 꿰고 있는 것처럼 굴어도 아직 아이인데요, 뭐."

대학 졸업과 동시에 교사 임용 시험에 합격한 당신은 곧 안산의 원일중학교에서 교사로서 첫 발짝을 뗐다. 그 뒤 상록중학교와 원곡중학교를 거쳐 올 초에 단원고등학교로 옮겨 왔다. 그러는 동안에 시간의 흐름만큼 이 지역에 대한 애정도 더해져 당신에게 안산은 제2의 고향이 되었다.

안산에는 강원도에 뿌리를 둔 사람들이 많다. 80만 명에 달하는 주민들 가운데 20퍼센트 가량인 15만 명이 넘은 사람들이 강원도 출신이라고 한다. 1980년대 석탄 산업 합리화 조치로 인해 강원도 곳곳에서 폐광들이 급속하게 늘어 가자 태백, 삼척, 정선, 영월 등 탄전 지대 주민들이 안산시로 옮겨 온 때문이다. 반월 공단을 비롯한, 새로운 산업 단지가 조성되면서 노동자들에게 '기회의 땅'으로 여겨진 이곳으로 일자리를 찾아 이주해 온 것이다.

그 영향으로 이곳에 온 처음부터 당신은 강원도 사투리와 억양의 학부모들을 쉽게 만났을 수 있었다. 그럴 때마다 뜻밖의 장소에서 마주친 이웃사촌처럼 그들이 반가웠고, 타지에서의 낯섦을 삭힐 수 있었다. 자신이 몸담고 있는 지역에 대한 애착이 커져 가는 만큼 자연히 아이들에게 가는 관심과 사랑의 크기도 커져 가는 것은 당연하다. 담임도 아니면서 기다리는 가족을 두고 이 늦은 밤에 거리를 헤집고 다니는 것도 다 이 지역과 이곳 사람들에 대한 애착 때문이리라.

해마다 무단결석으로, 크고 작은 사고를 치고 가출해서 학교를 그만두는 아이들이 너덧 명은 생겨난다. 그리고 그것은 중학교건 고등학교건 마찬가지다. 학교에서는 되도록 문제가 커지지 않는 선에서, 다른 아이들이 받을 영향을 최소화하기 위해서라도 그런 아이들을 살피고 돌보는, 특별한 노력과 시간을 들이지 않는다. 그 아이들의 입장이나 진로를 염두에 두고 문제를 풀어 가기보다 그저 치열한 생존 경쟁의 장에서 탈락하고 도태되는 것 이상의 의미를 두지 않으며, 이 사회의 구조와 제도가 그러니 어쩔 수 없다는 식이다.

그러나 문제를 일으키는 아이가 태어날 때부터 문젯거리를 안고 태어나지는 않았을 게다. 원만하지 못한 가정 환경이, 풀 수 없는 숙제처럼 감당하기 벅찬 갖가지 문제를 떠안고 있는 부모가, 성적을 기준으로 서열화하는 학교와 교사가 아이들을 집 밖으로, 거리로 내모는 게 아닐까.

"이 선생님! 진호 아버지는 뭐래요? 특별히 갈 만한 곳을 알고 있지는 않을까요?"

가출한 아이의 담임이기도 한 동료는 당신의 물음에 한숨부터 내쉰다.

"그 양반, 아이에게 신경 쓸 여력조차 없는 것 같아요 내 전화도 잘 받지 않아요. 어제야 겨우 통화를 했는데, 그만큼 컸으니 지 인생 지가 알아 살아야 하는 거 아니냐, 그러더라고요. 이제 열일곱 살짜리를 두고……"

"……"

"흔한 이야기예요. 아버지는 하던 장사가 잘 안 돼 그만두고 그 후 막노동판을 전전하다 술꾼이 다 됐고, 엄마는 남편 폭력에 진저리치다 집 나가고…… 진호 밑으로 여동생이 하나 있는데 그 애가 엄마 대신 그 폭력을 고스란히 다 받고 사는 모양이에요. 왜들 세상에서 받은 화를 집안에서, 그것도 가장 약자인 아이들에게 푸는지 모르겠어요. 뻔하죠 뭐. 갈수록 폭력의 강도는 더해 가고, 분노와 원망으로 가득한 집안 분위기는 점점 견디기 힘들어지고, 동생 하나 보호하지 못하는 스스로가 싫고…… 찾아서 집으로 데려온대도 근원적인 문제가 해결되지 않는 한 또 나가기 십상이에요."

동료의 자조적인 말을 들으며, 당신은 오래 전에 세상을 떠난 아버지를, 투병 중인 어머니와 건실하게 살아가는 형제들을 떠올린다. 또 집에서 기다리고 있을 당신의 아내와 두 아이를 생각한다. 그리고 사는 일에 정답은 없지만, 당신에게 주어진 것들의 소중함이 새삼스럽다.

"이제 학기 초인데, 벌써 이런 문제가 터지니 난감해요. 또 이럴 때마다 교사인 우리가 개입할 수 있는 한계랄까? 감당해야 할 몫은 어디까지인가 생각 안 할 수 없게 되고요."

하소연처럼 털어놓는 동료의 말은 당신도 늘 하는 고민들이다. 교직 생활을 한 지 15년이나 됐는데, 당신이라고 그런 생각들을 안 해 봤겠는가. 해마다 담임을 맡게 되면 맨 먼저 하는 것이 아이들의 이름과 얼굴을 익히고, 아이들 각자의 생활 환경을 살피는 일이다. 그러다 보면 그중에는 반드시 유념해서 지켜봐야 할 아이들이 있게 마련이다. 술주정꾼인 아버지나 도박 중독인 어머니를 둔 아이, 또래 집단에서 따돌림을 당하는 듯한 아이, 지나치게 성적에 연연하는 아이, 생계 걱정까지 해야 하는 소년가장인 아이 등등. 그들 각자가 안고 있는 문제들은 아이들 스스로 감당하기 벅찬 벽이다. 원만하지 못한 가정 환경은 고스란히 학교생활에 영향을 미치기 때문에 제대로 된 교육, 아이의 앞날 등을 생각하면 도외시할 수도 없지만 또한 도움을 줄 수 있는 게 별로 없다는 점 역시 현실이다.

당신은 앞에 놓인 커피 캔을 기울여 쭉 들이마신 뒤 일어선다.

"혹시 놓친 곳이 없나 다시 한번 둘러보죠. 오늘은 아이 찾는 것만 생각하자고요. 복잡한 문제들은 잠시 미뤄 두죠. 풀려고 해 봤자 쉽게 풀리지도 않는 문제니……"

해이해지는 마음을 다잡듯 당신은 동료의 팔을 굳게 한 번 쥐어 준 뒤 먼저 발걸음을 뗀다.

아침마다 신발장 앞에서 인사해 주던 고창석 선생님, 보고싶어요!

인사하면 언제나 손을 크게 흔들며 웃던 또치 샘, 제 인생 최고의 스승님! 사랑해요!

어느 햇빛 쨍쨍한 여름날 오후. 마음을 굳게 먹고 찾아간 교무실 문에 붙어 있던 크고 작은 메모. 오랜만에 당신의 가슴 깊은 곳을 건드리고 지나가는 말들. 아이들은 고슴도치처럼 짧은 머리의 당신과 마주치면 '또치 샘!' 하고 반색했다. 그런 아이들에 대해 다 알지도, 제대로 사랑해 주지도 못했는데…… 더 이상 해 볼 게 없다는 것이 당신은 야속하다.

울타리에 진홍빛 덩굴장미가 화사한, 따사로운 봄날. 한때 당신이 풋풋한 꿈과 뜨거운 열정을 안고 누볐던 교정 한쪽에서 조그마한 행사가 열리고 있다. 대부분 낯익은 얼굴들이 참석한 행사다. 그중에는 검은색 원피스 차림의, 굳은 표정인 당신의 아내도 있고, 깜찍하게 양복을 차려입은 당신의 아이들도 있다. 서로 바쁜 세상사를 탓하며 몇 년 동안 그리워만 하던 몇몇 얼굴들도 보인다. 그들은 지금 어른 키를 조금 넘는 크기의 푸른 소나무 한 그루를 심는 걸 지켜보는 중이다.

몇 시간 전에는 대강당에서 개교기념식이 있었다. 당신의 모교인 대학이 해마다 개교기념일을 맞아 치르는 행사 중 하나이다. 학교에서는 '69주년 개교기념식' 마지막 무렵에 '특별사회봉사상'이라는 이름으로 당신의 삶을 기리고 추모하는 시간을 만들었다.

당신을 대리해서 수상한 당신의 아내는 "아직 우리들 곁으로 돌아오지 못한 상황에서 추모 행사에 참석해야 하는 것인지 고민이 많았다"고 복잡한 심경을 밝혔다.

그 자리에 모인 많은 이들이 큰 박수로 그 말에 충분히 공감한다는 듯, 또한 당신의 가족에게 보내는 위로와 격려를 섞어 당신의 수상을 축하했다.

"아빠가 자랑스러워요. 사랑해요, 아빠!"

추모 식수가 거의 끝날 무렵 나무 주위에 흙을 뿌리던 작은아이가 조그맣게 중얼거린다. 큰아이는 입을 꾹 다문 채 그런 동생을 지켜보고 있다. 교정을 거슬러 오르는 길목에 설치된 추모 현수막이며, 사범대 건물 한쪽에 설치된 분향소에 위패 대신 놓인 아빠의 사진, 또 수많은 사람들이 모인 가운데 상을 받고 아빠를 위한 추모 식수까지 하는 것을 지켜보면서 아이들이 받은 느낌은 남달랐던 모양이다. 상기된 표정과 당당해진 태도 만으로도 오늘의 행사가 얼마나 두 아이에게 뜻깊었을지, 당신은 짐작할 수 있다. 행사의 끝마무리 즈음에 당신의 동기이자 4년 내내 붙어 다녔던 친구가 당신 아내 곁으로 다가오며 말을 건넨다.

"창석인 4년 내내 장학금을 받으며 학내 활동도 열심인 모범생이었죠. 태권도 사범에 수영도 잘해서 인명 구조 자격증까지 땄던 친구예요. 방학 때면 동해안 해수욕장에서 인명 구조원으로 활동하던 녀석이 바다에서……"

친구는 차마 뒷말을 잇지 못한 채 시선을 돌리고, 당신의 아내 역시 고개를 끄덕이며 시선을 떨군다. 둘 다, 더 이상의 말이 없어도 서로의 심정을 충분히 짐작할 수 있는 듯하다.

"고 선배님은 후배들을 돕는 데도 열성적이었어요. 93학번 선배님들이 주축이 되어 임용 준비를 하는 후배들을 지원했는데 그중에서 선배님이 가장 열심이셨어요. 매년 1월이면 선후배 간 친선 운동회를 열고, 임용 준비를 하는 재학생들에게 장학금을 지원하고…… 저도 그 혜택을 받아 돈 걱정 없이 임용 준비를 할 수 있었어요."

언제 그들 곁으로 다가왔는지, 맑고 선량한 얼굴의 젊은이가 당신과의 인연에 대해 털어놓는다. 그의 웃음 띤 얼굴을 보고 언젠가 동문회에서 눈여겨봤던 후배임을 당신은 기억한다. 웃음기가 가시지 않은 얼굴로 모임 내내 선후배들을 챙기고, 궂은일도 말없이 스스로 알아 해내던 그가 참 보기 좋았었다. 그의 뒤를 이어 금방이라도 울음을 터뜨릴 것 같은 표정의, 앳돼 보이는 여학생이 당신의 아내 손을 부여잡으며 말한다.

"사고 소식 듣고, 아 우리 선생님, 나오더라도 맨 마지막으로 나오시겠구나! 하고 가슴이 덜컹 내려앉았어요. 9년 전에도 그랬거든요. 물불 안 가리고 뛰어드는 거……"

9년 전의 화재 사건을 기억하고 있는 걸 보면 여학생은 당신의 첫 근무지인 원일중학교 출신인 듯하다. 그날, 원일중학교 3층 학생 휴게실에 불이 난 적이 있다. 마침 근처에 있던 당신은 아이들이 외치는 소리를 듣고 맨 먼저 현장으로 달려갔다.

그리고 "어서 피해!"라고 소리치며 아이들을 대피시킨 뒤 혼자 소화기를 들고 화재가 난 휴게실로 뛰어들었다. 가까스로 불을 끄고 복도로 나오자 둘러섰던 아이들이 당신을 가리키며 웃기 시작했다. 영문을 몰라 어리둥절하던 당신은 근처에 있는 거울을 보고 덩달아 웃음을 터트렸다. 그때 왜 화재가 났는지는 기억에 없지만 하얀 재를 뒤집어쓴 자신의 모습을 보고 크게 웃었던 일을 지금도 생생하게 떠올릴 수 있다.

"그 사람, 설령 살아 나왔어도 못 살았을 거예요. 그 많은 아이들이 희생됐는데…… 아무렇지 않게 그 상황을 받아들이고 살아갈 수 있는 사람이 아니에요."

답례를 하듯, 당신의 아내는 둘러선 사람들을 보며 입을 뗀다. 가슴속 깊숙이 꽁꽁 숨겨 둔 비밀을 마지못해 털어놓은 것처럼 조금은 후련해하는 표정이다. 당신은 새삼 이 분위기가 싫다. 당신이 아끼는 사람들이 침울한 표정으로 둘러서서 다시는 당신을 다시 볼 수 없으리라는 걸 전제로 미련스런 감상들을 나누는 게 싫다. 그러나 말 그대로 당신을 기리는 추모식을 막 마친 그들이 아닌가. 당신은 더 이상 그 자리에 머무르고 싶지 않아 서둘러 돌아선다.

2014년 4월 16일 아침, 당신을 태운 배는 지금 막 '맹골수도'를 통과하는 중이다. '맹수처럼 빠르고 거친 물살' 때문에 생겨난 지명에서 알 수 있듯, 대한민국에서 울돌목 다음으로 물살이 가장 세다는 해역의 수면은 의외로 잔잔하다. 지난밤의 지독했던 안개는 흔적도 없고, 회백색 바다와 그 위에 떠 있는 섬들이 어우러져 빚어내는 풍광은 한동안 눈을 떼지 못할 만큼 보기 좋다.

한참 동안 주변 경치에 빠져 있던 당신은 휴대폰을 꺼내 든다.

「여보 걱정 마. 어젯밤에 안개 때문에 출발이 좀 지연됐었어. 아이들하고 배에서 폭죽놀이를 하고 바빠서 연락이 늦었어. 애들 챙기느라 수고 많지?」

한 시간 전에 당신은 갑판으로 나와 아내에게 문자를 보냈다. 당신의 아내는 무슨 이유에선지 이번 여행을 반기지 않았다.

"담임도 아니고, 생활 지도를 책임져야 할 부장도 아닌데, 당신이 꼭 갈 필요가 있어요?"

그것을 당신은 학기 초라 학교 일이 바쁘고, 사내아이 둘 뒤치다꺼리하는 게 너무 힘들어 그냥 해 보는 투정으로 받아들였다. 하지만 학교에서는 당신이 동행하기를 원했고, 뚜렷한 이유가 없는 한 그 지시를 따라야 했다.

08:47. 휴대폰에 찍힌 시간을 확인하고 당신은 천천히 계단 쪽으로 향한다. 지금쯤 아이들은 아침 식사를 마치고 제각기 흩어져 자유 시간이 주는 즐거움에 흠뻑 빠져 있을 것이다. 당신은 천천히 계단을 내려가며 생각한다. 우선 아침 식사를 하고, 그런 다음 아이들이 주로 머물고 있을 3층과 4층을 한 바퀴 둘러볼까.

5층에서 4층으로 이어지는 계단이 꺾이는 지점에서 당신은 몸이 왼쪽으로 급격히 쏠리는 것을 느끼며 반사적으로 난간을 움켜쥔다. 곧 이어 쾅 끼이익, 하는 소리가 들리고, 어디선가 요란한 소음에 섞인 비명이 들려온다.

믿을 수 없게 당신의 몸은, 아니 배의 상태는 여전히 왼쪽으로 기울어져 있다. 영문을 몰라 어리둥절한 상태로 당신은 계단 난간에 몸을 의지한 채 서둘러, 하지만 힘겹게 다시 계단을 내려가기 시작한다.

"……대기하여 주시기 바랍니다. 움직이면 위험하오니…… 현 위치에서 안전하게……"

스피커에서 흘러나오는 안내 방송은 다른 소음 때문에 그 내용을 제대로 알아듣기 힘들다. 당신은 움직이지 말라는 말로 알아들었지만 계속해서 걸음을 옮긴다. 기울어진 상태로 미루어 배에 큰 문제가 생겼음을 알 수 있어서이다.

무방비 상태였을 아이들이 맞닥뜨렸을 상황은 짐작조차 할 수 없다. 힘들게 계단을 내려가던 당신은 어느 순간 그 자리에 우뚝 선 채 움직이지 못한다. 질끈 두 눈을 감는 당신의 머릿속을 스치는 생각, '아! 이 많은 아이들을 모두 데리고 무사하게 이 배를 나갈 수 있을까?'

이 세상에 머무를 수도, 그렇다고 영영 결별하지도 못한 그대가 속절없는 계절이 여섯 번이나 바뀌는 동안 문득문득 떠올린 선명한 기억과 생각들, 그리고 충분히 짐작할 수 있는 일들. 그리고 그대를 기다리는 우리들이 잊지 말아야 할 이야기.

두근반세근반 선생님

박육근 선생님(미술)

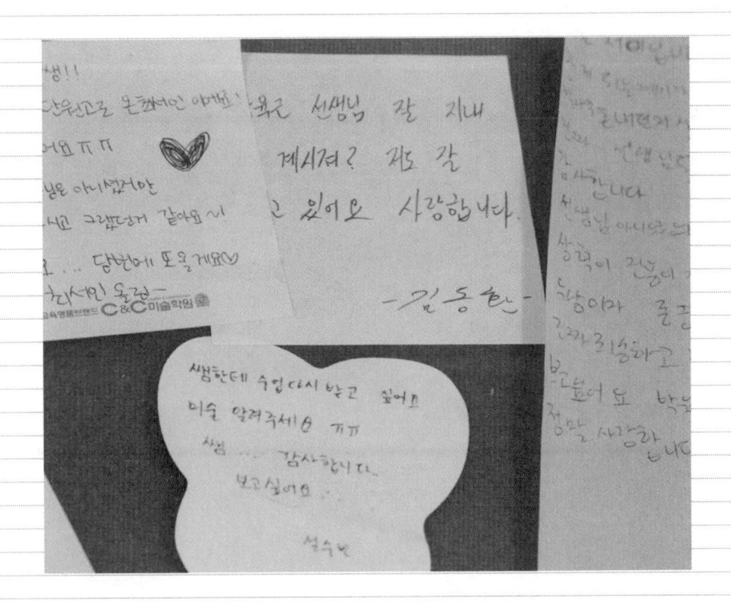

1. 가족이 간직하고 있는 생애 마지막 모습.
2. 대학 시절 지리산 천왕봉에서.
3. 캄보디아 앙코르와트로 떠난 가족 여행에서.

두근반세근반 선생님

박육근은 1963년 3월 23일(음) 면 소재지의 마을인 고창군 성내면 양계리에서 태어났다. 어머니는 김순임, 아버지는 박종열로, 그는 4남 1녀 중 막내였다. 어머니는 마흔 셋에 그를 낳았다. 늦은 나이에 출산을 준비하는 어머니의 마음은 '두근반세근반'이었다. 이로 인해 그의 이름은 육근이 되었다.

아버지 박종열은 면 소재지에 상점을 열고 고추를 사고파는 상인이었다. 그는 방 다섯 개가 딸린 큰 기와집에 살 만큼 경제적으로 여유로웠다. 그런데 육근이 세 살 되었을 때 세상을 떠났다.

어린 시절 육근은 사람과 동물의 모습을 흉내 내는 일을 좋아했다. 오리처럼 엉덩이를 쑥 내밀고 걷기도 하고 염소처럼 제 주변을 빙빙 맴돌기도 하고 새처럼 양팔을 펴고 달리기도 했다.

세 살 때의 일화다. 그날은 동네 어느 집에서 초상을 치렀다. 상여가 상갓집을 빠져나갈 때 육근은 지팡이를 붙들고 엎드려 엉엉 통곡 소리를 냈다. 어른들은 희한하게 생각했지만 슬픔에 동참하는 예로 받아들여 나무라진 않았다. 그날 이후로도 육근은 가족들이 금지시킬 때까지 생각날 때마다 통곡을 흉내 냈다.

다섯 살 무렵엔 흉내 내기가 지루했는지 노래를 불렀다. 그는 초등학교에 다니는 형의 음악책을 펼쳐 놓고 〈산토끼〉 등의 노래를 불렀다. 한글을 배운 때가 아니었지만 형들이 노래할 때 기억해 두었다 따라 부른 것이다. 그는 첫 페이지에서 마지막 페이지까지 쉬지 않고 노래를 부를 때도 있었다. 〈산토끼〉를 부를 땐 노래와 흉내 내기를 동시에 하는 재주를 부렸다. 초등학교 음악 교과서를 섭렵한 후엔 대중가요를 따라불렀다. 육근은 동네 사람들 눈에 '노래하는 아이'였다.

아빠가 세상을 떠난 후 엄마는 홀로 생선 행상을 하며 가계를 이끌었다. 밥벌이에 나선 엄마를 대신해 누나가 육근을 키우다시피 했다. 행상을 시작한 지 몇 해 지나 육근네는 성내중학교 교사와 면내 공무원을 대상으로 하숙을 쳤다.

육근은 나이가 들며 흉내 내기를 줄이고 조용하고 차분한 어린이로 자랐다. 성내초등학교에 다닐 땐 하숙집 교사들에게 공부를 익혀 성적이 뛰어났다. 하숙하는 교사들 중 성내중학교 미술 교사 최낙도는 육근에게 그림을 가르쳐 주었다.

초등학교 5학년이 되었을 때, 엄마나 다름없던 누나가 스물다섯의 나이에 줄포로 시집을 갔다. 육근은 평소 눈물을 보이지 않는 아이였지만 누나가 시집가던 날엔 서럽게 울었다. 누나는 시집살이가 힘겨우면 엄마가 그리웠고, 일 년에 한두 번 친정을 오갔다. 그녀가 집에 오면 육근은 누나의 품에 와락 안겼고, 누나가 떠날 무렵엔 치맛자락을 붙잡고 동구 밖까지 따라갔다. 누나에 대한 애정은 어른이 된 후로도 한결같았다. 그는 누나를 볼 때마다 손을 꼭 잡고 쉽지 않은 인생살이를 위로하곤 했다.

"누나. 걱정하지 마요. 곧 좋은 날이 올 거야."

육근은 세상을 떠날 때까지 누나에게 올 좋은 날을 기다렸다.

그는 중학교를 졸업한 후 지역 유지의 장학금을 받고 읍내에 있는 고창고에 입학했다. 고등학교 시절 그는 미술부에서 활동하며 본격적으로 그림을 그리기 시작했다. 그림에 타고난 재능이 있어 전라북도 도내에서 열리는 여러 대회에서 상을 받았다. 고창여고의 학생들에게 미술을 가르치기도 했다. 고등학교 졸업 후엔 전북대 미술교육과에 입학했다.

육근이 대학에 갈 수 있었던 건 사우디와 말레이시아에 건설 노동자로 가 있던 큰형이 입학금을 보내 준 덕분이었다. 큰형은 대학 시절 내내 생활비를 보내 주었다. 육근은 둘째 학기부터 등록금을 벌기 위해 여러 아르바이트를 하며 지냈다.

1989년 박육근은 용인의 원삼면 소재지에 있는 원삼중학교에 교사 발령을 받았다. 원삼면은 몇 걸음만 디디면 들녘이 있는 전형적인 시골의 면 소재지였다. 면 내 네 곳의 초등학교를 졸업한 촌스럽고 순박한 아이들이 학교에 모여들었다.

면 소재지에서 어린 시절을 보낸 그에겐 낯설지 않은 환경이었다. 원삼중은 학년당 세 학급이 있는 작은 학교였다. 그는 교내 관사에서 지내며 1학년 담임을 맡았고, 미술과 체육 교과를 함께 가르쳤다.

부임 첫날 그는 학생들에게 자신의 이름에 담긴 뜻을 알려 줬다. 부임 첫날의 심정은 그의 이름 그대로 '두근반세근반'이었다. 걱정과 우려보다 설렘이 큰 날이었다.

초임 교사의 하루는 분주했다. 대학에서 배운 교육론은 부임하자마자 뇌리에서 지워졌다. 어떤 판단을 하기 전에 일이 먼저 벌어졌다. 어디로 튈지 알 수 없는 아이들을 대하는 일이 가장 어려웠다. 그는 좋은 교사가 되고 싶은 꿈을 접었고, 나쁘지 않은 교사가 되어야겠다고, 겨우 다짐할 뿐이었다.

학창 시절 그가 만난 교사들은 대체로 학생들이 자신의 뜻을 따르길 바랐고, 통제의 범위를 벗어나면 벌과 욕설, 체벌이 가해졌다. 그의 반항심을 키운 이들이었다. 담배를 피우고 오토바이를 타고 고창 들녘을 질주하던 그의 방황을 멈추게 한 이도 교사였다. 그 스승은 자신의 집에 그를 머물게 하고 직접 가르쳤다. 그의 헌신과 희생, 조건 없는 사랑은 그의 삶을 바꾸었다. 스승을 만나지 못했으면 대학엔 갈 수 없었을 것이다.

한 인간의 삶을 바꿀 수도 있는 것! 그것이 교육이라는 것을 경험을 통해 그는 알고 있었다. 그는 스승을 닮은 좋은 교사가 되고 싶었다. 하지만 부임 첫해는 실망과 좌절의 나날이었다.

그는 자신의 뜻대로 되지 않는 아이들에게 속상할 때가 많았다. 실망과 원망이 아이들로부터 왔다. 인내하려 했지만 한 번씩 끓어오르는 화를 다스리진 못했다. 한번은 학생 한 명에게 매를 든 적이 있다. 그는 체벌을 하던 중 아이의 눈빛을 보았다. 그 눈빛은 언젠가 자신이 어느 교사에게 보내던 눈빛과 다르지 않았다. 그는 저도 모르게 매질을 멈추었다.

그는 후회했다. 시간을 되돌리고 싶었다. 체벌 전의 시간으로 돌아간다면 어떻게 행동했을까? 그 순간 자신의 방황에 손을 내밀어 준 스승의 모습이 떠올랐다. 부끄러웠다.

첫 학기의 좌충우돌 끝에 그는 아이들에게 더 가까이 다가갔다. 그는 스승의 모습을 흉내 내 보기로 했다. 스승은 그에게 다가왔고 많은 이야길 들려주었고, 들어 주었다. 스승은 교사이자 상담가였다. 그도 상담하는 교사가 되고 싶었다. 그는 스승이 자신에게 다가오던 방식을 기억 속에서 꺼냈고, 학생들을 만날 때마다 적용하고 응용했다. 교사로서 박육근의 목표는 스승에 가깝게 다가가는 것이 되었다.

이때부터 그는 틈나는 대로 학생들과 이야길 나누었다. 원삼중 교사들은 교정의 곳곳에서 아이들과 앉아 대화를 나누는 박육근의 모습을 볼 수 있었다. 그가 만나는 학생들은 1학년 외에도 2, 3학년 학생들도 있었다.

그가 머무는 관사는 학생들의 상담 장소이기도 했다. 박육근은 제자들을 초대해 자신의 살아온 이야기를 들려주었다. 숙직날엔 학생들이 학교에 찾아와 밤새 이야기를 나눌 때도 있었다. 나중엔 졸업생들이 관사를 찾아왔고 인생을 상담했다.

그를 만나는 아이들은 공부를 잘하는 학생에 한정되지 않았다. 오히려 그는 말썽 피우는 학생들에게 관심이 많았다. 공부 잘하는 학생들은 어디서나 칭찬을 받는 데 반해 성적이 뒤처져 자존감이 떨어진 학생들은 어디서나 주눅이 들게 마련이었다. 그는 자신이 어떤 학생들에게 관심을 가져야 할지 알고 있었다.

그는 잘 들어 주는 장점이 있었고, 말을 건네는 데 능했다. 아이들을 만나며 그는 예상하지 못한 너른 우주에 들어서곤 했다. 학생 하나하나의 세계를 만나며 그는 학생들에게 배웠고, 인간에 대한 이해를 넓혀 나갔다.

올해 마흔 살이 된 원삼중학교의 첫 제자 최돈길은 훗날 스승의 모습을 닮게 된 그를 기억하며 말했다.

"장례식 때 보니까 놀랍게도 저희 반 급우들만 열다섯 명 넘게 찾아왔어요. 지금까지 꾸준히 연락이 오간 것은 선생님이 그 끈을 잡고 있었기 때문이에요. 항상 먼저 연락을 주셨어요. 선생님이 전화를 하면 이런 말을 늘상 했어요. '돈길아, 잘 지내냐? 연락은 하고 살자.' 다른 친구들에게도 그러셨대요. '연락은 하고 살자.' 그 목소리가 지금도 들려오는 것 같아요."

1989년 9월. 2학기 들어 24세의 한 여교사가 원삼중학교에 부임한다. 김혜은(가명)은 수학과 교사로 첫 부임지인 충남 홍성에서 일 년 동안 교편을 잡은 후 원삼중학교로 전출을 왔다. 원삼중학교엔 처녀, 총각 교사들이 많았다. 나이 차가 크지 않은 처녀, 총각들은 관심사가 비슷해 자연스럽게 어울려 다니고 모임을 만들었다.

그중 한 모임에서 두 사람이 만났다. 모임 교사들은 주말이면 용인 에버랜드나 원주 치악산 등으로 나들이를 다녔다. 시나브로 박육근의 눈에 그녀가 들어왔다. 박육근의 마음은 두근반세근반이 되었다.

그녀에게 박육근은 이상형이 아니었다. 친절한 동료 교사일 뿐이었다. 그녀는 그에 대한 인상을 이렇게 회고했다.

"내 타입은 아니었어요. 만약 서로 선을 봤으면 맺어지지 않을 인연이었어요. 그런데 얘길 나누다 보니 내가 모르는 그림에 대한 많은 뒷얘기, 풍부한 상식에 호감을 느꼈어요."

그는 그동안 쓰지 않던 편지를 쓰기 시작했고, 평생 써 본 적 없는 시를 쓰기 시작했다. 그리움을 담은 시들이 시시때때로 손끝에서 쏟아져 나왔다. 그의 시는 그림을 언어로 옮긴 듯한 것이었다. 그의 편지에도 시에 가까운 표현이 등장했다.

"원삼의 밤은 아름답다. 고요, 어둠, 안개. 그리고 나뭇가지에 살포시 걸린 달빛."

"이 순간에도 오동나무의 빨간 색상과 은은한 갈색 속에 돋보인 코스모스의 아름다움이 눈에 성큼 다가와 여운을 남겼다 사라진다."

"어느덧 달과 별은 육중한 능선이 싫어서인지 하늘에 치솟더니 하얀 아름다운 이마와 미간을 가르면서 내려오는 오뚝한 코, 아담하고 연꽃처럼 고운 입술을 드러내며 어느새 너의 얼굴로 변해 버렸다."

그는 하루가 멀다 하고 편지를 쓰고 부쳤다. 그가 백 통의 편지를 부치면 그녀에게선 딱 한 통의 편지가 도착했다. 일방적이다시피 한 구애의 몸짓은 괴로움을 동반했다.

그가 쓴 어떤 편지엔 글과 함께 연필로 그린 장미 등의 그림이 있었다. 글줄은 가로쓰기보다 세로쓰기 한 편지가 많았다. 세로로 쓴 편지는 인쇄된 글씨처럼 줄이 반듯했다. 어떤 편지의 서명란엔 "2.5+3.5가"라는 글씨가 적혀 있었다.

그는 어떤 갈망에 휩싸여 잠을 이루지 못했다. 그가 쓴 글처럼 "시간, 돈, 정열, 아니 이 몸속의 뜨거운 피라도 널 위해서라면 주고픈" 마음이었다. 편지는 새벽 두 시에서 세 시 사이에 대부분 쓰여졌다.

예고 없이 찾아온 사랑 앞에서 그는 어지러웠고 갈피를 잡지 못했다. 어디서 이런 감정이 찾아온 것인지 궁금했지만, 끝내 알 수 없었다.

그는 동료 교사와 그녀의 친구들에게 도움을 요청했다. 그리고 그녀의 주변에 울타리를 쳤다. 누군가 남자를 소개시켜 주려 하면 그가 몰래 취소시켰다. 주말엔 그녀와 함께 시간을 보내려 갖은 애를 썼고, 김수근·이중섭 등 전시회에 찾아가 작품을 설명하고 화가의 인생 이야기를 들려주었다.

시와 편지, 그리고 그림은 그녀의 마음을 조금씩 열어 주었다. 그녀가 사귈까 말까 고민하고 있던 어느 날 그는 그녀의 손에 깍지를 꼈다. 그때 그녀의 심장이 두근거렸다. 그 순간 그녀는 처음으로 "내가 이 사람을 좋아하는구나"라는 생각이 들었다. 이날부터 둘은 깍지를 낀 연인이 되었다.

두 사람은 춘천으로 원천유원지로 여행을 떠났고, 수원에서 만나 극장에 가고 오락실에 들르고 커피숍에서 시간 가는 줄 모르고 많은 얘기를 나누었다.

두 사람의 연애가 익어갈 무렵, 그의 어머니가 철학관에서 궁합을 봤다. 좋은 인연이었다. 어머니는 아들을 재촉했다. 아들은 그녀에게 프러포즈했지만 두 사람은 마음의 속도가 달랐다. 그는 조급했고 그녀는 느렸다. 그녀는 아직 프러포즈를 받아들일 수 없었다.

하지만 그녀는 1990년 겨울 그를 집에 초대했다. 그녀의 어머니 아버지가 그를 맞이했다. 실망한 표정이 역력했다. 아버지는 딱 한마디만 남기고 방으로 돌아갔다.

"두 사람은 친구로 지내게."

관광 회사를 운영하는 아버진 그가 마뜩잖았다. 작은 키와 왜소한 체구가 마음에 들지 않았고, 게다가 전라도 출신인 것이 언짢았다. 보수적인 성향의 부모님 머릿속에 전라도 출신 사위는 없었다. 가난한 집안에 직업도 변변찮았다. 좋은 조건을 한 구석도 찾을 수 없었다. 딸을 애지중지한 아버지가 지난해 노발대발한 일이 있었다. 친구 한 명이 딸을 달라고 했다. 꽤 재산가 친구였지만 그는 보물 같은 딸을 아직 시집보낼 생각이 없었다. 그런데 딸이 마뜩잖은 조건의 남자를 갑자기 애인이라고 데려온 것이다.

아버지는 별도로 박육근을 불러내 포기를 종용하기도 했다. 어머니의 반대도 아버지 못지않았다.

그해 연말, 박육근은 매일 장미 한 송이를 그녀에게 건네주기로 결심했다. 이 무렵 그는 서울 신도림에 있는 누나 집에서 지내고 있었다. 그는 매일 한 송이의 장미를 들고 그녀를 만나거나, 그녀의 집 대문에 꽂아 두었다. 어떤 날은 조카와 함께 수원에 내려가 장미를 대문에 꽂아 두었다.

외출에서 돌아온 그녀는 대문 앞에서 장미를 만났다. 평일에도 주말에도 비 오는 날도 눈보라 거센 날도 빠트리지 않았다. 그녀는 장미를 받을 때마다 부모님이 보라는 듯 자신의 방 벽에 붙여 두었다. 장미는 한 송이 한 송이 늘어갔다. 장미꽃이 늘어나며 그녀의 마음도 결혼 쪽으로 서서히 기울었다.

어느 날 두 사람은 수원에서 만나 팔달산 자락의 화성을 거닐었다. 걷다 보니 밤이 되었고 사위가 어두워졌다. 두 사람은 성곽에 앉아 두런두런 이야기를 나누었다. 멀리서 도시의 저녁 불빛이 하나둘 켜지고 따뜻한 빛을 내고 있었다. 순간, 그녀는 생각했다.

'세상엔 저렇게 많은 불빛이 있는데, 저 불빛 중 하나가 우리 집이었으면……'

비로소 그녀는 결혼하고 싶은 생각이 들었다. 며칠 후 두 사람은 커피숍에 앉아 있었다. 박육근이 물었다.

"나랑 결혼할래? 함께 사는 일이 가시밭길일지도 몰라. 하지만 너와 함께 가고 싶어."

그녀가 대답했다.

"왜 가시밭길을 가요? 좋은 길로 가야지. 내가 좋은 길로 끌어 줄게요. 좋은 길로 함께 가요."

벽을 꾸민 장미가 백 송이에 가까워질 무렵, 먼저 어머니의 마음이 돌아섰다. 추위에도 매일 서울과 수원을 오가는 그의 모습을 보며 저만큼의 노력이면 딸에게 잘해 주겠지 하는 생각이 든 것이다. 마음이 바뀐 어머니가 아버지를 설득했다.

"전라도 사람이라고 다 사기꾼이겠어요? 사람 사는 건 다 비슷하죠. 듣기론 전라도 남자는 생활력이 강해 마누라 고생 안 시킨다잖아요."

뜻이 분명한 딸을 보며 아버지의 마음도 서서히 바뀌었다. 백 송이째 장미가 벽을 장식했을 땐 봄이었고, 여름 어느 날 아버지가 허락의 뜻을 전했다.

"너도 고창 어른께 인사하고 오거라."

결혼식은 수원에서 열렸다. 동료 교사와 제자들이 예식장을 가득 메웠다.

93년. 두 사람은 첫째 딸을 얻었다. 딸의 이름을 한글로 짓기로 뜻을 모았다. 그가 사 온 한글 이름 책을 펴고 이름을 찾았다. 그는 조카의 제안으로 '솔'자가 들어가는 이름을 찾았다. 여러 이름 중 '솔하'가 눈에 띄었다. '소나무야'라는 뜻의 이름이다. 둘째 딸을 낳았을 땐 '솔비'라는 이름을 찾아냈다. '소나무숲에 내리는 비'라는 뜻. 소나무를 적셔 주는 비가 되길 바라며 둘째는 '솔비'라고 이름지었다.

솔하와 솔비. 두 자매는 사이가 좋았다. 싸우는 일이 없었고, 어릴 때부터 서로를 껴안고 뽀뽀를 하며 지낼 정도였다.

그는 가정적이었고 가사 노동을 함께 했다. 아내 일이라면 뭐든 챙겨 주는 남편은 딸들에게도 그랬다. 아이들을 목욕시키고 기저귀를 갈아 주는 일은 주로 그의 몫이었다. 그는 좋은 아빠가 되고 싶었다. 세 살 때 세상을 떠난 아버지는 기억에 없는 존재였다. 아버지를 본 적 없는 그는 자신이 좋은 아빠인지 의심에 사로잡힐 때가 많았다. 그래서 딸들에게 더 다가갔고 사랑을 표현하려 노력했다.

서수원 칠보산 자락에 살 땐 집 앞으로 논밭이 펼쳐져 있었다. 그는 매주 아이들과 들녘과 산을 누비었다. 자전거 뒤에 아이들을 태우고 들녘을 달렸고, 황소개구리를 잡아 주고 반딧불이를 함께 보며 어릴 적 이야기를 들려주었다. 두 딸은 자연을 벗삼아 지내던 이 시절을 지금도 그리워하고 있다.

아이들이 학교에 입학한 후엔 직접 그림을 가르쳤다. 그림은 솔비보다 솔하가 관심이 많았다. 학교에서 숙제로 내 준 표어나 포스터를 만들고 있으면 가만히 쳐다본 후 훈수를 두었고, 아이의 손을 잡고 나무며 상자 그리는 법을 일러 주었다.

다정한 성격의 아빠에게도 딱 한 가지 흠이 있었다. 칭찬에 인색한 점이다. 그는 도무지 칭찬을 할 줄 몰랐다. 아내가 여러 번 지적해도 바뀌지 않았다. 솔비가 전교 1등을 해도 칭찬하지 않았다. 그가 세상을 떠난 후에야 가족들은 동료 교사나 제자들을 통해 아빠가 학교에서 딸 자랑을 하고 다닌 것을 알게 되었다. 제자가 전해 준 말이다.

"솔비 얘기를 많이 했어요. 공부하는 방법을 얘기해 주시다가도 마지막엔 솔비 자랑으로 마무리해요."

전시회엔 온 가족이 함께 다녔다. 세 여자는 큐레이터를 따라 관람하는 것보다 아빠의 작품 설명이 훨씬 흥미롭고 재미있었다. 아빠는 작품에 관한 뒷얘기를 많이 알고 있었다.

솔하가 중학교를 졸업하고 솔비가 초등학교를 졸업했을 때, 가족은 처음이자 마지막으로 해외여행을 떠났다. 아내의 제안으로 행선지는 앙코르와트가 되었다. 솔비는 여행을 마친 후 돌을 본 기억만 남게 되었다. 첫날도 돌, 둘째 날도 돌, 셋째 날도 돌과 함께한 여행이었다. 첫날은 흥미로웠지만 이 조각 저 조각, 이 여신 저 여신 모두 비슷해 보였다. 비슷한 걸 아빠는 비슷하게 보지 않았다. 하나하나의 작품에서 새로움을 발견하고 경탄했다.

캄보디아의 유별난 더위가 여자 셋의 걸음을 더디게 했다. 아빠는 인류의 걸작을 감상하는 데 여념이 없었다. 조소를 전공한 그의 관찰력은 섬세했다. 그는 심장의 두근거림을 따라 걸음을 옮겼다. 그림의 열정으로 몸살을 앓던 학창 시절이 떠올랐다. 아빠는 두 딸에게 작품을 해설해 주었다.

"이것 보렴. 이렇게 선을 만드는 게 얼마나 어려운 일인지 아니?"

아빠는 선 하나에서도 예술성을 발견했다. 솔하와 솔비는 알 것 같기도 하고 모를 것 같기도 했다.

아빠는 틈틈이 사진 찍는 일도 게을리하지 않았다. 그는 사진을 잘 찍었고 사진을 즐겼다. 그는 앙코르와트를 배경으로 구도를 먼저 잡은 후 피사체인 여자 셋을 화면 속으로 끌어들였다.

그는 결혼 생활 내내 화가의 꿈을 놓은 적이 없다. 결혼 초기엔 아내와 함께 야외에 나가 스케치하는 일이 많았다. 그가 그림을 그리고 있으면 아내는 옆에서 책을 읽었다. 한때 본격적으로 그림 작업에 매진하기 위해 여러 그림 도구를 준비했지만 가난한 형제를 도울 일이 생겨 꿈을 미뤄야 했다. 그 후엔 아내에 대한 미안함으로 차마 그림에 몰입할 수 없었다.

대학 시절 선후배들은 졸업 후에도 모임을 갖고 작품 활동을 멈추지 않았다. 전시회가 열릴 무렵이면 그에게 초대장이 도착했다. 그는 가급적 전시회에 가지 않았다. 꿈에서 멀리 떠나와 있는 자신을 마주 보는 일이 괴로웠기 때문이다.

그는 퇴직 후 이층집을 구해 그림을 그리며 살 계획이었다. 꿈은 늦는 법은 없는 거라고 믿고 싶었다. 1층엔 전시 공간을 꾸미고 2층엔 화실을 만들고 싶었다. 그는 꿈을 미룬 대신 바둑이며 테니스 볼링 축구 등에 빠져 지내며 삼십대와 사십대를 보냈다.

박육근이 안산에서 교편을 잡은 것은 10여 년 전이다. 원곡고등학교를 거쳐 원곡중학교에 부임한 해는 2003년이다. 그동안 그는 많은 제자를 만났고 또 떠나보냈다. 아이들을 상담하는 일은 멈춘 적이 없었다. 도움을 필요로 하거나 방황하는 학생들과는 졸업 후에도 지속적으로 만났다.

원곡중 부임 첫해 2학년 담임을 맡은 그는 다음 해 학생부장을 맡았다. 학생부장은 현재 생활인권부장의 옛 이름이다. 학생부는 학생들의 생활 전반을 지도해야 했다. 폭행 등 사건 사고가 많은 학생부장은 교사들도 선호하지 않고 학생도 친근감을 갖기 어려운 자리이다.

박육근은 예외였다. 그는 일부 타고나고 일부 스승 흉내 내기의 과정을 거치며 연마한 소통력으로 역할을 수행했다. 그는 동료 교사들과 두루 친했고, 친함에 이르기까지 늘상 먼저 다가섰다. 특히 후배 교사들에겐 더 많은 관심을 기울였다.

학생부장으로 그는 백계욱 등 부서원들에게 평소 의견을 물을 때가 많았고 매달 두세 번은 술자리를 마련해 의견을 경청했다. 학교에 대한 교사들의 불만을 수렴하고 해소하는 데 능했고, 선일중학교에서 근무할 땐 교장과 부장 교사들 사이 갈등을 조정하고 해결하는 역할을 맡았다.

선일중학교 재직 시절 동료 교사인 박준철이 2011년 학생부장을 맡으며 큰 사건을 맡은 일이 있다. 여러 명의 학생이 집단으로 한 아이를 때린 사건이었다. 이 일로 그는 방학 내내 학교를 오가야 했다.

박육근은 방학 기간 부러 학교에 자주 들러 이야기를 들어 주고 조언을 했다. 이럴 때 교사는 가해자를 가해자로 대하는 실수를 하게 마련이다. 그는 가해 학생들도 해결 과정에서 상처를 받지 않도록 조심해야 한다고 조언했다. 가해 학생이라 하더라도 교육의 차원에서 기회를 줘야 한다는 것이다. 처벌과 단죄에 익숙한 교단에서 그의 조언은 박준철이 사고를 지혜롭게 처리하는 데 도움이 되었다. 박육근이 지속적으로 그에게 한 말은, 세상에 문제아며 나쁜 학생이 따로 있는 게 아니라는 것이다. 실제 그가 만난 문제아로 불린 숱한 학생들의 내면엔 주변 사람들이 발견해 주지 않은 선한 의지가 어려 있었다.

그는 무엇보다 학생들의 자존감을 중요시했다. 학생들과 상담할 땐 이런 말을 자주 했다.

“네가 모르는 게 하나 있는데, 뭔 줄 알아? 넌 꽤 괜찮은 녀석이라는 거야.”

그는 교무실에 학생을 불러 혼내는 일이 없었다. 학생들과 나눈 얘기는 동료 교사에게도 가족에게도 공유하지 않았다. 교사들 사이 적당한 수준의 흉보기는 일상적인 문화였지만 그는 다른 교사와 학생들의 흉을 보는 일을 멀리했다. 특히 학생들에 대한 평가를 일절 하지 않았다. 교사들 사이에서 문제 학생에 대한 평가는 흔하게 이뤄졌지만, 아직 성인에 이르지 않은 학생에 대한 평가가 앞서선 안 된다는 생각에서였다.

경기도에서 학생부의 명칭이 생활인권부로 명칭이 바뀌기 전에도 그는 이미 학생 인권을 고민하고 실천하는 교사였다.

학생부에서 교문 지도는 빠트릴 수 없는 일이다. 군대식 학교 문화의 한 사례였지만 피할 수 없었다. 예술가를 꿈꾸는 그는 학생들이 자유로운 복장으로 다니고 외모도 실컷 뽐내길 바랐지만 현실을 거스를 순 없었다.

교내에서 흡연을 하는 학생을 잡아내는 것도 학생부의 중요한 일이었다. 흡연을 하다 걸리면 규칙에 따른 벌을 줘야 하지만 그는 봉사 활동을 제안하곤 했다. 그에게 친근감을 느낀 학생들 중 몇은 담배를 얻어 피우려 찾아오기도 했다. 이럴 경우 그는 대화로 달래고 설득한 후 돌려보내거나 준비해 둔 사탕을 건네주곤 했다.

문제아로 낙인찍힌 학생이나 학교 생활에 적응을 어려워하는 학생들은 바른생활

부원으로 뽑았다. 선도부로 불리는 바른생활부원은 다른 학교에선 모범생들이 맡는 게 관례였다. 그는 학생들에게 역할과 책임을 주면 자연스런 변화를 겪을 것으로 기대했다.

변화를 체감하기까진 적잖은 시간과 노력을 필요로 했다. 그는 학생들을 믿고 기다렸다. 보통 학년이 올라갈수록 문제아는 더 문제아가 되는 게 일반적이었지만 그가 만난 학생들은 달랐다. 학생부에서 이를 지켜본 다른 교사들이 훗날 그의 방식을 따라 할 정도로 학생들의 변화는 눈에 띄었다.

2013년 박육근은 단원고로 학교를 옮긴다. 그동안 여러 학교에서 학생부장, 교무부장 등의 일을 맡아 왔다. 중년을 넘어선 그는 오랜만에 담임을 맡아 설레었다. 학교와 학생들의 모습이 새롭게 다가왔다. 부임 첫날 그는 교사로서 첫발을 내디딘 날이 떠올랐다. 그가 학생들 앞에서 맨 처음 들려준 얘기는 그때와 다르지 않았다.

"내 이름은 박육근입니다. 두근 반과 세근 반을 더하면 몇 근이 되죠? 맞아요. 어머니가 나를 낳기 전까지 두근반세근반 했다고 해서 내 이름은 육근이 되었습니다. 여러분을 오늘 만나는 내 심정은 그때 어머니의 심정과 다르지 않습니다. 두근반세근반이죠. 나를 낳아 주신 어머니처럼 여러분을 만나길 기다렸어요."

그의 이름을 듣고 기억하지 못하는 학생은 없었다. 학생들은 자기들끼리 이야기를 나눌 땐 '두근반세근반 선생님'이라고 불렀다.

담임을 맡으니 서른 명 남짓한 학생들에게 집중할 수 있어서 좋았다. 그는 상담일지를 만들었다. 작성된 상담일지는 수시로 들여다보며 학생들의 환경과 처지를 이해하려 노력했다.

단원고엔 가정 형편이 어려운 학생들이 많았다. 자연스레 성적도 안산의 타 학교에 비해 낮은 편이었다. 방과 후에 아르바이트를 하러 가는 학생이 많았다.

교사들의 실수에 너그럽던 그가 유일하게 지나치지 못한 것은, 학생들을 평가하며 "없는 집 자식이라 그런지 애가 버릇없고 공부도 못해요"라는 말을 들을 때였다. '없는 집 자식'이었던 그는 그 말을 들을 때마다 힘겨웠고, 그때마다 가난의 트라우마가 얼마나 오래 가는지 절감했다.

학교에서 그가 하는 일은 많았고, 항상 분주했다. 일과 중엔 각종 공문을 처리하는 데도 여념이 없었다. 공문이 한 장씩 쌓일 때마다 교사들의 한숨도 쌓였다. 공문은 교사와 학생을 가로막는 벽처럼 쌓여 있었다. 업무 처리가 꼼꼼한 데다 일을 남에게 맡기지 못하는 책임감 강한 성격 때문에 그의 귀가는 이를 때가 드물었다. 때론 밤을 새는 일도 있었다. 동료 교사들은 그런 그를 이해하기 어려웠다.

수학여행을 떠나기 사흘 전, 두 사람은 솔비를 학교에 데려다주고 돌아오는 길에 집 앞 당수동 저수지에 들렀다. 저수지를 한 바퀴 거의 돌 무렵, 그가 말했다.

"나 만나서 몸도 많이 망가지고 고생 많았어. 미안해."

그는 백 송이 장미를 떠올렸다. 그 시절 그는 얼마나 간절하게 그녀를 원했던가! 예기치 않게 찾아오는 일로 그녀에게 미안한 일이 많았다. 지난 오 년 동안 아내는 갑상선암 수술을 했고, 담낭 제거 수술을 했다. 큰 수술을 두 번이나 하게 되면서 그는 자책했다. 하지만 아내는 그가 고마웠다.

"연애 때보다 결혼한 후가 난 훨씬 더 행복하고 좋았어요."

"가장 행복한 순간이 언제였어?"

"크리스마스 때요."

아내는 슬며시 미소를 지었다. 결혼 후 십 년쯤 지났을 때였다. 그날은 눈이 내렸다. 수원 시내를 돌아다니던 중 어느 인도에서 그가 갑자기 무릎을 꿇었다. 그녀는 깜짝 놀랐다. 그를 내려다본 그녀는 자신의 부츠 끈이 풀려 있다는 것을 알게 되었다. 그들 주변으로 많은 사람들이 오가고 있었지만 그는 아무렇지 않은 듯했다. 길을 지나는 이들이 호기심 어린 눈으로 두 사람을 쳐다보았다. 그는 고개 숙여 끈을 묶어 주며 말했다.

"당신은 할 줄 아는 게 어떻게 하나도 없냐."

"내가 못하면 어때요? 내가 못하는 걸 당신이 해 주니까 난 괜찮아."

그때 그녀는 속으로 말했다.

'결혼 십 년이 지나도 당신처럼 한결같은 사람은 없을 거예요.'

결혼 후인 1996년 4월 18일 남편이 보낸 편지의 마지막 구절은 그녀가 받은 편지 중 가장 소중하게 간직하는 구절이었다.

그리고 많이, 많이, 많이, 많이, 많이, 많이, 많이 사랑해.

그 편지를 받은 날 아내는 '많이'의 수를 세 보았다. 일곱 번이었다. 편지지가 더 컸다면 열 번 스무 번 되풀이될 단어였다.

아내는 사람들이 농담 삼아 남편은 '남의 편'이라고 말하는 걸 들을 때마다, '저 사람은 나의 편인데' 하는 생각이 들었다. 그와 부부로 늙어 가는 것이 그녀의 꿈이었다. 아내의 시야에 늙은 부부가 손을 잡고 저수지 산책로를 걷는 모습이 떠올랐다.

수학여행을 2주 앞둔 2014년 4월 1일. 첫 제자 최돈길이 그를 만나러 안산에 찾아왔다. 일주일 후 열리는 원삼중학교 동창회를 준비하며 그를 초대하기 위해서였다. 전철역에서 만난 두 사람은 저녁을 먹고 단원고로 향했다. 그는 제자의 중학 시절 모습을 떠올렸다. 제자가 대학에 입학하던 날을 기억했고, 결혼식 때 모습이 떠올랐다. 제자가 진로 때문에 고민이 많을 때 그가 조언했다.

"그래도 니가 하고 싶은 걸 해. 부모님은 니가 안 해도 힘들고 해도 힘든 건 마찬가지야."

그 말을 들은 제자는 포기하지 않고 자신의 길을 걷는 용기를 낼 수 있었다. 최돈길은 그에게 제자라기보다 인생길을 함께 걷는 친구였다. 그의 많은 제자들은 졸업 후 친구가 되어 다시 찾아왔다. 그에게 최돈길은 교사로서 첫 마음을 끊임없이 되찾게 해주는 존재였다. 그를 만날 때마다 그는 초심에서 벗어난 자신을 자책하고 마음을 새롭게 하곤 했다. 이날도 박육근은 교사 발령 첫해의 설렘을 되찾았다. 그 두근거림을.

다 쓰지 못한 상담일지를 남겨두고 그가 세상과 이별하던 날, 학생들의 조문이 줄을 이었다. 새벽엔 직장에서 일을 마치고 찾아온 제자가 많았다. 제자들은 줄을 서서 기다리며 스승이 자신만 특별하게 사랑하지 않았다는 것을 알게 되었다. 그는 제자들에게 자신을 특별하게 사랑하고 있다는 믿음을 갖게 만드는 이였다.

제자는 십대부터 마흔에 이른 이까지 연령이 다양했다. 아줌마가 된 여제자들은 그의 영정 사진을 보기 전부터 서서 울었다. 절도하기 전에 쓰러져 우는 학생들이 많았다. 조문객들은 그가 세상에 마지막으로 남긴 "죽어도 아이들과 함께 죽겠다"는 말을 되새겼다.

경찰서를 숱하게 오가던 학생들이 고등학생, 대학생, 성인이 되어 그를 찾았다. 인생을 되찾게 해 준 스승 앞에서 제자들은 그가 왜 떠나야 하는지 알 수 없었다. 얼마 안 되는 학비 낼 돈마저 없었던 한 학생은 학비를 대신 내준 스승 앞에 조의금을 내려놓았다.

아침에 제때 눈을 뜨지 못하던 학생은 매일 아침 자신을 깨우러 온 스승 앞에서 오래도록 고개를 들지 못했다. 그는 잠든 스승을 깨우고 싶었다. 교도소에서 면회 온 스승을 마주했던 제자는 은혜를 잊고 산 자신을 용서하기 어려워 목놓아 울었다.

조문을 기다리는 이들의 줄은 끝없이 이어졌다. 계단 밖까지 줄이 늘어서 스승을 만나는 데 긴 시간이 걸렸다. 줄이 끊길 만하면 어디선가 그를 찾아 사람들이 몰려들었다.

발인을 앞둔 둘째 날 밤 12시가 넘은 시각 이십대의 한 제자가 다리를 절뚝거리며 들어섰다. 제자는 스승의 사진 앞에서 절을 했다. 장애가 있는 그가 무릎을 꿇는 데 적잖은 시간이 흘렀다. 장내에 침묵이 흘렀다. 겨우 절을 마친 후, 제자는 가족을 향해 울먹거리며 무슨 말인가를 했다. 발음이 정확하지 않아 한참 듣고 난 후에야 이해할 수 있었다. 그는 스승을 만난 인연으로 교사의 꿈을 꾸게 되었고, 특수교육과에 다니며 임용시험을 준비하고 있다고 고백했다. 제자가 스승이 남겨 준 말을 전했다.

"얘야, 우리 나중에 교단에서 만나자. 교사가 된 널 보는 날 난 누구보다 밝게 웃어 줄 거야."

제자는 그 말을 하며 웃었다. 가족도 함께 웃었다. 슬픈 웃음이었다.

솔하와 솔비는 들을 때마다 궁금증을 불러일으키던 아빠의 말을 떠올렸다.

"니가 스무 살이 되면 들려줄 얘기가 많아질 거야. 스무 살이 되면 얘기해 줄게."

두 딸은 이제 스무 살이 넘은 어른이 되었다. 아빠가 살아 있으면 무슨 얘기를 들려줄까?

아빠는 또 이런 사과의 말을 자주 했다.

"미안해. 아빠가 아빠 없이 자라서 어떻게 아빠 노릇 하는지 잘 몰라."

그는 딸들에겐 아빠 노릇 몰라서 미안했고, 제자들에겐 선생 노릇 못해서 미안했다.

아내는 그에게 받은 장미 백 송이를 지금까지 간직하고 있다. 그녀는 가끔 그에게 받은 편지가 쌓여 있는 편지함을 다시 열어 보곤 한다. 그가 세상을 떠난 지 일 년이 되었을 때, 그녀는 이십여 년 전의 편지를 꺼내 읽었다.

박육근은 1991년 9월 8일의 편지에서 사랑에 대해 이렇게 썼다.

사람들은 언제나 누군가 나타나기를 갈망한다. 그들 자신의 최선의 모습을 자각하도록 하여 주며 자신들의 감추어진 자아를 이해하고 믿어 주며 최선을 다할 것을 일깨워 주는, 우리가 타인에게 그리하여 줄 수 있을 때 그것이 사랑이 아닐까 생각해 본다.

여보, 도대체…… 어디 있어요?

양승진 선생님(사회)

To. 양승진 쌤.

선생님, 오늘 스승의 날이예요. 선생님의 날인데 왜 아직 돌아
오시지 않나요.. ㅠㅠ 선생님께서 발렌타인데이, 빼빼로데이
때 학교 앞 CU에서 초콜렛이랑 과자, 우유 사주셨자나요!
저도 선생님 챙겨드릴 수 있게 해주세요! 항상 횡단보도에
반갑게 인사해주시고 추울까봐 장갑을 내주신 교통지도
파트너였잖아요. 우리 ㅎㅎㅎ... 그 때가 많이 그리워요.
하루 빨리 남은 아이들과 저희에게로 돌아와주세요!!
끝까지 기다릴게요. 선생님 진심으로 존경하고 사랑합니다♡

1. 2013년 양지고 동료 교사와 함께 이수봉에서.

2. 양승진 선생님.

3. 2009년 동료들과 제주공항에서.

여보, 도대체…… 어디 있어요?

* 양승진 선생님은 2015년 12월 현재 아직 세월호에 있다.

아, 젊은 날

여보, 지금, 어디, 계신가요?

봄여름이 가고, 겨울이 가고, 또 봄이 와 여름이 가고, 가을도 갔는데, 여보 도대체……, 어디 있어요? 어서 배를 인양하는 것이 소원인데도 막상 배를 꺼냈을 때, 당신이 없을 것 같아 무섭기만 해요. 어서 당신을 소용돌이치는 바다에서 꺼내 제 마음 한편에 묻어야 하는데 당신이 없을까 봐, 하나도 없을까 봐……

당신을 찾겠다고 진도에서 세 계절을 났어요. 아이와 가족을 찾은 유가족들은 다들 떠났는데 아홉 명은 아직도 나오지 못했어요. 처음에는 넋을 놓고 다른 가족들과 같이 슬퍼하느라 혼자 외로워할 새가 없었어요.

지금은 왜 당신이 못 나오고 있는지 화가 나고 유가족이 부럽다가 외로워지면 세상과 문을 닫고 멍하니 앉아 있어요. 명치끝이 싸하고 침이 마릅니다. 두드러기가 나도 내버려 두고 살이 쪽 빠져도 머리가 헝클어져도 놔뒀습니다. 사람들이 왜 이리 늙어버렸냐고 건강도 좀 챙겨야 하지 않겠느냐고 해도 귀에 들어오지 않아요. 사고 전과 후는 제게 전혀 딴 세상이니까요.

양승진 선생님은 1957년 음력 2월 5일에 2남 2녀의 장남으로 태어났다. 경기도 안성시 구포동이 고향이다. 부친은 직원 서른 명 정도 두고 농기계 공장을 운영했다. 안성고까지 안성에서 보내고 경북대 사범대에서 사회학을 배웠다. 순위 고사를 본 후 부친 공장 일을 돕고 있을 때 사회 교사로 발령을 받았다. 29세 때 첫 부임지는 부천여자중학교였다.

아내 유백형과는 교사 생활을 시작한 지 일 년쯤 후에 어머니의 소개로 만났다. 어머니는 아내의 어머니와 고향 친구 사이다. 두 어머니는 안성의 구포동과 금산동의 부녀회장이기도 했다. 동갑계를 맺어 관혼상제 때 품앗이로 집안일을 도왔다. 선생님은 어머니가 참한 여자를 만나 보라고 해서 '백운다방'으로 나갔다. 여름 기운이 채 가시지 않은 1986년 9월 초순이었다.

* * * *

저는 여장부 소리를 들을 정도로 성격이 활달했고 당신은 좀 과묵했어요. 수줍어서 그랬나요? 건실하고 선해 보이는 당신은 큰 체구에 맞지 않게 말투가 사근사근했어요. 학창 시절에 씨름과 유도를 운동 삼아 했다고 하니 얼마나 더 듬직해 보였는지요. 저는 부천에서 혼자 자취하며 교사 생활을 하고 있는 당신에게 식사는 잘 챙겨 드시냐고, 고생이 많으시겠다고 의례적인 말을 했고 당신은 헤어질 때 좀 멋쩍게 일주일 후에 전화하겠다고 했지요. 당신이 절 맘에 들어 하는지는 알 수 없었어요. 노처녀라는 괜한 자격지심이 있었으니까요. 그 당시 나이로는 그랬어요.

기대도 안 했는데 일주일 후에 전화가 왔고 안성터미널 2층 다방으로 나오라고 말했지요. 안성 집에 왔는데 차 한잔 하자고요. 이미 그때가 밤 열한 시였어요. 우리는 짧게 만난 후 당신은 피곤할 테니까 잘 들어가라고 인사한 후 아쉽게 헤어졌지요.

일주일 후에 우리는 과천의 서울대공원에 데이트를 갔어요. 그날은 9월 중순이었는데 아직 여름 기운이 남아 있어 더웠어요. 당신은 큰 몸집에서 나오는 땀을 연신 닦았고 우리는 더위와 땀에 관계없이 매우 진지한 얘기를 나누었습니다. 각자의 인생관과 우리가 함께할 수 있는 미래를 조심스럽게 꺼내 놓으면서요.

우리는 평택으로 와서 영화를 보았어요. 당신의 행동 하나하나에 관심을 쏟느라 영화 내용은 잘 기억이 안 나는데 〈미워도 다시 한번〉이었어요. 당신은 영화 보는 중에 갑자기 제 손을 잡았어요. 두껍고 묵직하고 부드럽고 따뜻한 손, 지금도 생생해요.

우리는 헤어지기가 아쉬워 평택의 한 다방에 들어가 얘깃거리가 끊어질까 봐 각자의 친구 얘기를 비롯해서 사소한 얘기를 끊임없이 나눴지요. 삼십 년이 된 얘기입니다. 우리의 만남이야 세상에서 흔하디 흔한 일일 테지만 지금 와서 그 사소한 말들이 사무치게 생각납니다.

이듬해인 1987년 1월 19일에 우리는 약혼을 했고 부산으로 약혼 여행을 떠났어요. 부산의 부곡하와이였어요. 부산에 눈이 잘 안 온다는데 우리가 부산에 있던 일주일 동안 눈이 엄청 내렸어요. 우리의 약혼 여행을 축복이라도 해 주는 것처럼요. 우리는 눈길을 손잡고 걸었습니다.

뒤를 돌아보니까 우리의 발자국이 나란히 우리를 따라오고 있었어요. 그렇게 나란히 우리 함께 세상 끝나는 데까지 걸어갈 수 있을 것 같았어요.

선생님의 첫 부임지는 부천여자중학교였다. 젊고 의욕이 넘친 초임 선생님은 학교의 여러 일을 적극적으로 맡았다. 부천여중에서 선생님한테 배운 김정해, 김정숙, 김정운 세 자매는 그 시절의 선생님을 기억하고 있다.

사회 담당이지만 학교 시화전(詩畵展)에 와서 진행이 잘 되게 도와주었고 대학 시절에 씨름과 유도 등 운동을 좋아했기에 체육 대회 때는 체육 선생님 못지않게 열성으로 체육 대회를 이끌었다.

부천여중은 양궁으로 유명한 학교였는데 운동장에서 양궁부원들이 활을 쏘고 있으면 그 옆을 지나는 학생들에게 화살 맞지 않게 조심하라고 당부하곤 했다. 양궁장을 지나가다가 설마 화살에 맞을 일이 있을까마는 초임 교사의 안전 의식과 제자 사랑은 열정으로 가득 차 있었다.

그 당시는 전두환 정권 말기 억압 정치에 불만이 폭발하고 민주화에 대한 열망이 커지던 시국이었다. 의기 있는 초임이자 사회 담당 교사로서 선생님은 현실 정치에 많은 관심을 갖고 있었다. 정당의 구성 요건을 설명하면서 선생님은 "내가 승진당을 만들테니 많이 지지해 달라"며 우회적으로 민주주의에 역행하는 정권을 비판했다.

제자들은 딱딱할 수 있는 사회 과목을 현실 문제와 잘 접목해서 설명하는 선생님의 수업 방식 때문에 수업에 집중했다. 한번은 경제 시간에 수요-공급 법칙을 설명하면서 우스갯소리로 "형제자매들끼리 싸우지 말고 한 푼 두 푼 사이좋게 모아 부천 상동에 땅을 사라"고 한 적이 있었다. 얼마 후 정말 부천 상동이 개발되면서 땅값은 천정부지로 뛰었다. 선생님의 수업은 교과서를 벗어나 제자들이 재밌게 수업을 듣고 현실을 이해하는 데 큰 도움이 되었다.

선생님은 공과 사를 정확히 구분하는 데 엄격했다. 선생님은 학교 규율 담당 교사로서 엄한 표정을 지으며 복도를 돌아다녔지만 제자들이 인사를 하면 순한 표정으로 인사를 받았다. 그 부조화스러움에 제자들은 슬며시 웃곤 했다. 사시사철 양복을 입고 출근하며 복장이 흐트러지지 않았다. 당시 부천여중은 명문으로 꼽히는 부천여고에 학생을 많이 보내려고 공부를 호되게 시키는 학교였다. 선생님은 성과를 내기 위해 학생들을 채근하면서도 "공부할 때는 공부하고 놀 때는 놀아라"라는 말씀도 잊지 않았다.

부천여중 재임 시절에 선생님은 가장 행복했다. 의욕 넘치는 초임 선생님으로서 대학생 시절의 의기를 제자들과 나눌 수 있었다. 제자들은 여자 교생 선생님이 올 때마다 총각인 선생님과 연결해 주려고 부추기고 농담도 짓궂게 하기도 했다. 신혼 첫날밤 얘기를 들려 달라고 하는 제자들의 요청에 수줍어지기도 했다. 그 시절에 결혼도 하고 첫딸과 아들도 태어났다. 수업 때 서너 살 된 딸 얘기를 인상 깊게 해서 삼십 년 가까이 지난 후에도 한 제자는 딸 이름을 기억하고 있었다.

우리는 약혼 여행 후 부천의 아파트에서 같이 살기 시작했지요. 소꿉장난 같은 신혼이 시작되었어요. 부천여중과는 5분 거리여서 점심 때도 만나서 밥을 같이 먹었지요. 커피포트에 물을 끓여 단무지에 사발면도 먹고 저녁에는 영화를 보러 나가기도 했지요.

안산의 원곡고로 스카우트 되어 옮겨 갔을 때 기쁘기도 했지만 거의 두 시간 거리를 출퇴근하면서 당신은 아침에 코피를 쏟는 날이 많았어요. 운동을 해서 건강한 당신이 피곤해 코피를 쏟을 때 얼마나 안쓰럽던지요. 당신은 내색도 않고 묵묵히 새벽에 집을 나가 저녁 늦게 들어왔어요. 아파트가 안 팔려서 고된 출퇴근을 이어가다가 결국 전셋집을 얻어 안산으로 이사를 갔습니다. 우리가 신혼 시절을 보낸 부천을 뒤로 하고 새로운 터전 안산으로요.

기꺼이 맡고 즐거이 나누고

선생님은 학교의 궂은일을 마다하지 않았다.

안산의 양지고 근무 시절에 동료 교사보다 한 시간 일찍 등교해서 학교 앞 교통을 정리했다. 비가 오나 눈이 오나 차가 쌩쌩 달리는 좁은 도로에서 흰 장갑을 끼고 호루라기를 불면서 학생들이 안전하게 등교할 수 있게 도왔다. 쓰레기 분리수거도 담당했다. 단원고에 옮겨 와서도 전 학교에서 "청소를 번쩍번쩍 빛나게 했다"며 안전 지도와 환경 정리 등 꼭 필요하지만 손이 많이 가는 일들을 흔쾌히 맡았다. 지역 사회 부장을 맡아 학사 일정에 따른 일뿐만 아니라 학교 홍보와 동창회, 어머니회, 지역 사회 관련 모든 것들과 장학회 등의 많은 일을 맡았다.

부원 교사들은 출퇴근이 일정치 않았고 업무가 과중하여 불만이 나올 법도 했다. 선생님은 화합을 위해 회식을 자주 열었고 항상 회비의 반 이상을 냈다. 상황이 바뀌어 부원 교사가 부장이 되었을 때는 그 자리의 중요함과 어려움을 잘 알기에 부장에게 최대한 협조했다.

궂은일을 마다하지 않는 성품이었기에 부임하는 학교마다 상조회장을 여러 해 맡았다. 상조회장은 백여 명의 교직원의 대소사를 관장해야 하기 때문에 신경 쓸 일이 많은 직책이다. 연구과의 연수 보조와 상조회 관련 발의 및 심의 결정을 주도해야 한다.

교직원 송별회나 환영식에서부터 명절 때 선물 사는 일은 물론이고 관혼상제의 대소사에서 아무리 멀고 날씨가 궂다 해도 회장은 꼭 찾아가야 한다. 회장 개인의 사정으로 미루고 불참할 수 없는 힘든 일이다. 상조회는 공동 기금으로 운영되기 때문에 예산이 '구멍'이 나면 회비를 더 걷어야 하는 등 무척 까다로운 일이기도 하다.

선생님은 힘들고 까다로운 상조회장직을 기꺼이 맡아 원만하게 수행했다. 그뿐만 아니라 양지고에서 상조회장이 되던 해 학교의 비정규직인 기간제 교사, 식당 조리원, 행정실 직원 등을 상조회에 포함시켜 전 교직원의 평등과 화합에 크게 기여했다. 단원고에 부임해서도 상조회장직을 기꺼이 맡았다. "인화 단결을 잘하고 성격이 밝고 열정적이다"라며 동료 교사들이 추천했다.

교무실에서는 든든한 맏형과 큰오빠 같았다. 교무실은 세 개의 부서가 모여 각기 다른 업무를 보았다. 그러다 보면 각 부서가 퇴근 시간도 다르고 학생 지도 관련해서 의견이 분분하여 미묘한 갈등도 있었다. 학생 지도 상황에서 조금 과하게 지도하는 교사도 있는가 하면 다른 교사는 "내가 보기에는 그런 아이가 아닌 것 같다"는 의견을 내놓기도 하기 때문이다. 그 결과 교사들 사이에 감정의 앙금이 쌓여 가고 결국 고성이 오가기도 했다. 그때마다 선생님은 제철 과일을 한 바구니 사 온다든지 쌀쌀한 겨울엔 붕어빵을 한아름 안고 와서 교무실의 쌀쌀한 분위기를 따뜻하게 녹였다.

선생님은 이렇게 동료 교사들과 맛난 음식을 같이 먹으며 한 '식구'처럼 지내며 화합을 도모하곤 했다. 예체능부 시절에는 방과 후와 점심시간에 '학교 스포츠 클럽'을 운영하느라고 점심시간에 학교 밖으로 식사를 하러 나갈 시간이 없었다. 선생님은 아이디어를 짜서 아내가 싸 준 김치와 밑반찬을 가득 들고 와서 미술실에 점심상을 차리곤 했다. 별미로 찰밥을 싸 오는가 하면 여러 군것질거리도 챙겨와 점심때 일해야 하는 부원 교사들의 힘든 업무를 재밌는 상황으로 탈바꿈시켰다. 선생님은 음식을 같이 나눠 먹는 일이 인간관계를 원만히 하는 바탕임을 잘 알고 있었다. 후배 교사들은 그런 선생님의 모습을 "아버지처럼 먹을 것을 사 오셨다"고 회상한다.

텃밭에서 채소 가꾸기는 선생님의 오랜 취미였다. 언뜻 유도와 씨름으로 다져진 체력과 건장한 체격에 어울리지 않은 취미로 보일 수 있지만 부천여중 시절의 제자가 추억하듯이 "풍채에 안 어울리게 자상한 목소리"를 가진 선생님을 겪은 사람이라면 잘 어울려 보이는 취미다.

정성스럽게 가꿀수록 풍성한 결과를 보여 주는 순하고 여린 식물을 키우며 선생님은 사람을 기르는 일도 그러하리라고 여겼을 것이다. 단원고에 부임해서도 학교 뒤 백여 평 되는 텃밭에서 선생님은 봉사 활동반 학생들과 함께 상추, 감자, 쑥갓, 완두, 마늘, 상추, 고추 등을 가꾸었다. 채소가 자라기 좋게 거름을 주고 땅을 곱게 갈아 씨를 뿌렸다. 선생님은 채소를 무럭무럭 가꾸어 동료 교사를 비롯해 학생들과 나눠 먹을 기대에 설렜다.

선생님이 학생들과 가꿨던 단원고 텃밭은 그대로 있지만 선생님은 돌아오지 않았다. 수학여행 갔다 와서 할 일이 많았다. 곱게 갈아 이랑을 만들어 놓은 밭에 고추 모종도 하고 완두도 심어야 했다. 수학여행 다녀와서 쓰려고 면장갑을 줄에 나란히 널어 놓았고 풀이 안 나게 이랑마다 덮으려고 검은 비닐 포장도 사다 놓았다. 선생님은 배추와 무를 심어 가을에 수확해 결손 가정과 독거노인 등 어려운 이웃에게 김장을 담가 주고 천년초를 키워 팔아 장학금을 조성해 가정 형편이 어려운 학생들을 도와줄 계획도 세웠다.

단원고 텃밭 옆에서 밭을 가꾸던 한 할아버지는 양승진 선생님과 다정한 말벗이자 작물 재배 방법을 주고받는 동료였다. 단원고 텃밭과 할아버지의 밭은 울타리를 사이에 두고 바로 붙어 있다. 둘은 나무 그늘 아래서 커피를 타서 마셨고 선생님이 간식으로 가져온 쑥떡이며 인절미를 나눠 먹었다. 선생님은 할아버지에게 “바로 갔다 올게요” 하고 말했다. 할아버지는 설마설마하다가 밭가에서 양승진 선생님 소식을 단원고 동료 교사에게 직접 들었다. 밭에 주저앉아 울었다.

다음 해에도 여전히 텃밭에는 작물들이 자라고 있지만 생기가 없어 보였다. 텃밭 가의 밤나무만이 밤송이들을 주렁주렁 매달고 있었다. 그 아래는 여름날에도 그늘이 짙어 시원했다. 그늘에는 플라스틱 의자와 탁자가 낡은 채 놓여 있었다. 쓰지 않은 지 오래되어 작년의 낙엽이 그대로 붙어 있었다. 선생님은 학생들과 탁자에 둘러앉아 땀도 닦고 물도 마시며 담소를 나누었을 것이다. 간식으로 가져온 음식들을 나눠 먹으며 뿌듯했을 것이다. 선생님이 없는 텃밭에는 매미만 쎄쎄 울고 있었다.

단원고 텃밭뿐만 아니라 대부도에서도 조그만 땅을 채소밭으로 일구었다. 섬에서 정성스럽게 기른 채소를 철마다 뽑아 와서 동료들에게 안겨 주었다. 선생님이 마지막으로 수확한 채소는 쪽파였다. 2014년도 4월에 “파가 아주 잘 됐다”며 지인과 동료들에게 쪽파를 나눠 주었다.

쪽파를 받은 양지고 동료였던 조미현 선생님은 김치를 담갔다. 쪽파 김치를 담근 지 이틀 후에 세월호 참사가 났다. 선생님은 파김치를 담그면 익기 전에 알싸한 맛을 좋아해서 담자마자 먹곤 했다. 그런데 참사 후 더 이상 새로 담근 파김치를 먹을 수 없었다. 알싸한 맛에 눈물이 핑 돌았고 목이 메어 넘길 수 없었다. 선생님이 파김치를 먹지 않는 모습을 보고 어머니는 물었다.

“그렇게 파김치를 좋아하고 잘 먹는데 왜 안 먹어.”

선생님은 대답할 수 없었다. 손이 큰 양승진 선생님이 준 쪽파는 한아름이었다. 다 시어진 다음에야, 고등어 밑에 깔아서 지져 먹을 때쯤에야 부모님께 그 사연을 말할 수 있었다.

사소하게 보이는 먹을 것도 나누면서 다른 사람들과 관계를 맺고 유지하며 정을 나누는 일은 선생님 인품의 바탕을 이룬다. 다른 사람들과 나눌 수 있는 것은 많다. 그중

에서도 음식은 인간의 생존을 위해 가장 원초적인 필수품이다. 지속적으로 음식을 나누는 일은 단순해 보이지만 사람 사이의 관계를 가장 깊고 끈끈하게 맺게 한다. 한 끼의 간식이나 반찬거리일지라도 다른 사람의 생명을 책임진다는 마음이 없으면 음식을 사 오기 어렵다. 선생님이 채소를 가꾸는 이유도 가꾸는 보람뿐만 아니라 정성스럽게 가꾼 음식 재료를 다른 사람과 나누려는 마음에서 비롯되었을 것이다.

음식을 나누는 일은 물론 집에서도 마찬가지였다. 신혼 때부터 선생님은 퇴근하고 집에 들어올 때 과일이며 떡을 사 들고 오는 날이 많았다. 자녀들에게는 말할 것도 없었다. 선생님은 서울에서 자취하며 공부를 하고 있는 딸과 아들에게 매주 주말에 음식을 가져갔다. 아들은 아버지가 주말에 쉬셨으면 하는 바람에 "이제 그만 오셔도 된다"고 말씀드렸지만 선생님은 대답했다.

"난 그냥 너희가 보고 싶어서 오는 거야."

아들이 안산 집으로 왔다가 들고 갈 짐이 많을 때마다 기어이 아들의 서울 자취방까지 실어다 주었다. 아들이 아버지를 마지막으로 본 2014년 4월 12일도 그랬다. 아버지는 짐을 내려 주며 아들에게 "해장국 한 그릇 먹자"고 했는데 아들은 언제까지나 볼 아버지라 여겼기에 약속이 있어 다음에 먹자고 했다. 나흘 후 어찌 그런 일이 벌어질 줄 짐작이나 할 수 있었겠는가.

* * * *

당신은 당뇨가 있어서 아침을 거르면 점심때까지 허기졌어요. 매일 새벽같이 다섯 시에 알람 소리에 일어나 돌솥밥을 짓고 반찬을 만들었지요. 부부 싸움을 할 때도 아침밥은 꼭 차렸어요. 당신이 배고픈 채 학생들 앞에서 수업을 할까 봐요. 지금도 습관처럼 새벽같이 눈이 떠지는데 밥 차려 줄 사람이 없네요.

당신이 사람들과 음식으로 정을 나누는 모습이 참 보기 좋았어요. 당신부터 정성껏 만든 음식을 드시기를 좋아했어요. 당뇨로 인해 음식을 먹는 일이 무척 소중한 줄 알고 있기에 다른 사람들한테도 조금이라도 더 챙겨 주려고 했지요. 당신이 저 준다고 과일 바구니를 흔들며 사 오던 모습은 얼마나 정겹고 뿌듯했는지요. 인절미와 쑥떡을 좋아한 당신, 후배 교사들이 반숙된 달걀을 싸 와서 나눠 먹었다고 자랑하던 당신, 좋아하는 음식을 나눠 먹던 당신……

당신이 그렇게 되고 저는 사람들을 똑바로 쳐다보기 힘들어요. 올해 돌아가신 친정 아버지는 저를 볼 때마다 몸져 누워 계시면서도 "양 서방 찾았냐?"고 물었고 저는 가만히 고개를 숙일 뿐이었어요. 그때마다 눈물이 왈칵 쏟아지고 온몸이 쑤셔요. 너무 많이 울다 보니 눈이 붓고 쓰라려 안과 치료를 받았고 제대로 먹지 못해 잇몸이 약해져 치과도 가야 했어요. 정신과 상담은 물론이구요. 제 밥은 영양 주사가 수시로 대신해 주었고, 항상 어딘가 계속 얻어맞는 기분이에요. 구 년간 마트에서 하던 반찬 코너 일도 그만뒀어요. 웃는 낯으로 손님들을 대할 수 없었어요. 돈을 받고도 남에게 반찬 하나 줄 수 없는 처지입니다.

당신, 사람들 앞에서 짐짓 아무렇지도 않게 밥도 먹고 물어보면 당신 얘기도 조금씩 하지만 돌아서면 제 곁에 아무도 없어요. 저를 이해해 줄 사람은 아무도 없는 기분입니다. 하루에도 기분이 왔다 갔다 하고 막 얘기하다가도 정신을 놓고 멍하니 앉아 있곤 해요. 이제 막 취직해서 일찍 출근하랴 야근하랴 정신이 없는 아들이나, 사고 후에 경황이 없어 놓아 버렸던 임용시험를 다시 준비하는 딸에게 이런 엄마의 모습을 보여 주고 싶지 않아, 여유를 찾으려고 하지만 바닷속에 있는 당신을 생각하면 또 숨이 막힙니다.

끝나지 않는 고통을 제가 언제까지 감당할 수 있을까요. 그냥 당신 따라 죽으려고도 했어요. 어서 빨리 유가족이 되고 싶다는 기막힌 소원을 가져야 하는 상황, 언제까지 버틸 수 있을까요.

당신은 꿈에 한 번 나왔어요. 아직 당신이 세상 어딘가에 있는 것 같아 꿈에도 잘 나오지 않나 봐요. 당신은 선명한 물빛 위에서 큰 연꽃으로 피어올라 해바라기 같은 웃음을 환히 지었어요. 그러곤 "두 아이들을 잘 보살펴 달라"고 말하곤 하늘로 훨훨 날

아갔어요. 이승에 남은 저와 자식을 걱정하는 당신의 마음이기도 하고, 당신을 그렇게 천사처럼 보내 제 고통 역시 줄어들기를 바라는 마음이기도 할 테지요. 제 괴로움을 다 알고 당신이 참고 참다가 꿈에 한 번 나온 것 같아 눈물이 와락 났습니다.

하루 빨리 장례 치러서 아픔도 괴로움도 없는 하늘 나라에서 당신을 편하게 잠들게 하고 싶어요. 당신 있는 곳을 알게 되면, 나도 언젠가 당신에게 갈 테니 당신에게 조금만 기다려 달라고 기도할 수 있으니까요. 이런 소원이 우습고 기가 막힙니다. 아…… 당신 지금 어디 계세요?

천생 선생님

선생님은 학생들에게 무엇보다 자신의 말과 행동에 대한 책임감을 강조했다. 양지고 근무 시절, 담임 반 학생들이 토요일 오후 자율 학습 때 반장과 부반장 등 몇몇만 남긴 채 '도망'간 일이 있었다. 선생님은 놀고 싶은 주말에 고생하며 공부하는 제자들을 위해 떡볶이 등 분식을 잔뜩 사 가지고 교실로 갔다. 그런데 교실은 텅 비어 있었다. 월요일 날 제자들을 혼낼 때, 학생들이 다른 때도 '도망'간 적이 있다는 사실을 알게 되었다. 선생님은 "도망을 간다는 것은 무책임한 행동이며 남에게 부끄럽기 때문에 반장에게 말도 않고 나갔지 않으냐. 남에게 떳떳치 못할 행동을 하지 말고 자신의 행동에 책임감을 가져야 한다"고 주지시켰다.

제자들에게 책임감을 강조하는 것은 특별하지는 않다. 그런데 선생님은 자신에게도 역시 책임감을 강조했다. 경제를 가르치던 선생님은 어느 날 세금에 대한 수업을 했다. 탈세 뉴스가 연일 나오던 때다. 세금에 대한 의무와 책임에 관해 수업하면서 개인의 책임을 회피하는 것은 사회에 피해를 주는 무책임한 행동이라고 강조했다.

선생님은 이때 딸의 병원 치료 사례를 꺼냈다. 병원 측은 딸에게 현금으로 가져올 경우 가격을 20퍼센트 할인해 주겠다고 제안했다. 선생님은 그 얘기를 듣고는 카드를 주면서 정확히 계산해 오라고 했다. 돈을 아낄 수는 있지만 세상이 바르게 돌아가기 위해서는 결코 세금을 탈루하면 안 된다고 생각했기 때문이다. 사회 과목을 가르치는 교사로서, 사회인으로서의 바른 역할과 책임을 학생들에게 몸소 실천했다.

선생님은 평소에 "나는 학생들을 직접 대하는 것이 좋다" "초심의 자세를 유지하겠다"고 말하곤 했다. 그래서 승진에 큰 관심을 두지 않았다. 교장이 되면 학생들과 직접 만날 수가 없기 때문이다. 매년 스승의날 즈음이면 '교육부장관상' 대상자를 선정한다. 선정은 학교 인사위원회에서 하는데 인격과 경력, 교육상 공헌도를 두루 살펴서 이루어진다.

한 해에는 선생님이 선정되었는데 "큰상은 점수가 있는데 나는 승진에 관심이 없어 받으나 안 받으나 내가 변하는 것은 없고 그 상이 더 필요한 훌륭한 사람이 받았으면 합니다"라며 사양했다. "승진 선생이 승진에 관심이 없으면 어떡합니까?"라는 동료의 농담에 허허 웃었다. 그뿐만 아니라 부장 보직도 필요한 이에게 양보하고 과원으로 일을 했다. 어느 해인가는 외국 연수 기회가 왔다. 대부분 원로 교사에게 자격이 주어져 양승진 선생님 차례였다. 그러나 "올해는 교무부장이 수고가 많으니 그분께 양보합니다"라고 정중히 사양했다.

담당 교과를 넘어 학생들에 애정을 갖고 인성 지도를 하며 학생들을 직접 대하고자 하는 마음은 선생님의 오래된 교육 철학이었다.

1999년 3월에 선생님이 학생부장으로 초빙되어 안산 성안고에 부임했을 때였다. 당시 안산시는 공단이 하루가 다르게 커지고 있어 전국 각지의 사람들이 생계를 위해 모여들고 있었다. 생계에 바쁜 부모들은 자식들을 제대로 보살피지 못한 경우가 많았고 학교 분위기는 다소 어수선하고 통제하기 어려운 일이 많이 일어났다.

학교 문제를 예방하고 대처 방안을 마련하는 등 합동 생활 지도가 필요한 실정이었다. 학교 간 상호 정보 교류도 필요해져 당시 경일정보산업고의 백종찬 학생부장의 제안으로 뜻을 같이하는 관내 학생부장 열네 명이 '일상사' 모임을 결성했다. '일상사'는 일상생활로 학생들을 지도하자는 뜻에서 붙였다.

선생님은 부임하는 학교들의 학생부장으로 재직하면서 선후배들에게 솔선수범으로 하루도 거르지 않고 일상사의 교외 활동이나 원정 모임에 참석하여 다른 부장 선생님들에게 귀감이 되었다. 선생님은 회원들 사이에서 성품이 너그럽고 상대에 대한 이해와 배려심이 많다는 평가를 받았다. 타인의 말을 경청하고 객관적인 관점에서 합리적인 대안을 제시하곤 해서 일상사 회원들의 공감을 얻고 상호 신뢰 분위기를 이끌었다.

인간관계로 인해 학교 생활이 힘든 회원들에게 '역지사지'의 자세를 강조하며 "먼저 져 주어라"라고 조언하였다. 학생부장 모임과 동료 간에 소통과 이해를 강조하면서 지위나 권위를 추구하지 않는 태도는 "학생을 직접 대하는 초심의 자세를 지키겠다"는 교육 철학과 잘 일치한다.

선생님이 부임하는 학교마다 학생들의 생활 지도를 도맡고 인성 생활부장을 기꺼이 맡은 이유와 열정적인 '일상사' 참여는 모두 학생들에 대한 애정에서 나온 것이다. 선생님의 교육 철학은 "늘 학생들과 함께하는 스승의 모습을 잃지 말자"였다. 일상사 모임에서 "학생 없이는 교사가 없고 학생의 미래가 없으면 나라의 미래가 없다"고 자주 피력하곤 했다. 학생들은 계속 성장할 수 있는 잠재력을 지닌 존재이기에 처벌과 징계보다는 이해와 소통의 자세로 사랑하고 배려해야 한다고 역설하곤 했다.

백종찬 선생님은 그를 "교육 환경이 바뀌고 혼란스러울 때도 학생 중심의 발표 수업을 진행하려 하고 학생 눈높이에 맞추는 순진무구한 심성을 갖고 있는 친구였다"고 회상한다. 학생 위에 서려고 하기보다는 자신을 학생의 처지에 놓고 생각하며 학생을 이해하고자 했다.

* * * *

당신은 테니스를 즐겨했어요. 젊은 시절부터 운동을 워낙 좋아했지요. 마흔이 넘어가면서 유도나 씨름 같은 힘쓰는 운동 대신 아파트 단지 내에서 테니스를 즐겨 쳤습니다. 그런데 원곡고 재직 시절에 동료 선생님과 테니스 시합을 하다가 왼발 인대가 파열되는 큰 사고가 났지요. 발목이 퉁퉁 부어 당신은 걸을 수도 없었어요. 발목을 째서 꿰매야 했어요. 사고 후유증으로 겨울에는 혈액 순환이 안 되어 발목이 저렸고 왼 다리를 약간 절게 되었어요. 제가 넉 달 가까이를 차로 출퇴근시켰지요. 교무실이 3층이라 당신은 제게 기대 계단을 올라갔어요.

다리를 저는 당신이 나이 들어서 어린 제자들 앞에서 혹시 초라하게 보일까 봐 철마다 새 와이셔츠를 사서 입혔어요. 두 달에 한 번씩 염색을 해서 더 젊게 보이게 했지요. 당신은 평교사로서 학생들과 함께 끝까지 있겠다고 말하곤 했어요. 그러려면 어린 학생들한테 나이 들어 보이면 안 되잖아요.

당신은 배멀미가 심해서 배를 잘 못 탔어요. 처음에는 "나이도 있는데 무슨 수학여행이냐"며 농담했지만 여행 날짜가 다가오자 수학여행 가는 학생처럼 좋아했지요. 수학여행 출발하기 전날도 당신은 걱정하면서 키미테를 붙이고 잤고 물약도 챙겼습니다. 당신이 나이가 들어 가며 초라하게 보이는 것이 싫어 꽤나 좋은 옷으로 챙겨 주었어요. 우산도 챙겨 넣고 3박 4일간 하루에 한 번 갈아 입을 속옷도 넣었어요. 봄이라지만 당신은 땀을 많이 흘리니 손수건도 챙겼습니다. 멀리 소풍 가는 당신이 좋아하는 모습을 보자 저도 신이 났었어요.

저는 당신에게 "조심해서 다녀오라"고 인사했고, 그것이 우리가 대면해서 나눈 마지막 대화가 되었어요. 단원고의 한 생존 학생은, 당신이, 목이 터져라 갑판으로 나오라고 외치며 안으로 걸어 들어갔다고 했어요. 구명조끼는, 학생에게 벗어 주고요.

당신이 다리를 절며 배 안으로 들어가는 광경이 선연히 떠오릅니다. 배가 기울어 가는데 성치 않은 다리로 중심을 잡을 수나 있었는지…… 퇴직할 때까지 평교사로 남으며 학생들과 직접 만나겠다고 말했던 당신, 수학여행 간다고 소년처럼 좋아하던 당신. 배 어디까지 깊이 들어가셨기에…… 여태 못 나오고 계시나요?

밤바다보다 깊은 침묵

2015년 7월, 양승진 선생님의 아내 유백형 씨를 만나 버스 안에서 다섯 시간 동안 선생님에 대한 얘기를 나누며 진도 팽목항으로 갔다. 선생님에 대한 우리의 대화는 끊이지 않았다. '사모님'은 선생님을 처음 만나던 때와 신혼 시절을 추억에 잠겨 얘기했다. 참사 소식을 처음 접할 때의 심정도 담담히 들려주었다.

팽목항에 가서는 상황이 달라졌다. 미수습 상태인 두 학생의 어머니가 더운 여름날에 가건물의 방에 앉아 있었다. 얘기를 나누다가 내가 그곳에 간 이유를 듣더니 "아직 자식과 남편을 꺼내지도 않았는데 약전 써서 옛일로 정리해 버리겠다는 거 아니냐" 하며 언성이 높아졌다. 그런 심정은 누구라도 짐작하고 이해할 수 있었다. 나는 묵묵히 듣고 있었다.

처음 '인양'이라는 말을 들었을 때 이제 구조는 포기한 것 아닌가 하는 분노와 절망에서, 제발 인양이라도 해서 어서 유가족이 되게 해 달라는 미수습자 가족들의 기막힌 간절함으로, 그리고 이제는 "우리는 자식에 대한 사랑으로 버티고 있다. 그것 없으면 끝이다. 우리는 소외된 채 현재 진행형이다"라는 외로움에까지 닿은 엄마의 마음을 다 헤아려 알 수는 없겠지만 짐작할 수는 있었다. 사모님 역시 어머니들의 절규를 듣고는 말이 없어졌다. 나는 사모님에 대한 인터뷰를 그만두고 밤에 팽목항에 나가 앉아 있었다. 밤바다는 검었고 물은 간조여서 고요했다.

한 달이 더 지나서야 사모님에게 연락을 했다. 사모님은 "죽고 싶다"고 했다. 인터뷰 때 정연했던 말들은 여기저기 새고 빠지고 뒤틀렸다. 그 후로 사모님과 연락이 닿지 않았다. 약전 쓰기는 사모님으로부터 허락은 받았기 때문에 진행했지만 사모님은 깊은 침묵 속에 있었다.

말보다도 침묵이 한 사람의 진실을 말해 줄 때가 많다. 사모님은 처음에는 애써 밝아 보이려 애썼고 말을 아끼지 않았다. 그런 태도와 말들이 부질없다는 사실을 아는 데는 오래 걸리지 않았다. 아마 처음부터 알고 있었을 것이다. 양승진 선생님부터가 세월호 참사로 몸의 흔적도 보이지 않고 침묵하고 있다. 침묵은 산 사람들에 의해 말과 애도의 의례로 이해되고 완결되지 못한 채 바닷속에 잠겨 있다. 그것이 선생님이 현재

처한 오롯한 진실이다. 어떤 식으로든 맺음을 하고 싶은 남은 이들의 소원이야 고통의 밑바닥까지 간 상태에서 숨이라도 쉬고자 하는 생존 본능에서 나왔을 것이다. 그렇기에 맺음의 미완 앞에서는 말을 할 날숨 하나 편히 쉬기 어렵다.

전화를 받지 않으면서 사모님은 말로 할 수 없는 진실을 온 몸짓으로 보여 주고 있다. 심중에 말뚝이 박혀 있어 하는 말들과 생활이 다 허공에 떠 있다는 심정으로 입을 닫고 세상과 문을 닫고 있다. 선생님의 아내는 침묵한 채 숨 막힌 입모양으로 절규한다. 도대체, 당신, 제발, 어디…… 있어요……

이 글 역시 침묵과 미완으로 끝날 수밖에 없다. 정리되지 않은 채 단절된 말의 벼랑 위에 나는 서 있다. 양승진 선생님은 도대체 어디…… 계신 걸까……

경기도교육청 '약전발간위원회'

위원장 | 유시춘

위원 | 노항래 박수정 오시은 오현주 정화진

경기도교육청 약전작가단(139명)

강무홍 강정연 강한기 공진하 권현형 권호경 금해랑 김경은 김광수 김기정 김남중 김동균
김리라 김명화 김미혜 김민숙 김별아 김선희 김세라 김소연 김순천 김연수 김용란 김유석
김은의 김이정 김인숙 김지은 김하늘 김하은 김해원 김해자 김희진 남궁담 남다은 남지은
노항래 명숙 문양효숙 민구 박경희 박수정 박은정 박일환 박종대 박준 박채란 박현진
박형숙 박효미 박희정 배유안 배지영 서분숙 서성란 서화숙 선안나 손미 송기역 신연호
신이수 안미란 안상학 안재성 안희연 양경언 양지숙 양지안 오수연 오시은 오준호 오현주
유시춘 유은실 유하정 유해정 윤경희 윤동수 윤자명 윤혜숙 은이결 이경혜 이남희 이미지
이선옥 이성숙 이성아 이영애 이윤 이재표 이창숙 이퐁 이해성 이현 이현수 임성준 임오정
임정아 임정은 임정자 임정환 임채영 장미 장세정 장영복 장주식 장지혜 전경남 정덕재
정란희 정미현 정세언 정윤영 정재은 정주연 정지아 정혜원 정화진 정희재 조재도 조지영
진형민 채인선 천경철 최경실 최나미 최아름 최예륜 최용탁 최은숙 최정화 최지용 하성란
한유주 한창훈 함순례 홍승희 홍은전 희정

416 단원고 약전
짧은, 그리고 영원한 11권 (선생님)

우리 애기들을 살려야 해요

초판 1쇄 2016년 1월 12일
초판 3쇄 2018년 3월 20일

지은이 경기도교육청 약전작가단
엮은이 경기도교육청
펴낸이 이재교
책임감수 유시춘
책임교정 양순필
책임편집 박자영
그림 김병하
손글씨 이심
디자인 김상철 박자영 이정은
인쇄 신사고하이테크(주)

펴낸곳 굿플러스커뮤니케이션즈(주)
출판등록 2013년 5월 7일 제2013-000136호
주소 서울시 마포구 동교로17길 51 (서교동 458-20) 4, 5층
대표전화 02.6080.9858
팩스 0505.115.5245
이메일 goodplusbook@gmail.com
홈페이지 www.goodpl.net
페이스북 www.facebook.com/pages/416book

ISBN 979-11-85818-22-1 (04810)
ISBN 979-11-85818-11-5 (세트)

「이 도서의 국립중앙도서관 출판시도서목록(CIP)은
서지정보유통지원시스템 홈페이지(http://seoji.nl.go.kr)와
국가자료공동목록시스템(http://www.nl.go.kr/kolisnet)에서 이용하실 수 있습니다.
(CIP제어번호: 2015035198)」

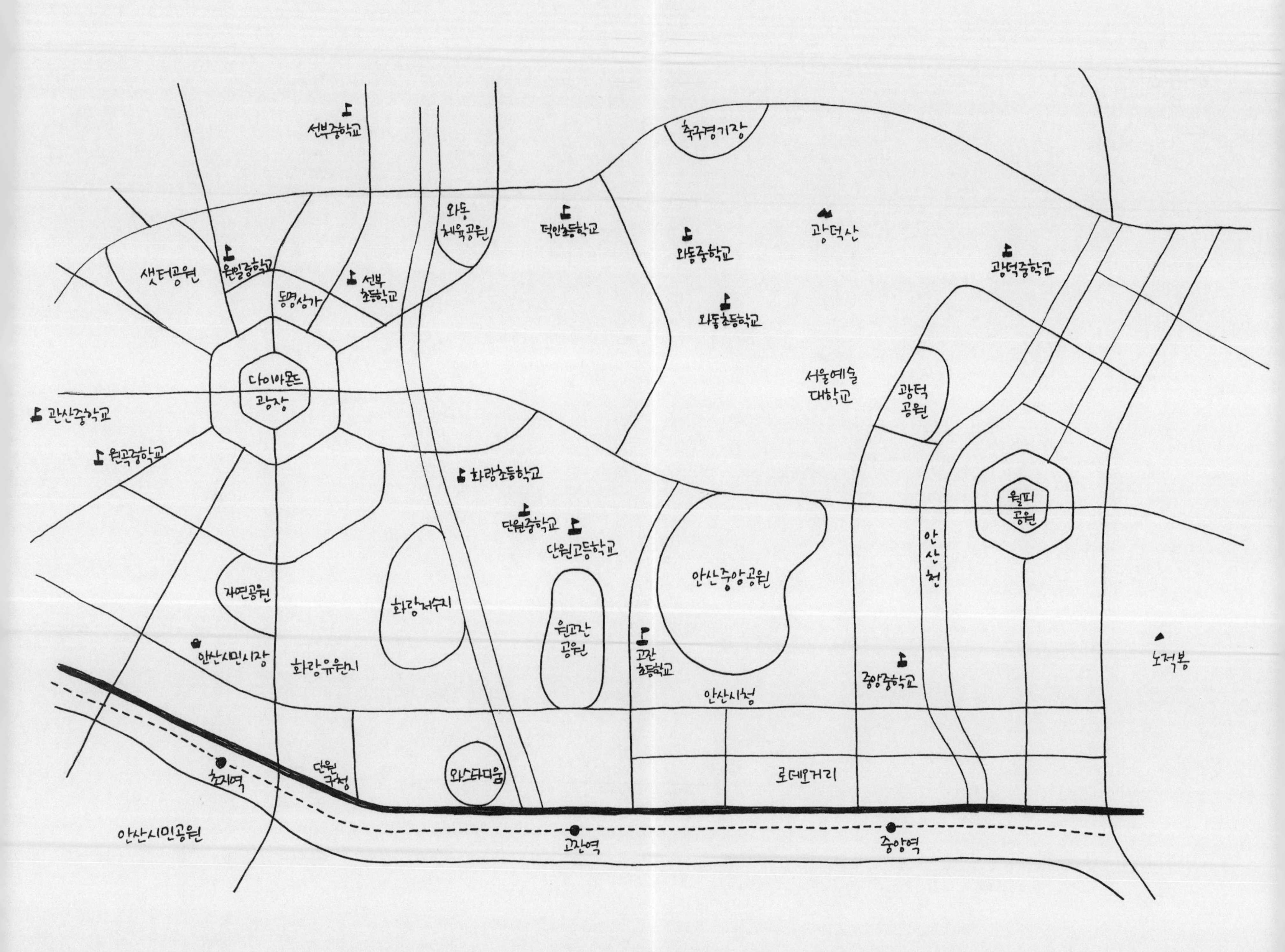

선부중학교
축구경기장
와동
체육공원
덕인초등학교
광덕산
와동중학교
광덕중학교
새터공원
원일중학교
선부
초등학교
동명상가
와동초등학교
다이아몬드
광장
서울예술
대학교
광덕
공원
관산중학교
원곡중학교
화랑초등학교
월피
공원
단원중학교
단원고등학교
안
산
천
안산중앙공원
자연공원
화랑저수지
원고잔
공원
고잔
초등학교
노적봉
안산시민시장
화랑유원지
중앙중학교
안산시청
단원
구청
와스타디움
로데오거리
초지역
안산시민공원
고잔역
중앙역

머물렀던 거리

←